诗意岁月

王唯唯／著

天津出版传媒集团
百花文艺出版社

图书在版编目（CIP）数据

诗意岁月 / 王唯唯著 . —天津：百花文艺出版社，2024. 11. —ISBN 978 - 7 - 5306 - 8756 - 7

Ⅰ. I267

中国国家版本馆 CIP 数据核字第 20242VA297 号

诗意岁月
SHIYI SUIYUE
王唯唯　著

出 版 人： 薛印胜
责任编辑： 李　信
装帧设计： 中联华文
出版发行： 百花文艺出版社
地址： 天津市和平区西康路 35 号　**邮编：** 300051
电话传真： +86-22-23332651（发行部）
+86-22-23332656（总编室）
+86-22-23332478（邮购部）
网址： http：//www. baihuawenyi. com
印刷： 三河市华东印刷有限公司
开本： 710 毫米×1000 毫米　1/16
字数： 229 千字
印张： 14
版次： 2025 年 1 月第 1 版
印次： 2025 年 1 月第 1 次印刷
定价： 68. 00 元

如有印装质量问题，请与三河市华东印刷有限公司联系调换
地址：河北省三河市汇福路 68 号
电话：0316-3313228　邮编：065200

自序

这是我退休后编的第三本散文随笔集。

当编定这本新著时，我感到这样一部散文随笔集，一定应该由自己来谈谈心得。因为书内的文章，写的都是自己曾经的生活。可以说，是我大半生的真实写照。

每个作者，每次编选自己的文集，总会有不同的念想：你想呈现给读者一部什么内容的文集，或者说一部有什么特点的文集。我细细想来，从二十世纪八十年代学习写作开始，到今年已经整整40年了。在这40年的漫长写作生涯中，真的是“为写憔悴为写瘦”。唯感欣慰的是先后出版了《雕刻时光》《遵从生命》《掌上烟云》《风景在路上》等。（前两部是退休前所著，后两部为退休后。）收入这本集子的大部分都是退休后的作品，篇幅非常短，大部分是碎片化的东西，这是我的有意安排。

说起来很惭愧，这40年的光阴里，许多遇见的人，发生的事已无踪迹可寻。幸好因了文字，似乎能寻到一些旧时光的蛛丝马迹。所以我在编这本书时就给自己定了调子——光阴记录者。我觉得这个身份是非常贴切的。

我的很多文章，都是即时、即兴写下来的，不过只是随手撷取、记录下来的生活片段，以及小小的体验与感悟。一盒纸巾、一个垃圾桶、一个白瓷杯、一个首饰盒、一只木头凳子等等，日常中的一切物品都可以写。因为在那些物品上弥漫着人间烟火气，而我想写的就是那点人间烟火气，还有日常之美，以及生活之美。

写作即是让平凡、朴素的日子有了那么一点缤纷的色彩。那度过的光阴，经历过的人与事，从笔尖流淌下来，仿佛又不是我度过的光阴，经历过的人与事了。好比一株树映照在水波中，便有了奇异之感。写作亦把每一个琐碎的日子，变成了我的良辰。当我在写作的时候，那些消逝的光阴，仿佛又回来了，可触可睹。这就是文字的魔力。

我是从写诗开始，走上这条艰难的文学创作之路。在我的书柜里，至今还保留着70多封退稿信。这些退稿信，见证了我投稿退稿，退稿又投稿，近乎绝望的过程；见证了是写作让我的心灵在纷繁的世界里得以安顿；见证了从二十世纪九十年代初，我陆续在《人民文学》《诗刊》《青年文学》《中国作家》《清明》《安徽文学》等30多家期刊发表诗歌200多首。

岁月蹉跎。我想不起来是从什么时候开始与诗歌渐行渐远，也不记得是怎样开始写散文的，仿佛这是一件自然而然、水到渠成般必定会发生的事情，这类文字却对生活、对自己具有一种更直接的真实意义，从中可以清晰地看出我思想脉络。我的视野、境界、文字，似乎也是随着写散文而一点点地打开、扩充。正是散文使我认识到生活待我不薄，让我走过了那么多地方，见识了那么多风物。

我是一个相对简单的人，生活简单，想法也简单，为人处事直来直去，没有太多的弯弯绕，也不喜欢心机多的人，不是我智商不够，而是把智商用在跟这样的人打交道我觉得是浪费。我认为作为一个文字爱好者，要尽量写下好的文字，留下好的文本。这是一个简单的愿望，这个愿望只能靠自己去实现。自己不努力，没人帮得了你。自己的作品有几分成色，旁人一眼就看得出来，读者的眼睛尤其雪亮，欺瞒不了。所以文字的功夫是内功，是真功夫，是实打实的，不是花拳绣腿，这决定了我要以一种最简单也最诚实的态度去面对它，几分耕耘，几分收获。

世界上所有写作都是刻舟求剑——时间早已走远，而我还在这里写着当年。我能做的，是静静写下我所能写的那部分。这本书中每一篇或长或短的文字，记下的都是我和我们这代人的文学生活，其中既有我挣脱“泥泞”的渴望，也有我向着文学星空拔地而起的努力。因此，在我已出版的专著中，此书在我心中的分量是不言而喻的。

目录

第一辑　往事如烟

003 / 旧时伙伴收音机
005 / 老虎灶
008 / 柴火灶
010 / 火桶
012 / 猫叹气
014 / 蒲扇
017 / 煤球年代
019 / 洗澡旧事
021 / 排队
023 / 捕蝉
026 / 星空下的电影
029 / 有线广播
032 / 开秧门
034 / 叽叽喳喳话麻雀
036 / 钢笔时代

038 / 高中两年
040 / 稿费往事
042 / 报缘
044 / 老歌情怀
046 / 照片里的流年
048 / 纸质时代的书信
051 / 第一次下井
053 / 人生的第一次
055 / 乡村情结
057 / 腌咸菜
059 / 挂历
061 / 贴门神
063 / 年关记忆
066 / 落在记忆里的雪

第二辑　诗意年岁

071 / 怀念是一种光芒
073 / 笔耕岁月
076 / 敬畏文字
078 / 整理旧时光
080 / 诗意老年
082 / 超然独处
084 / 六六大顺
087 / 在路上
089 / 我的书香生活
091 / 书伴一生
094 / 读书有福
096 / 请父亲审阅
098 / 稿件投出之后
100 / 生活情致

102 / 那一抹灯光
104 / 鸟鸣嘤嘤
106 / 咖啡馆里的平民烟火
108 / 人间烟火色
110 / 爱好
112 / 不会说话
114 / 出门的风景
116 / 下乡转转
118 / 茶人之境
120 / 酒饮微醺
122 / 菜场风情
124 / 买菜做饭
126 / 美妙瞬间
128 / 男性女名
131 / 男人的眼泪
133 / 虎年除夕

第三辑　四季景色

137 / 以鸟鸣春
139 / 节气里的春天
141 / 山里的早春
143 / 鲜活的荠菜
145 / 春笋
147 / 谷雨生百谷
149 / 花开花落
151 / 夏日小记
154 / 纳凉
156 / 蛙声清越
158 / 去看荷花
161 / 雨中观荷

163 / 藕香
165 / 秋天素描
168 / 霜降秋色浓
170 / 又到枫叶烂漫时
172 / 枯荷之美
174 / 露从今夜白
176 / 冬至已至
178 / 雪天的怀念

第四辑　行走天下

183 / 诗画西递
185 / 诗意桃花潭
187 / 琅琊山下醉翁亭
189 / 棋盘上的村庄
191 / 呈坎晒秋
193 / 鲁迅故里行
195 / 访杜甫草堂
197 / 虎跳峡
199 / 滕王阁印象
201 / 夜宿乌镇
203 / 泉州西街游
205 / 印象个园
207 / 走进泽雅
210 / 贺兰山岩画
212 / 壮哉！兵马俑

往事如烟

旧时伙伴收音机

儿时家里有一台“黄山”牌收音机。父亲喜欢听相声，母亲喜欢听戏，我也有喜欢的节目，那就是儿童节目《小喇叭》，每当听到清脆悦耳的“小朋友，小喇叭开始广播啦”的开场白，就会兴奋不已。可以说那时真是全神贯注地听孙敬修老爷爷讲故事，他的语调朴实亲切，娓娓动听。至今还记得听过的故事有《小英雄雨来》《半夜鸡叫》《鸡毛信》等。

现在，五十岁以下的人，大概没有几个见过矿石收音机的，更别说听过了。在二十世纪六十年代，矿石收音机是最简单的收音装备，商店没有卖的，都是无线电爱好者自己装配的。矿石收音机就是把线圈、电容器、耳机等原件用铜丝连接起来，固定在一块小木板上，铜线一头接在竹竿上作为天线，一头插进土里，是所有无线电收听设备中最简单的一种。

我同学的哥哥是我们这个大院有名的无线电爱好者，他帮好多家安装了矿石收音机。我求同学的哥哥也帮我装一台，同学的哥哥说你跟我学着装，反正闲着也是闲着。也是，正值二十世纪六十年代后期，那时停课，在家待着整天无所事事。于是我就跟着同学的哥哥，没事就往半导体元件门市部跑。那里常有一些处理的半导体元器件，门口总是聚着一群人在购买、交换各种无线电器件。

我跟着同学的哥哥也混在人群当中，一点点了解了什么叫电阻电容、三极管、二极管、磁棒线圈等。在同学哥哥的指导下，买了几个处理的元器件。收音机的心脏是矿石，同学的哥哥和这里的人都熟，一番讨价还价，最后只用八分钱就买了一块矿石。

回到家，找来一块硬纸板，根据尺寸用圆规画了个圆圈，然后剪出齿轮状，找出家里的旧漆包线，在齿轮上开始绕线圈，绕几个圈抽个头，再绕上十几圈抽个头，按照数据的变化，一共抽出了六七个线头，都连接到一块打了七个孔的小板上，这样，一个简单的频道转换器就做好了。

矿石收音机要装上“天线”和“地线”，才能接收来自空中的无线电波。我家是平房，没办法到楼上人家的屋顶上去竖根长长的“天线”，而且还有避雷的问题。怎么办？同学哥哥说没事，找一根粗点的竹竿就行。从家里晒衣服的竹竿中选了一根较粗的竹竿，缠上粗铁丝后，将竹竿竖起绑在窗户上。这样，“天线”就架好了。还好，那时没有高楼大厦的“阻隔”，电波还算畅通无阻。“地线”就简单多了，拖根铅丝绑到屋后的自来水铁管上就成了。

矿石收音机要同天线、地线相连，只能固定在一个地方，我把它安放在床头边。晚上，戴上耳机，广播声很清晰地就传来了。有时会有嘈杂声，就需要再去调整下矿石的触针，找寻最佳的灵敏度。用插针在线圈的七个孔洞板上进行插换，就能收听到不同电台的节目。那时，这个很原始很简陋的收音机经常陪伴着我进入梦乡。

这台简易的小收音机，是我至今完成的最复杂的一项制作。至于它为什么能收到电台，无线电都有哪些原理，我至今稀里糊涂。无线电，当时在我们眼里就是高科技，几个元器件拼装在一起能让它发出声响来，绝对是一件令人无法想象的事情。我现在偶尔想起这件事，还会在心里琢磨，十几岁的我就能组装收音机，不仅证明了我的想象力和动手能力，如果我要是能坚持下来，兴许也会搞出点什么发明创造，申请个专利什么的。可惜半途而废，至今一事无成。

岁月荏苒，如今越来越难以见到收音机的影子，尤其是智能手机的普及，一机在手，想看什么，想听什么，只需要手指一点，任游世界。尽管属于收音机的时代已经渐行渐远，但是收音机就像一个旧时的伙伴，虽然已经失去了联系，但那份相伴，那份情怀，那段经历却已经深深地刻在我的记忆里。

老虎灶

说起老虎灶，今天的年轻人会比较陌生，然而出生于二十世纪五六十年代的人，一听到这三字，都会从心底涌过一阵暖流，往事也会在记忆里一一闪现。

从我家到老虎灶不过百十米。老虎灶临街，面积不大，灶台台面埋四个铁锅，旁边置一圆形大木桶，下面是灶膛。老虎灶空间不大，站不下几个人，去那儿打水的人，都会把自家的水瓶，挨个排列在灶台上。那时家家都是竹壳水瓶，体大，灶台上放不了几个，打水人只好手拎水瓶依次排队，静静等候。一年四季，老虎灶门前都会放一张桌子，上面放着一个白色大茶壶和几个大碗，供人喝水。老虎灶隔壁有一间门面不大的百货小店。

去打开水的人多半都是女人或孩子，有熟悉的邻居，也有素不相识的人家。等一锅水烧开的工夫，说长不长，说短不短，闲着也是闲着，于是有人会主动没话找话，彼此套套近乎，说说当天的天气、菜价什么的。三个女人一台戏。渐渐地，老虎灶跟前，成了女人们互诉家常的地界，她们的对话很简洁，很切题，少了许多虚里吧唧的寒暄，直来直去，指天唠地，逮啥说啥。

记忆中，老虎灶的女主人很少言语，也很少见她与人家唠嗑，脸上没有多余的表情，你说你的，她忙她的。你就是笑翻了天，她始终如局外人一般，充耳不闻，不会露出一点声色。偶尔她能跟你点点头，已经是她“多情”的举止了。

灶台上有个装钱用的小铁盒，来打开水的人，都会自己把零钱往盒子里扔，也会顺嘴说上一句：“钱扔这儿啦”。女主人很少应声搭话，脸上也是挂着一副满不在乎的表情，其实才不，她只需从小铁盒里传出的那一声清脆的响声中，就能判断你给了还是没给。

那时打一瓶水一分钱，如果买水票，一毛钱水票可打十二瓶水。那个年头，家家日子过得都紧紧巴巴，尤其是当家的女人，得掐着指头过日子，算算账，当然是买水票划算。

四口铁锅的水先后开了，女主人掀开一个水锅锅盖，一手用漏斗，一手用水舀子，往灶台上排列齐整的水瓶里面麻溜地灌水，一锅水也灌不满几瓶，很快就被舀空了，她就会从大木桶里舀水把空锅续满，盖上锅盖，接着再掀另一个水锅锅盖，继续往水瓶里灌水。四口铁锅的热水都换成冷水后，一轮打水高潮算是结束了。

女主人还不能歇着，只见她用一条毛巾扎住头，俯下身子，手执钢钎捅炉子，烧成灰白色的煤屑，散着热气纷纷落下，溅起细碎的煤屑从灶口窜了出来。女主人赶紧起身避开，片刻，低头再看看灶膛里的火，感觉没问题了，直起身子，摘下头上的毛巾，从上至下，把全身拍打一遍。用一块湿布擦去灶台上落下的煤屑，忙完这一切，再用身上那件黑乎乎的围裙擦擦手，这才得空坐在一张竹椅上小歇片刻。

我是家里的老大，上老虎灶打水自然而然就落在我头上。每天一大早，奶奶就像念经一般催着我起床打水。父亲每天早上起床后的第一件事就是喝茶，如果没有喝到热茶，一家人都不好过。

因为起得早，我都能排在第一拨排队打水的队伍里。把水瓶往灶台上一放，我就会跑到隔壁小店东看看西看看。那时我的个头和柜台差不多高，每次都得踮起脚才能看到柜台里面摆放的各种用品和各种诱人的糖果。那时有一种形同黄豆大小的豆子糖，一分钱八个。我隔几天就会买一次。虽然那时家里钱很紧张，但我有办法搞到钱。

一张水票一毛钱，但我从没买过。每次打水我都是往小铁盒扔一分钱，等到打了六七次水后，我就会跟奶奶要钱买水票。起初奶奶也没注意，就从她包钱的小手绢里抽出一毛钱给我。时间一长，奶奶感觉不对，一张水票还没打几瓶水怎么就用完啦。奶奶问我时，我还理直气壮地反问道，你怀疑我把水票吃啦。奶奶也不依不饶，让我把水票拿出来给她看看。我没想到奶奶会这么较真，一下傻了眼。奶奶见我拿不出水票，生气地用手一拍我头说“从小就不学好，我要是跟你爸爸说了，看他打不死你”。但说归说，毕竟我是奶奶的长头大孙子，而且从那以后，每个星期，奶奶都会偷偷塞给我五分钱，再三嘱咐别让弟弟妹妹知道。

后来，我插队去了，等返城回来，老虎灶也没了，一家蛋糕店立在老虎灶的旧址上。如今所居小城再也找不到一家老虎灶了，每次路过那家蛋糕店时，我还能想起那灶台、那铁锅、那水票、那女主人……

柴火灶

时常，我也会想起乡下的柴火灶。

开门七件事，柴米油盐酱醋茶，排在第一位的就是“柴”。柴是个笼统的概念，稻草、麦秸秆、豆秸秆、稻壳子、棉花秸、枯树叶、树枝，都属于柴的范畴。由此可见，柴在我们生活中占据着多么重要的地位。

我们生产队没有山，因此一天三顿饭靠的就是烧稻草、麦秸秆、豆秸秆。稻草软，不经烧，一会儿工夫就化为灰烬。等到了午收季节，各家开始改烧豆秸秆、麦秸秆，它们的特点是，灰烬少、火头旺，就连燃起的炊烟也是特别青，特别轻柔。当然，木柴是最理想的，烧起来不仅火力旺，而且烧的时间长。逢年过节，家家多多少少都会买点猪肉，杀个鸡什么的，这就需要用木柴来烧，因此，村里人都会跑到镇上的木柴集市买个三四十斤木柴。但木柴价高，只能少买一点。

我们那时烧得最多的是稻草。那时我们队种的是早晚两季水稻，麦子只有一季，而黄豆种得更少。稻草虽然不经烧，但它有它的长处，在它燃尽后还有余热，这时放几个山芋进去，用稻草灰把山芋包严实，一个小时之后，山芋的香味就从灶口飘了出来。把稻草灰扒开，掏出山芋，拍去草灰，撕下一块，咬上一口，软软的、甜甜的。

农村的柴火灶台基本都是一大一小两个铁锅，大的用来煮饭，小的用来炒菜。两个铁锅之间嵌着一只盛水的吊罐。烧饭做菜前，把吊罐盛满水，等饭菜做好，罐里的水也烧开了，装进水瓶就是一家人喝的水，余下的水留着洗碗刷锅。家境好点的，灶台面都贴有白瓷砖，光洁平滑，与黑乎乎的屋子映衬着，更显得洁白干净。

冬天，灶口就是最温暖的地方。这个时候，我们小孩子都喜欢坐在灶口，抢着把稻草往灶膛里塞，看着红红的火苗舔着锅底，小脸让火光映得通红，这时候手也暖和了，脚也不冷了。到了晚上，把灶里的草木灰一铲一铲放进一个火钵里，用它的余热烘手，暖脚。如果家里有个花生蚕豆什么的，把它们放进灰里埋好，不大会儿工夫，火钵里就噼噼啪啪竞相报告：它们熟了！

那时候的孩子，大多是父母的好帮手，我当然也不例外。每次放学回来，如果正赶上母亲做饭，我就会坐在灶口帮着烧火。印象最深的是，有一次坐在灶口前，一边把一些枯竹竿掰断，往灶膛里送，一边哼着样板戏，就在准备第二次往里添竹竿时，就听灶膛里“砰”的一声响，不仅把我吓了一跳，溅起的烟灰还喷了我一脸，火辣辣地疼，吓得母亲捧着我的脸猛吹。后来才明白，密封的竹竿里有气体，高温下容易引起爆炸，烧之前要用锤子把竹竿锤破。

我最喜欢吃大锅做饭时留下的锅巴。我还记得如何能吃到脆脆的、香香的锅巴的过程。饭烧好后，掀开锅盖把饭盛出来，留下锅底的锅巴，再用锅盖盖好后，烧一小把稻草，仅仅一小把，烧的时间不能过长，接着焖个十分钟左右，马上揭开锅盖，用锅铲把锅巴整体翻过来，再用手轻轻把中间鼓起的部分按下去，再盖上锅盖，焖上个七八分钟，锅巴就可起锅了。那个年代，没什么佐料，也不讲究，吃锅巴时放点猪油放点糖，吃起来那个香啊，至今难忘。现在超市也有袋装的锅巴卖，买过一次，吃过一回后就再也不想吃了，跟当年的大锅锅巴没法比。

我们常说要食人间烟火。何谓人间烟火？有烟有火，才叫人间烟火。今天，虽然柴火灶渐渐退出了人们的生活，但我常常在梦里，频频回望那一方美丽的土地；在梦里回味那香喷喷的米饭；在梦里咀嚼飘散在炊烟里的亲情、乡情……

火桶

取暖的方式在科技主宰生活质量的时代，已是丰富多元。空调、暖气、电热毯、热水袋、暖宝宝……人类用各种智慧创造温暖。今天我所说的火桶，现在的年轻人可能不太了解，然而对于我们五十年代出生的人来说，那是一份久违的温暖记忆。

火桶有圆形和方形，高度比一般凳子稍高，无底。桶口大约一米，桶内置两块正好卡住火桶内围的铁制火格子，火格子下面放置火盆，火盆是泥制的那种。火桶口有三块可以活动的木板，人坐在上面，膝盖以下盖上一块四方薄棉被或线毯，把火桶边沿捂严实，这样火桶里的暖气跑不出来，桶内就再暖和不过了。遇到冬天没有太阳的时候拿掉三块木板，洗干净的衣服就可以放在火桶上烘烤。火桶取暖用的材料是蜂窝煤或木炭。那个年月木炭不好买且价格贵，所以家家基本用的都是蜂窝煤。

我家的火桶是圆形的。每年大雪节气前后，奶奶就搬出火桶，把里外抹扫干净，再把火盆找出来，从煤炉底下的炉门掏出烧过的煤灰，在火盆里垫上厚厚一层。前期准备工作做好后，只要一下雪或降温，奶奶就会用火钳从煤炉里夹一个蜂窝煤出来放进火盆，用火钳把煤打成块状，再用煤灰覆盖。等到中午一家人回来，一进门就被一股暖气包裹了。

儿时的冬天冷得堪比冰窖。寒假是一年里最冷的时期，虽然不用去上学了，但寒假作业得完成。每天一大早，奶奶一边端着暖烘烘的火盆放进火桶里，盖上小棉被，一边催促我赶紧起床做作业。如果我要是赖床，奶奶就会把手伸进被窝，用手抓我的脚心，痒得我在床上打滚大叫。吃过早饭，我便坐到火桶里，趴在桌子上写作业。此刻，火桶里的暖气透过鞋底，进入脚板，混合在血液里，流遍身体的每一处。

那个年代没有电视，晚饭后，我们兄妹三个坐在火桶里，父亲母亲和奶奶围着火桶，有一句没一句地闲聊天。父亲在一所大学工作，所以每到这个时候说的话总和我们的学习相关。母亲从不过问我们的学习。母亲打毛衣毛裤在剧团里小有名气，每到冬天，母亲就忙着给我们兄妹三个打毛衣毛裤。不仅如此，团里一些女演员也请母亲帮忙打个毛衣或毛裤什么的，母亲也从不回绝，所以手里总有打不完的毛线活。有时候遇到别人送来的只是散线而不是线团，母亲就首先将散着的毛线抖抖拉直，再将毛线套在我手上，我用手绷紧毛线，由着母亲把毛线卷成球。每次在这个时候，母亲就会一边绕着毛线，一边讲她在上海拍电影《天仙配》《牛郎织女》时发生的事情，讲团里某某某在演出过程中出洋相之类的故事。母亲是演员，所以说起这些故事来活灵活现，乐得我们一边嚷嚷一边鼓掌，就连父亲和奶奶也在一旁跟着笑。

随着生活慢慢好转，冬天家里就用上了木炭。用木炭最大好处是，木炭燃烧得慢，火盆能长久不熄，能用一晚上。每当我们都上床睡觉时，奶奶就会把我们脱下来的袜子鞋子都放进火桶里，第二天早上起来穿上暖和又舒服。再有，奶奶没事就在火盆里焐上几个山芋，要不了多长时间，就能闻到烤山芋的香味从火桶里慢悠悠地散发出来。每次放学回到家，我就直奔火桶，用火钳拨开炭灰，拿出冒着香气焐得焦黄的山芋，迫不及待地撕下一块，热乎乎地咬上一口，温暖与香甜顺着舌尖直抵心里。

现如今，家家都有了空调，再不济的也有个电火桶，不论是空调还是电火桶，插头一插，身子就暖和了，而火桶也渐渐消失于我们的生活。前年去皖南山区，我发现此地有不少人家还在用火桶，着实让我激动了好半天。不仅如此，我还发现以另一种形式出现的火桶——幼儿火桶。幼儿火桶有半人多高，上细下粗，形似喇叭，整体为全封闭的圆桶形状，把小孩抱进火桶内，小孩只能站不能坐。用当地人的话说，有了这个火桶，大人就能腾出手来做事，也不用担心孩子玩时会发生什么意外。看着小小的火桶，我试了试，只能容下我一条腿。

此文写到这，窗外有雪花飘落，天气预报说今天下午到夜间有大雪。起身，推开窗户，看着今年的第一场冬雪，我一下想到了儿时打雪仗、堆雪人的场景，脑海里浮现出一家人围着火桶，谈笑风生的画面……

猫叹气

在查济古村的老街游玩时，见一老人坐在一堆竹器中间编篮子，门口摆放着各种竹器，我蹲下身子，拿起一个竹筛问道："现在还有人买这些竹器吗？""有，不多。"老人头都没抬，忙着手上的活。老人瘦瘦巴巴的身架，一脸的鱼网纹，头顶上灰白的头发，好像戴着一顶小毡帽。估计嘴里没有几颗牙了，嘴唇深深瘪了进去。我又问："您做过'猫叹气'吗？"老人的眼睛，被我这一句问话点亮，他倍感惊奇地看着我："你知道'猫叹气'？""嗯，过去我们家就有一个。"

老人停下手里的活，看着面前大大小小的竹器："嗯，算算我有二十多年没编过'猫叹气'了，一是做了没人买，二是'猫叹气'编制太费时，一个'猫叹气'至少需要两天时间。费时费工，还卖不出好价钱。二十世纪六七十年代那会儿，'猫叹气'好卖得很。现在家家都有冰箱，也用不上那玩意了。"

"猫叹气"是一种竹器，具体地讲，是一种竹篮子，大肚子、长颈、带盖儿，便于存放重要的食物，如腊肉、咸鱼、肉圆、糕点等，也可放剩饭菜。猫儿闻见腥，围着篮子用脚扒，用嘴顶，使出浑身解数，就是吃不着里面的东西，最终只能望篮叹气。由此有了这个通俗又充满诗意的名字。在二十世纪六七十年代，这种篮子普通得很，家家都有一个或两个。

我家曾有一个"猫叹气"。平日里很少用，就放在碗橱的顶上头，只有到了腊月才能显出它的作用。妈妈将腌制好的咸鱼、咸肉放在里面，盖好。再刁钻的馋猫，面对眼前的美味佳肴，也只有叹气的份。不光是猫看着叹气，我们兄妹三个也常常看着叹气。逢年过节，虽然家里并不富有，但买个糖果、花生、麻花和糕点什么的还是可以的。我和弟弟妹妹也会像馋猫似的，总是惦记着里面的糖果糕点。一次，弟弟诱导我说："哥，我们一人就偷吃一个，奶奶看不出来。”弟弟还主动搬板凳让我上去拿。于是壮着胆子站在板凳上掀开了竹盖，可怎么也够不着里面的糖果，踮起脚够还是不行，弟弟仰着脸一个劲地催，一着急，我就从凳子上摔了下来，落地时额头正好磕到凳子角，当场流血，幸亏奶奶从外面进来，二话没说带我去了母亲单位的医疗室。

后来下乡插队，第一次看到用柳条编制的“猫叹气”。和用竹子编的“猫叹气”相比，柳条编织的“猫叹气”既重，又不美观，只是实用。我问村里人：“干吗不用竹子编呢？村头不是有一大片竹林吗？”村里人说那是队里的，用城里人的话说那是公家的东西，除非村里要用才行。再有，编篾器讲究，全村就严老爹一个篾匠。

我在严老爹家看过他编的篾器，样子美观、有棱有角，也见过严老爹是怎样破竹的。破竹时，一根手臂粗的青绿色竹子，在被锯掉竹根和竹梢后，将粗的一端斜抵在墙角，严老爹背过身去，把细的一端搁在肩上，只见篾刀在中线，用巧劲一扎，锋利的篾刀一下就将竹梢开了一道口子，再顺刀势而下用力，“啪”的一声脆响，竹子应声而裂，一下子就爆开了两三个竹节。这时严老爹继续后退，篾刀随之拉动，那“噼啪”声就像过年燃放鞭炮一般，竹子又裂开好几节，直到竹子一掰两开。接着将劈开的竹块，一劈为二、二劈为四、四劈为八地劈下去。一会儿工夫，就麻利地劈出几种不同宽度、不同长度的篾条。

篾条分青篾和黄篾，青篾柔韧且极富弹性，可以劈成很细的篾丝，适合编制细密精致的竹器。黄篾柔韧性差，难以劈成很细的篾丝，故多用来编制大型的竹器。严老爹编制时，十指巧妙地拨动、挑拣，上下翻飞，那长短不一的篾，按照严老爹的动作归位，或上或下或左或右，跳跃得更欢。严老爹坐在竹椅上，除手、臂、腰在动，臀部偶尔挪一下外，目不斜视，超然物外，直到手上的活完成。

时光易逝，岁月不居。随着各种塑料制品的出现，竹制品几乎被淘汰，尤其是在城里，谁还会提着竹篮子在菜场、超市和大街上晃来晃去？起身告别老人，还是没忍住再看一眼那大大小小各种竹器，我想起遥远的一些称呼：草匠、鞋匠、锁匠、铜匠、铁匠、篾匠……那些散落民间的，曾与人们的日子息息相关的，如今，已难寻踪迹。

蒲扇

儿时的盛夏，扇子是必不可少的物件。

那时家家都有两三把蒲扇。蒲扇又称葵扇，是用蒲葵的叶、柄制成的。蒲扇质轻、扇动起来风量大，纳凉生风，驱虫赶蚊，生火做饭都少不了它，因而深受人们的喜爱。印象中，奶奶每次买回蒲扇都要放在太阳下暴晒，以防霉蛀。用之前，奶奶会从一堆破布里找出质地较好的布条，一针一针地沿边缝好，这样既可以防止划破手指，又能在手摇时增加舒适感，关键是能延长使用寿命。

记得我家邻居的男主人在剧团是做道具的，他仿照舞台上用的一面大扇如法炮制，运用到了自己的家里。舞台上的大扇是用纱做的，他用一张硬纸板做。一面近似正方形的大扇做好后，悬在屋梁上，扇子的一头用细绳牵着，只要拉动绳子，硬纸板就会来回摆动，屋里就会凉风阵阵。出于好玩，我们常跑到他家里，一人拉动绳子，其他人站在扇子下面享受风带来的凉爽。

夏天的晚上最具烟火气。傍晚时分，大人们先是在自家门口的地上洒上水，在一桶桶凉水的泼洒下，水泥地上白天郁积的热气慢慢蒸腾消散。然后搬出凉床、小竹椅、躺椅或藤椅和晚上的饭菜。一家人围着凉床吃饭。晚饭很简单，有中午吃剩的凉饭，也有稀饭和馒头，就着中午剩下的蔬菜，以及萝卜干、咸菜等。

晚饭后，各自坐在自家门口乘凉。这时，扇子成了主角，“叭叭”声此起彼伏。男人或躺在躺椅上，闭着眼睛，摇着蒲扇；或光着膀子，肩膀上搭条毛巾，手持扇子，坐在路灯下打牌或下棋。女人则坐在家门口洗着全家人刚换下来的衣服，这时女人身边必站着她的男人或是孩子，手执蒲扇为她扇风。我们这些小家伙似乎都不怕热，这边刚洗完澡，就大呼小叫地玩捉迷藏。玩累了，疯够了，就往竹床上一躺。这时，奶奶就会坐在我的脚边，手中的蒲扇时而轻摇摆动，扇出的那股清凉，夹着爽身粉般的丝滑感，全身顿感无比凉爽；时而紧摇几下，呼呼作响，这是在为我赶走嗡嗡叫的蚊子。到了下半夜，白天的喧嚣、燥热，融入清风明月中，一切回归恬静自然。

随着年龄慢慢增长，发现扇子不仅仅只属于夏天，在文人墨客的笔下，扇子成了特殊的道具，或用来刻画人物行为，或用来衬托人物气质，或用来塑造人物性格。《三国演义》里的扇子也是塑造英雄人物的必备之物。神机妙算的诸葛亮无论是运筹帷幄还是临阵指挥，手中必摇羽扇。那真是玉树临风，镇静自若，宛如神人。年少英俊的周瑜，在赤壁面对曹操八十万大军，手摇羽扇，谈笑风生，从容潇洒，指挥若定。更神奇的就是《西游记》里那把充满魔力的芭蕉扇，在太上老君的手里可以扇出三昧真火炼制仙丹，甚至能够降服青牛精的宝贝金刚镯；在铁扇公主手里，扇出的阴风能使人飘出八万四千里之外。如果不是孙悟空从铁扇公主那里骗来这“宝扇”，扇灭火焰山，唐僧师徒四人焉能取回真经？

扇子在男人手中是一种潇洒的象征，而在女子手中成了优雅的标志。古时女子多用团扇，因团扇蕴含着团圆、欢聚之意，很容易就被女性细腻、温婉、浪漫的性情发现和选择，将它视为纯洁爱情的象征。其次女子害羞之时，扇子轻遮粉面，微垂双目，略低头，以达“笑不露齿”之含蓄，展示出无限矜持与娇柔。

至于古诗词里描写扇子的更是举不胜举，其中耳熟能详的如杜牧的“银烛秋光冷画屏，轻罗小扇扑流萤。天阶夜色凉如水，卧看牵牛织女星”；李白的“懒摇白羽扇，裸袒青林中。脱巾挂石壁，露顶洒松风”；白居易的“素是自然色，圆因裁制功。飒如松起籁，飘似鹤翻空。盛夏不销雪，终年无尽风”，林林总总，不一而足。

时至今日，随着科技的发展进步，生活中的诗意也在一点点地发生变化。就拿扇子来说，空调、电扇的普及，使扇子的生存空间愈来愈小。但是，因为扇子的轻巧灵便，它的使用范围也是电器无法替代的。在我所住的大院里，几乎每天都能看到年迈的老者，坐在公用椅上，一边摇着蒲扇，一边有一句无一句地闲聊，一副悠然自得的神态，那种惬意是很让人羡慕的。在街头广场，我们常常能看到大妈们跳广场舞时，手里红彤彤的大折扇，时而展开，时而收拢，收拢似一束红带，展开如孔雀开屏。色、形、音，配合着铿锵的脚步和优美的身姿，节奏明快，扇功娴熟，宛若灿烂的晚霞。一把扇子，舞出了旋律，扇出了人们的幸福和满足。再比如我，每天傍晚出门去离家不远的护城河边散步，我必带一把折扇。沿着河边不紧不慢地走着，在天光流影里，呼吸着青草荷花的气息，习惯性地手腕一抖，“唰”的一声，扇面打开，体验一下闲情逸致的韵味，重拾“轻罗小扇扑流萤”的古典意趣，重温儿时深深浅浅的美好往事。

煤球年代

冬天来了。记忆中冬天总是很冷。冬至过后，不论哪个星期天，只要有太阳，家家要做的头等大事就是去煤场买煤。煤是城里人冬天最主要的燃料，也是家家户户的必备生活用品。打记事起，房前屋后，都能看见它的身影。

我在家排行老大，所以每次买煤都躲不掉。一大早，就被父亲从被窝里拽出来，嘟着个嘴，跟着父亲上煤场。父亲站在长长队伍里等着开票，我则排在送煤车的队伍中。倘若运气好，首批送煤板车会很快送完，否则，等送煤的板车返回来，一个上午就过去了。

一板车煤被送到家后，早早等候的奶奶和母亲忙着把煤铲到一个木盆里，并按照比例放些黄土，再倒水搅拌均匀。第一次我不知道为什么要在煤里放黄土，父亲告诉我是为了增加煤的黏性，保证做好的煤球不易碎。搅拌完毕，父亲和母亲搬着木盆来到一块打扫得干干净净的空地，我和奶奶拿着小板凳放在木盆旁边，坐下，用汤勺从木盆里挖一勺煤，并贴着木盆边上下反复颠簸几次，这样一个煤球就算做好了。做煤球时一般都会在脚边放一只装满水的碗，做了几个煤球后，就把汤勺放进小碗里过过水，为的是做出来的煤球光滑好看。

那会儿，家家日子过得都是紧巴巴的。为了节约，晚上都不用煤球封炉子，到第二天早晨再用几张旧报纸和劈好的小木头重新生火。早上起来生炉子的大多是家里的老人，他们是不用急着去上班的，所以他们拿着蒲扇扇炉子的样子是很悠闲的，一边扇，一边找个上风口和人聊着天。不像那些急着要去上班的中年男子，把手里的扇子扇得叭叭响，火没见怎么旺，倒窜出一股子烟来把自己呛个半死。

也有这种情况，如果起晚了上班来不及的，便用铲子铲几个煤球，去别家炉上引着，实在等不及的索性换走上面几个燃得正旺的煤球。那时候家家都那样，邻居也和气，人与人之间的温情，显得简单和朴素。

烧煤球有个缺点，就是特别脏，尤其是用铁钩捅炉子时，经常会搞得满屋灰尘。那时住的都是平房，进出方便，捅炉子时，就把炉子提到家门前的空地上。奶奶年纪大了，只要我在家，把炉子提到外面的活都是我干。

后来生活渐渐好转，手头也宽裕了，就不再做煤球而是改买蜂窝煤了。蜂窝煤是一种蜂窝状的大煤块，中间有 12 个孔，易燃烧、起火快，最关键的是不用再捅炉子，家里干净了不说，也不用再提着个炉子往外跑了。

和煤球不同，蜂窝煤不占地方，沿墙一层层码放即可。码放蜂窝煤就像砌墙一样，不能一摞到顶，而要压边压角，形成一个整体，才不会倾倒。刚买回来的蜂窝煤很潮湿，稍不小心就被捏破了，所以搬动时要轻拿轻放。

自从家里用上蜂窝煤就再没天天晚上熄火早上生火了。蜂窝煤炉子正面下方有一个炉门，用于出灰和招风，安装有插式弧形门扇，用于封闭和调节门洞大小，门开得越大招风越多而火越旺，反之便小。煤炉一次可放两块蜂窝煤。晚上不用时关上炉门，用火钳把底层一块夹出来，这样原来上面的一块成了底层，再放上一块蜂窝煤，十二个孔要全部与下面对齐，盖上一个有孔眼的圆形盖板，把炉口盖好，封炉就算完成了。炉子上可以放一壶水，第二天早上打开炉门，不一会儿，壶里的水就热了，一家人早上洗漱的热水就解决了。

蜂窝煤也有缺点，新加的煤预燃很慢，为了赶在我们回家前做好饭菜，往往火苗还没蹿上来，奶奶就开始炒菜，等菜炒好了，蜂窝煤才开始发威，所以炒出来的菜因火力疲软，不是那个味道。父亲为此说过奶奶，劝她别急，不在乎那几分钟。奶奶当时答应得挺好，可转天又给忘了。

五十多年转瞬即逝，煤球已消退在我的视野中，而作为生活曾经的格调，围绕它展开的那段日子，却时常让我的思绪回溯当时，置身呛人的烟味之中。“生活进行时”的煤火正酣，一排排倚墙而立的蜂窝煤，暗淡而沉默，在炉门日复一日地开启与闭合中，日子以不断重复的姿态，构成了一段耐人寻味的人间故事。

洗澡旧事

想想，已经很久很久没有去洗浴中心洗澡了。

现在人们洗澡非常方便，家家都有太阳能或热水器，随时都可以洗浴。如果冬天实在太冷，不愿意在家洗，可随时去洗浴中心。在那里，玩电脑，健身，听音乐，自助餐，应有尽有，洗浴已然成为一种文化，一种风尚。

人老了就喜欢怀旧，回想起儿时洗澡的情形，历历在目。

夏天吃过晚饭，等到天黑透了，光着上身，下身穿条短裤，手里端着装有毛巾和肥皂的脸盆，走到水龙头下，先是接盆凉水，接满后举起，从头往下来个全身淋透，然后浑身涂满肥皂，用手来回搓身，觉着差不多了，再接盆水自上而下，两盆水一冲，算是完事。到了北风呼啸、天寒地冻的冬天，在逼仄的房间放个木盆，用煤球炉烧水灌满四五个热水瓶，冒着感冒的风险，佝头缩颈抖抖豁豁①，尴尬和不便是可想而知的。所以那时一两个月不洗澡也是常有的事。

这种情况会在每年春节前改变。有钱没钱，洗澡过年。第一次跟父亲进澡堂子洗澡，刚刚 10 岁。澡票分散席与雅席两种。散席的价格是一毛，雅席两毛。我们买的是雅席。散席人多一些，就是一张躺椅，人与人都挨在一起，椅子下面是放衣服的柜子，雅席的人少些，躺椅之间，有茶几间隔，茶几上面放着两个杯子，上客的时候，站在门口收票的人就会招呼一声，立马就有人过来把杯子翻过来，给你倒上水。雅席的躺椅下没有衣柜，脱下来的衣服都是挂起来的。靠近天花板的墙面上钉着一排木楔子，衣服脱下来之后，服务员会用一根特制的长木杆把你的衣服挂上去，穿的时候，再用长木杆给你挑下来。

① 在旧沪语中，将过去谨慎而显得胆小怕事的样子讲作“抖抖豁豁”。

我很快脱光了衣服。一下子见到那么多的大人，站成一溜排脱光衣服，赤条条的，觉着怪好玩的呢。当然也有文明一点的用一条大浴巾，遮盖住私处。

走进浴池，里面有两个一大一小的池子。大池可以泡二十多人，小池的水很烫，上面还铺有木头栅栏，有人就躺在上面，享受着蒸汽的熏陶，用现在的话说，那就是早期的桑拿。

父亲把毛巾从栅栏中间的缝隙塞进去，等毛巾熏热之后，快速地拿出来，抖开，在我身上来回地擦，边擦还边说你看你身上多脏，并给我看毛巾上的污垢。搓完之后，父亲从大池里面拎一桶水，往我身上一冲算是完事。由于水蒸气太大，受不了澡堂里面的闷热，我跑到外面打肥皂，借此也透透气，完事后再进池冲洗。

雾气腾腾，人影朦胧。虽然墙壁上写着“泡沫禁止入池”，但还是随处可见人们惬意地坐在池水里擦肥皂，泡沫到处都是。所以那时洗澡，人们都赶在澡堂开门前去排队。因为早去的还能见到是水的模样，算是“清汤”，稍微晚一点，进去都是浓浓的泡沫了，那可就是“浑汤”了。

出了洗浴池，刚回到座位，服务员马上过来递条热毛巾供你擦身。擦好后往躺椅上一躺，那叫一个舒服。这时，就有脖子上挂根绳子，双手捧着木盒子的服务员走过来叫卖。那木盒子里面放的有香烟、花生米、瓜子、茶干等小吃。花生米八分钱一包。父亲给我买了一包。他自己则从口袋里掏出香烟，从烟盒里抽出一根，点上，吸上一口，那表情，惬意得不行。此时，不管认识还是不认识的，相互之间，东一句西一句天南海北地扯了起来。

很多年过去了，现在很难再找到老澡堂子了，取而代之的是各种形形色色的洗浴中心。不过，它和过去的澡堂子完全不是一回事。缺少了大池子，缺少了温馨，缺少了普通百姓的人气，我们这些经历过那个年代的人经常回味起那个年代澡堂里的老味道。

排队

我在家排行老大，打从懂事起，就和排队较上劲了。那个年代，排队司空见惯，你手里攥有钞票不一定就能买到东西，而是首先学会排队，耐得住排队给予你的煎熬，只有在经历无数次的排队过程中，如修行一般磨砺你的气性。

第一次排队是在10岁那年。父母都有抽烟的习惯，但只有钱没用，得起早去店铺排队。由于香烟紧张，凭票不说，一次只能买两包。一大早，奶奶就喊醒我，催着我赶紧上店铺排队买烟。赶到店铺，门前已有人排好了队。站在最后一位，等到我身后陆续有人之后，我赶紧按照奶奶教我的办法，对排在我前面和我后面的人说好话，并把事先奶奶给我准备好的半块红砖放在他们中间，再跑到后面重新排队。等到店铺开门，我就能买到四包烟，保证了父母两天的“口粮”。排队使人增长灵性，这是我的体悟。

二十世纪六十年代末，母亲被查出身患乳腺癌并做了手术。为了母亲身体尽快恢复，每天早上天刚刚亮，由过去奶奶喊我改为父亲喊我起床，因为奶奶已经去世。冬天凌晨，父亲将我从温暖的被窝里拖出来，穿好棉衣，接过父亲递过来的钱和篮子，顶着寒风跑出家门。赶到菜场时，各个摊位前早已人声鼎沸，很多人已在排队。先在卖青菜摊位前排个队，再跑到卖肉的店铺排队。黎明前夕，天色漆黑，站在排队人群里身子瑟瑟发抖，那几个时辰恰好年少贪睡，却不得不待在冰冷无奈的时光里排队等候，此种情景刻骨铭心。

排队最怕的是插队。先来后到，依次而行，恐怕是最简单的做人规矩。过往无数次的排队，多半遇到有人为图一己之利，不守规矩，厚着脸皮变着法子插队，结果争吵相骂有之，挥拳动粗有之。人都喜欢看热闹，这是人的本性。何况这是在让人感觉如此枯燥的排队时，看热闹也就当是调味剂了。

“贴墙排队”是我在排队中琢磨出的妙法，并且被一次次证明是行之有效的办法。那时，人人向往一张抢手的电影票，排队购票要凭气力，排好的队伍，开售时大都被挤得凌乱不堪，人群争先恐后，那架势似乎玩命。我个小挤不过别人，几次都被挤出队伍，哭也好骂也罢，无济于事。后来我发现贴着窗口墙面排队，不管人群怎么拥挤，只会顺势把你推向售票口，让你很快就能顺利买到一张票。从那以后我买票没有不成功的。但也让我留下遗憾，记得是在买一张《列宁在十月》的影票，脸被挤得贴在墙壁上，硬是蹭下一块皮，至今印迹犹存，算是排队给我带来的一段岁月留痕。

1978 年改革开放，大批的中外名著陆续再版，形成了一个新的购书、读书高潮。新华书店只要张贴明日出售一批文学名著的通告，当天晚上书店门前就会排起长长的队伍。受父亲影响，少年时代起我就喜欢读书。那时买书也是限额购买，为了能多买几本，狠狠心买两包中档香烟，请求同宿舍的两位同事帮忙一起通宵排队。第二天捧着托尔斯泰的《战争与和平》、司汤达的《红与黑》、肖洛霍夫的《静静的顿河》、曹雪芹的《红楼梦》、吴敬梓的《儒林外史》等中外名著，闻着飘逸的书墨香，我突发感叹：排队也是一件能产生成就感的事。

很多年过去了，如今，借助手机，你想要的东西，线上购买后，就会有人送上门来。感慨之余，想到过往的排队经历，我品味到了生活的艰辛和不易。能否说，人这一生，就是从排队开始的呢？出生、上学、工作、成家乃至退休，仿佛都在自觉不自觉地铺排人生。正如一位作家所说：普通人的一生，就是在排着无穷无尽的队。直到有一天，所有的欢乐与悲伤，排着队去了远方……

捕蝉

蝉声，夏日不可或缺的一个元素，缺少了，夏天仿佛就不完整了。

蝉，半翅目蝉科昆虫，雄性的腹部因有发音器，可以发出响亮的鸣声，雌性则不发声。蝉有众多的种类和别名，如蜩、螗、蝘、蜜等。蝉大概分为三种。第一种名“蚱蝉”，身长在5厘米左右，通体漆黑色，发声“嗞喳，嗞喳……”，洪亮而且悠长，从早到晚几乎一刻不歇。第二种名“知了”，身长4厘米左右，通体青绿色，发声“胡知，胡知……”最为动听嘹亮，多集中于中午到傍晚一段时间。第三种名“寒蝉”，身长3.5厘米左右，通体粉绿色，发声咽哑而轻细，而且似乎没有太长时间的连续鸣叫——卢仝《新蝉》诗中的“泉溜潜幽咽，琴鸣乍往还”，苏轼《阮郎归》词中的“绿槐高柳咽新蝉”，应该都是写的“寒蝉”，即“蜩”之鸣声。

儿时，我们捕的蝉属第二种——“知了”。

捕蝉之前，首先找一块橡胶皮，点上火，看着它烧化滴成团状，稍凉后涂抹在竹竿的顶部，只需轻轻往唧鸟的翅膀上一按，那唧鸟就可被捕住。“意欲捕鸣蝉，忽然闭口立。”躬着腰蹑行于树下，我们循声看准蝉伏在哪枝树枝上，慢慢地举竿上去将它的翅粘住，随即迅速落竿捕拿。粘时有许多技巧，一是举竿时尽量别碰出大的响声，尤其不要碰到它所在的树枝；二是举竿的方位要选择好，不要将竿子的阴影遮住它，不要使竿来回晃动，以免蝉飞了。这样，一个多小时下来，一般可以捕到一二十个蝉。

雨后捉蝉最容易。一场暴雨，压下了蒸蒸日上的暑气，地面上湿漉漉的，这时，河堤上、树林里、房前房后大树旁的空地上，常常会有很多蚕豆般大小的洞，那就是蝉的家。俯下身子，摘根小草轻轻捅进去，不一会儿，一只可爱的小家伙便被牵引出来。胆子大的，直接把手指头伸进去，那可怜的小家伙出于自我保护的需要，两只爪子一下子便捉住手指头，结果成了囊中之物。

除了捕蝉，我们最感兴趣的是拾蝉蜕（又称“知了皮”），即蝉蛹羽化成蝉后留下的壳。

“知了皮”，可以入药。寻“知了皮”全凭一双好眼力。蝉脱壳而出，会把透明的“知了皮”留在枝干上、枯叶间，由于“知了皮”和枯叶枝干颜色相近，寻找起来相当不易。顶着大太阳寻找“知了皮”，让我体会到了大人们挣钱的不易。寻找到“知了皮”不能放在口袋里，因为会被压坏，中药店是不收的。要用线把它们串起来，一根线上串上二十多个后，再换根线。回到家把它们吊起来风干后，就直接送到中药店。一个暑假，约略可以积攒到三四钱的“知了皮”，卖得八九毛钱。

蝉儿不仅在树上鸣叫，也在古诗里歌唱。“雨过一蝉噪”“蝉噪林逾静”“清风半夜鸣蝉”“蝉鸣黄叶汉宫秋”。在古人看来，蝉的生活习性是栖居高枝，而不衔草木筑巢；弃秽饮露，而不以粒粟为食；高标孤处，无求少欲。因此，蝉一到文人的笔下，经过先贤的思想感情的化合和点染以至人格化后，就成了高尚人格的象征。骆宾王《在狱咏蝉》里感慨：“露重飞难进，风多响易沉。无人信高洁，谁为表予心。”诗人以蝉比兴，寄情于蝉，表达自己品行高洁反被诬入狱的悲伤与对昭雪沉冤的渴望。李商隐也在《蝉》中抒发情怀：“烦君最相警，我亦举家清。”他借蝉栖高饮露的个性抒发位卑寄人篱下的感叹。虞世南的《蝉》：“垂緌饮清露，流响出疏桐。居高声自远，非是藉秋风”，以秋蝉高洁傲世的品格自况，暗示着诗人高洁清远的品行志趣。他们三人都是借蝉喻指高洁的人品，成为唐代文坛“咏蝉”诗的三绝。

蝉不仅颇受文人墨客的青睐，在国画大师的笔下，蝉代表着纯洁、清高。不少画家喜欢画蝉，其中尤以齐白石画得最好。他常常以工细的“黑头”蚱蝉，配以粗放的烂漫红叶，使工与放、漆黑与朱红，形成强烈的对比。尤其是蝉翼的描绘，筋脉细入毫芒而又精神焕发，“可惜无声”而又“大音希声”、胜于有声。据说张大千也曾画蝉赠送友人，友人拿去请白石老人题词，齐白石展开一看，摇首叹曰：此画谬矣，蝉附于柳枝，其头焉有朝下之理。因为柳枝柔软飘动，蝉头朝下就会重心不稳。其时张大千声名远盛于白石，得知后很不服气，后经仔细观察发现确实如此，对齐白石的观察力叹服不已。

蝉，在大自然里是很不起眼的小昆虫，总是一代代地繁衍着，从黑暗中成长，在迎接光明的时刻，生命也便到了终点。可是，它却仍然是那么我行我素地生存着，并且能够充分利用生命终结前的岁月，来展示自己的价值。马上就到立秋了，标志着夏季即将结束，再想听蝉声得到明年了。好好感受夏天最后的热和蝉的吵闹吧，还有比“蝉噪林逾静，鸟鸣山更幽”更好的意境吗？

星空下的电影

记忆中，我有十多年没进过电影院了。用朋友的话说，如果人人都和你一样，电影院早关门了。其实，我曾经也是个电影迷。

二十世纪六七十年代，农村放映的电影，反反复复都是那几部老影片，什么《地雷战》《地道战》《南征北战》《小兵张嘎》也不知道看了多少遍，但我们还是乐在其中。现在想起来，这些影片留给我的印象还挺深刻的，许多经典台词估计一辈子也忘不了。比如《地道战》中民兵队长高传宝说的“各小组注意！你们各自为战，打一枪换一个地方，不准放空枪。开火！”比如《小兵张嘎》中罗金宝的“别看你今天闹得欢，就怕你将来拉清单”等。

除去农忙时节，每个月都能看到一场电影。在文化娱乐活动极为贫乏的年代，有电影看那实在是件值得兴奋的事。由于是露天放映，所以还没等太阳落山，我就带着弟弟妹妹和同村的小伙伴们抱着凳子跑到广场占地方。因为去得早，可以占到中间的好位置，晚了就只能在靠前或左右两边占地方了。这时候，放映员已经在场地中央挂了一块白布。微风吹过，白布现出水纹一样的褶皱，就好像微波荡漾的湖面，被悬挂在空中。

占好地方，留一个人守护，其他人就跑到空场地玩耍。等到天完全黑下来时，人越来越多，那份嘈杂，那份喧闹，不亚于今天的人们观看明星演唱会。也有外大队的人赶来，只是很少有人带坐的家伙，有的找张纸片当座，有的找块砖头当座，有的脱下一只鞋放在屁股下面当座，还有的也不嫌脏，干脆就坐在地上。

千呼万唤始出来。放映机终于吱吱作响转起来了，一束强烈的光束，照射在雪白的银幕上，这时嘈杂喧闹的广场立即安静了下来。印象中，每次在放正片前，都会加个“套餐”：中央新闻纪录电影制片厂录制的《新闻简报》，相当于今天央视的《新闻联播》。新闻简报说是新闻，其实放给我们看的时候，已是好几个月前发生的事情。尽管如此，我们还是看得津津有味，觉得开了眼界。

那时农村放电影，都是单机放映，每放完一卷，一定要停下来换另一卷。这时，男人或孩子便跑到银幕后或在旁边黑暗处撒尿。有精明的老人早早地在这些地方放上几个尿桶。每当电影结束，尿桶基本上都满满的，正好用作肥料。再有，看电影的过程中也难免会出一点意外，让大家扫兴。比如偶尔有人从银幕前经过，身影瞬间放大，被送到银幕之上。这时，我们这些孩子就心急火燎地大声喊道："快躲开，快躲开！"那人连忙猫下腰，快步走开。再比如正看到精彩的地方突然卡带了，银幕上的图像不是拉得老长，就是模糊不清，或是歪歪扭扭，像抽筋一样。于是，场子里的人们开始躁动起来。好在放映员技术熟练，一阵忙乎，很快解决问题。

放映队挨着各大队放映，只要我们知道了必会撵着赶去，不论多远，场场必到。母亲为此不解，"都看了八百遍了有什么看头啊"。那时候，乡下的路挺难走的，常常要走田埂小道。去的时候没关系，天还亮着，回来的时候就有点麻烦了。农村没有路灯，晴天还好，有月亮星星照路，阴天就不行了。那时家家很少有手电筒，就是有也不会让我们拿着去看电影，电池也是要用钱买的。再有，和在本大队看电影不同，轮到别的大队放映时，等我们赶到已是黑压压一片。没带凳子，个子又小，怎么办呢？我们会跑到电影屏幕后面看。反面的画面很有意思，人物的动作都是左撇子，但是画面感一点不比正面差。

有生以来，因为看电影我曾打过一次架。记得是在公社门前的广场上，放映的电影是朝鲜故事片《卖花姑娘》。这是第一次在我们公社放映外国影片。晚饭草草地扒了几口，扛着一条长板凳，我带着弟弟妹妹一路小跑。到了公社门前的广场，哇，用"人山人海"一词形容眼前的场景绝对不过分。好不容易挤进人群，放下凳子刚刚坐下，一个比我个稍高点的知青，一屁股坐在我旁边，把坐在另一头的弟弟一下子挤到了地上。我赶忙扶起坐在地上大哭的弟弟，接着直接跑到那人面前，用力一推："这是我们的座位！"那人仗着比我个高，站起身就给了我一巴掌。捂着脸，我哪受过这样的打啊，二话没说，扑过去一把揪住他头发，顺势朝着他的脸就是一顿暴拳。结果是我的头被打破了，上公社医院缝了三针，至今头上还留着印痕。当然对方也没讨到什么好处，脸肿得一塌糊涂不说，还掉了一颗门牙。

时光易逝，岁月不居。随着电视和网络的普及，人们的精神生活越来越丰富多彩，露天电影虽然近乎消失，但作为尘封在那个年代的美好回忆，于我来说是永远不会忘记的。

有线广播

早晨起来的第一件事就是打开电视，只听不看，其目的就是给空荡荡的家里添个人气，给自己一个人的生活添个精神上的陪伴。

说到只听不看，想起四十多年前收听有线广播的情形。二十世纪六七十年代的农村，不说电视机，即便报纸和收音机也十分鲜见，因此，有线广播几乎是农民唯一接触的大众传媒，拥有独一无二的权威，不仅广播里说的人们都信，而且有线广播还兼有“闹钟”功能，作息起居、出工收工往往都踩着广播的节点。因此有线广播不能不说是个颠覆式的进步，一个记录时代发展的重要载体。

有线广播，顾名思义就是通过电线进行信号传输的广播。我记得当年农村有线广播是通过电线杆子(砍伐的树)，一根电线（铁丝），由公社广播站架到各个大队，再由大队架线到各个生产队，并负责派人把线路接到各家的喇叭上，再从喇叭上另引一根铁丝插在土里，这是为了增强广播线导电作用。

喇叭用黑色纸做成“碗”状，这是正面，背面是线圈和磁铁。不考究的人家就非常简陋地裸装着挂在屋里的房梁上，考究的人家会在喇叭外面罩一个方形的木头盒子，盒子正面开一个喇叭口大小的圆孔，内侧用纱蒙上，既能让声音发出来，又能防尘。经济条件稍好的生产队，给每家广播安个音量开关，一下子就把档次提高了许多。

公社广播站每天播音三次，早中晚各一次，准时准点。每次只要听到喇叭里陡然发出一阵吱吱的沙哑声，就知道广播马上就要开始了。随着熟悉的开始曲《东方红》响起，一天三次的播音就开始了。早晨六点半中央人民广播电台《新闻和报纸摘要》节目，中午十二点省广播电台农村节目，晚上七点中央人民广播电台《各地人民广播电台联播节目》。这是固定的三档节目，除此之外就是天气预报和公社广播站自办的节目。公社广播站还有一个功能，公社领导讲话，工作布置、会议通知什么的，也都是通过有线广播传达的。

知青插队那会儿，除了和家人保持通信之外，没有书看，没有报读，只有有线广播。因此每天收听有线广播，似乎成了我了解世界的唯一途径。印象最深、铭记于心的有两次。

一次是 1970 年 4 月 24 日，《新闻和报纸摘要节目》开始了。刚播一会儿，播音员的声音停了，随即出现了《东方红》的乐曲声，而且还是一遍一遍地重复播放。开始还以为是电台出了故障，然而等乐曲一停，播音员用激动的语调说，我国成功地发射了第一颗人造地球卫星“东方红一号”，刚刚听到的《东方红》乐曲就是从卫星上传下来的。听了以后心里格外激动。虽然我还不明白一颗人造地球卫星意味着什么，但记住了播音员最后的一句话：它诞生的意义，拉开中国人民和平利用太空，探索宇宙奥秘，造福全人类的序幕。

第二次是 1974 年国庆节。那天晚上，《各地人民广播电台联播节目》刚一播完，喇叭里传来公社广播站播音员兴奋的声音：“社员同志们，社员同志们，在昨天全县举办的文艺汇演中，我们公社宣传队演出的革命现代京剧样板戏《智取威虎山》第三场‘深山问苦’获得了全县第一名。剧中的杨子荣由我们公社合肥下放知青王唯唯扮演，小常宝由我们公社上海下放知青陆小梅扮演，小常宝的父亲由我们公社新华生产队社员王建生扮演，下面就请大家欣赏。”这是我第一次在广播里听到自己的名字和自己的声音！虽然播放的是实况录音，杂音太重，但我还是激动得从头听到尾，兴奋地几乎一夜没睡。

公社广播站还有自办节目，主要就是播送本公社“学大寨见行动”的好人好事。一次，生产队大田插秧完毕，还剩下一堆备用秧苗，弃之可惜，于是众人就到一块原打算抛荒的低洼田去翻耕，一齐去小河里挑水，硬是将其变成一块稻田，插上秧苗。我一边担水，一边为大家的劲头所感动，于是当晚就写了一篇稿子，记下这则“学大寨见行动”的好人好事，第二天一早，我跑到公社广播站将稿件交给值班的老头。当天晚上，广播站就播报了我的“处女作”，村里人听到自己的“好人好事”被广播了，都很高兴。从此，我就成了“土记者”——广播站的通讯员。

一晃，四十多年过去了。据我所知，目前有些县城还有有线广播，在一些乡镇所在地也还有有线广播，但把有线广播大面积送到农村千家万户的状况没有了。虽然农村有线广播已经息声几十年了，但是对我们这代人来说，有线广播给我们留下了难以忘怀的记忆。

开秧门

从电视上看到南方已经开始插早稻秧了，脑海中一幅幅闪过的画面，让我想起了插队那会儿的“开秧门”。

天刚蒙蒙亮，生产队石队长就扯着嗓子开喊：“开秧门啰，开秧门啰！”一声比一声急，一声比一声高。接下来，就会从村里的各个角落传来拨木门闩的声音，咳嗽的声音，鸡鸭鹅的叫声，狗儿“汪汪”的叫声，如一台大型舞会的混合音响一般。不过这个时间不会太长，也就十多分钟，村庄又复归宁静。

男人们直奔水田，女人们直奔秧田。男人们到了田边，站在田埂两头开始拉线，拉好线后，站在田里的男人立马沿线插秧，不一会儿工夫，一块田就被平均分成数个长条格。还没等这边结束，女人们挑着秧苗来了。放下担子，抓起捆扎成一个个秧把的秧苗，往田里抛秧，一时间，水花四溅，笑语不断。

第一天插秧称为“开秧门”，这是在插秧前的一场隆重祭祀活动。当一切准备妥当，生产队最高长官——石队长在鞭炮声中双手抱拳，向东西南北四个方向分别叩拜，祈求风调雨顺，祈求五谷丰登！

祭祀完毕，第一个下田的人还是石队长。石队长从田埂的中央处下田。下田也有说道，要左脚先下。因为农家有左顺右反之说，以示风调雨顺，五谷丰登。其余的人在他的两边一字排开，当石队长插下第一棵秧苗后，两边的人纷纷跳入水田，一场声势浩大的春插开始了。这时只见那一双双手快得像鸡啄米似的上下摆动，只听到秧苗落水的“叭、叭、叭”声。半天工夫，一棵棵秧苗将一片水汪汪、白茫茫的水田装扮得郁郁葱葱。横成行竖成列，就像是一个即将受检阅的方阵。

插秧是门技术活。“会插不会插，看你两只脚”说的是一只脚要踩在第2和第3株之间，另一只脚要踩在第4和第5株之间。这样插秧，秧苗才不会掉进你踩泥巴的脚凹里。插秧时，左手抓住秧把，掌心朝上，呈半摊开状，用大拇指和食指将秧苗分开，右手的大拇指、食指和中指钳住秧苗的根部，顺着秧苗的根朝下插入泥里，每次不多不少，数量均匀。一边插一边往后退，手与手、手与脚协调一致，配合紧密。秧苗和秧苗之间的间距大约是两拳宽，插下去的秧苗要竖立，并且要保证根部的三分之一必须在泥里。

我第一次插秧，不能和村民们比，他们都是插七行，我只能插五行。解开秧把子，按照插秧的程序，左手握着秧把子，右手把秧苗插入泥里，可插下去的秧苗东倒西歪，横不成行，竖不成列，有的秧苗还飘在水上，难看死了。石队长站在田埂上给我鼓劲说："别急，慢慢来，你们城里来的娃子能插成这样就不错啦！"

当地插秧还有"关门"一说。所谓"关门"，就是拿人取乐。插秧讲的是好与速度，好不用说，但速度有快有慢。如果速度快的人要拿某人取乐，就会在插完自己的秧苗后，不声不响地跑到那人的后面，快速插下秧苗。插秧都是倒退着插，所以被"关"的人也不知道，等到发现时已无退路。这就是"关门"。被关者这时就会老老实实从口袋里掏出一包烟，抽出一根递给"关门"者，以示认罚。和他们不同，我被"关门"后，直起身来清唱一段样板戏。一来让大家乐乐，二来腰弯得久了，酸痛酸痛的，蹲也不是，弯也不是，正好借此机会直起身放松放松。

插秧除了腰酸腿胀，最让人恐怖的是蚂蟥。第一次插秧时，感觉腿肚上痒痒的，把腿抬起来一看，只见两三条黑乎乎的东西附在皮肤上，看得我整个人头皮发麻。刚开始不知道那就是蚂蟥。我用手捉，那家伙身体打滑捉不住，即便捉住了也是越揪越长，急得我大声喊叫。石队长跑过来一看，告诉我说，没事，那是蚂蟥。不能硬拽，用手拍腿肚子，它就会乖乖滚落。按照石队长说的，我用劲拍打腿肚子，果然那蚂蟥自行落入水中。后来为了防蚂蟥，我穿了条长裤并扎紧裤腿口才敢下田。

开秧门这一天，家家的伙食都十分丰盛，像过节一样。村里还保留着一种习俗，早上有一道菜，将鸡蛋煎成饼状，把腌菜盖住，形似农人戴的斗笠。早上、中午都不能戳破，要留待收工后的晚餐吃，讨个风调雨顺的口彩。

开秧门，开启的是农家一年的希望与期盼，开启的是农民种五谷的辛劳与坚韧。如今，流水般地活过了六十多年，许多往事差不多都已忘却，唯忘不了开秧门那火热的场面。

叽叽喳喳话麻雀

二十世纪五十年代出生的人，大约都会有一段关于麻雀的特殊记忆，那时，麻雀与老鼠、苍蝇、蚊子被称为“四害”。

在我的记忆里，每当庄稼成熟之际，大人们从清晨到傍晚，围着庄稼地从东头走到西头，边走边不停地敲着手中的破脸盆，意在吓走偷食的麻雀，可这个办法一点也不管用。人走到东头，麻雀飞到西头，那呼啦啦惊飞的阵势，如跃动的千军万马呼啸而去。等人再折回来，它又返回去，把人折腾得够呛。后来实在没办法了，便用枪打、张网捕，总之想了很多种花样，但这小家伙们生命力极强，依然是雀丁兴旺。

在今人看来，那场围捕麻雀的运动可算是天方夜谭似的神话，但它的确是真真切切地发生了。庆幸的是，二十世纪六十年代中期，麻雀从四害中除名了。有科学家站出来为麻雀辩护，说它吃害虫多，吃粮食少，功大于过。麻雀若解人意，听到这消息，肯定会欢呼雀跃了。

大人们把麻雀叫作“家雀儿”，之所以在雀字前面加了一个“家”，是因为麻雀生活就简，不像其他鸟除了四处找吃食，还要造窝育雏，累个半死。麻雀不造窝，随遇而安，屋檐下、墙洞里、稻草堆里都可以安身立命，宿身育雏。再有，大人们常说：“老天爷饿不死家雀儿”。的确，麻雀对生活要求不高，不管是什么食物，能填饱肚子就行。

麻雀还有一种叫法：“家贼”。这是因为它和家禽抢食吃。看动物世界，我们知道很多鸟为一口食要迁徙千里万里，而麻雀不用，它可以混在家禽中，与鸡群共槽，在猪食槽边找饭粒，吃饱了就在屋瓦上、树枝上、电线上“叽叽喳喳”地斗嘴。它们的斗嘴是消闲。所有的鸡鸭鹅都没有麻雀嘴快，地上掉粒米很快就被它捡走了。它们从鸡食槽边吃到田野里，农人刚刚对那片金黄的稻田露出笑容的时候，它们就先吃上了。

当然，麻雀也有死敌。蛇经常跟麻雀过不去，猫也经常欺负它们，老鹰也时常要抓几只麻雀来充饥。但不可否认，曾经，麻雀最大的敌人还是我们人类。麻雀到了人的手里，不会有锁进金笼听其啁啾的待遇，更不会被人当宠物，它们有时会是餐桌上一道油汪汪的菜，饭店的菜谱里就有一道菜：椒盐油炸麻雀。2000 年，国家把麻雀列为二级保护动物后，就很少有人捕捉麻雀了。

说到捕捉麻雀，就想起小时候拿着弹弓悄悄走到树下打麻雀的情景，屏住呼吸，睁大眼睛，奋力拉开弹弓，弹丸像子弹一样飞出去。那种紧张、兴奋、刺激，现在的男孩很少能够体会到。再有，别看麻雀整日叽叽喳喳，活得快快乐乐的，麻雀最怕的是冬天，特别是下雪天。如果连日大雪，麻雀们就会找不到东西吃，飞来飞去，跳来跳去，到处找食。这时候也是捕捉麻雀的最好时光。我就和小伙伴们捕捉过麻雀。用一根系着长绳的木棒支起竹筛，竹筛下放点谷子或者糙米，然后躲得远远的等着。不大一会儿它们就飞过来了。待到如数入瓮，一扯绳线，总能捕到几只。

鸟类中，麻雀地位卑微，但它们似乎是与农民走得最近的鸟，田野、乡村是麻雀成群集聚的地方，无论农民迁徙到哪里，麻雀总会跟随而来，不嫌穷乡僻壤，在场院里偷嘴，在屋顶上闲聊，旁若无人的个性其实很可爱。麻雀没有亮丽的羽毛，一副乡土的样子，是鸟中的平民。但麻雀机灵活跃，生存力强，整天总是叽叽喳喳地叫个不停，像是有着永远说不完的话语，议论不完的事情，唯恐有人剥夺了它们的话语权。

现在，无论农村还是城市，麻雀依旧还在欢快地跳着，啾啾地叫着，算是我们最熟悉的鸟了。从理性上讲，在大千世界中，它们是食物链的一环，是大自然不可缺少的一员。从感情角度讲，它们是我们家园的一部分。“柴门鸟雀噪，归客千里至。”——流落在外的杜甫回到家，听到麻雀的叫声，一下子就找到了感觉。

我怀念儿时那呼啦啦雀群起飞的壮观景象，更怀念那段喧闹且幸福的光阴……

钢笔时代

一个时代有一个时代的特征。代表着那个时代特征的，哪怕是一件小小的物品，都会折射出时代的光晕。比如钢笔。二十世纪五六十年代，能够拥有一支钢笔，并且堂皇地别在上衣的口袋前，会引来众多羡慕的眼光。当时，很多单位表彰先进个人的奖品，大多就是一支“英雄”牌钢笔。

七岁那年，我上了小学。学校有规定，不到四年级是不允许学生使用钢笔的。所以每每看到高年级学生上衣口袋插着一支钢笔，那真的是眼馋，羡慕极了。好不容易熬到了四年级，我就跟在父亲屁股后面求父亲给我买支钢笔。四年级下学期，父亲终于给我买了一支“新农村”牌钢笔。虽然比不了“英雄”牌钢笔，但一支钢笔对于那个年代的我来说，可真是弥足珍贵了。“一支笔小学生，两支笔中学生，三支笔大学生。”虽是戏言，但真实地反映了那个年代钢笔代表的特殊意义。

有了钢笔，父亲给我买了一本《小学生必背古诗词钢笔字帖》。父亲说写字要“字如其人”。我不懂其含义，父亲说，写字，就是人与字，字与人，二合一，一含二，如鱼水相融，见字如见人。虽然还不能真正明白其含义，但我相信父亲的话肯定是有道理的。长大了才知道，字如其人，就是写字是一个人的一项基本功夫，字不光是一种工具，也是一种艺术，一手好字可以给人留下极好的印象。

按照父亲的要求，每天中午和晚上趴在桌边练字一小时。清楚记得，五年级新学期开学时，我用钢笔抄写的寒假作业，班主任大加赞赏，当着全班同学的面表扬我的钢笔字写得漂亮，号召同学们向我学习，并且宣布班上的墙报以后由我负责抄写。班主任的夸讲和鼓励，让我很是激动与兴奋，一颗小小的虚荣心，是多么容易满足呀！时间的年轮虽已走过了五十多个春夏秋冬，时过境迁，许多事都已淡出了记忆，但唯独这件事我记忆犹新。

1976年11月，我考上了一家外地的文工团，离家前的那天晚上，父亲送了我一支黑色的“英雄”牌钢笔，要求我一个月里要给家里写两封信。接过父亲给的笔，我知道手中的这支笔渗透着家人的一种心愿与期盼！按照父亲的要求，我每个月都会给家里写两封信。台灯下，铺开信纸，听着笔尖划过纸张时发出的细微的沙沙声，我都觉得字迹中的一横一竖，一点一捺都是一种心灵的密码，充满了一种感情的纹路，只有心灵相通的人才能破译。

与“英雄”牌钢笔相配套的有两种“英雄”牌墨水，一种蓝黑，一种纯蓝。纯蓝墨水写的字，容易褪色，蓝黑墨水写的字，经久不变色。我对色彩没什么研究，但我还是选用了纯蓝墨水。我知道那是天空和大海的颜色。当我用纯蓝墨水写字的时候，就像一个骑在马背上的孩子奔跑在蓝天下，能听到呼呼的风声，嘚嘚的马蹄声。古老的汉字，盛开在洁白的纸上，如纯蓝色的睡莲。

二十世纪八十年代，中国诗坛掀起了一场中国自有新诗以来最声势浩大、轰轰烈烈的诗歌运动。和所有热爱诗歌的朋友们一样，我读诗，写诗，满怀激情，近乎疯狂。就是这支“英雄”牌钢笔，见证了我进行诗歌创作的漫漫历程。我曾在日记里写下：珍惜与文字结下的情缘，只要力所能及，不轻易放下手中的笔。

世情亘古不变，然而道具改变了。稿纸上沙沙作响的钢笔吟唱，已被当下手指敲击键盘的“乒乒乓乓”声所取代，曾几何时的“写”文章，变成了今日的“敲”文章。键盘敲击出来的文字固然工整，却也总有某些东西远去了。这远去的是对于笔杆的触觉，还是对于笔尖在纸面行走的听觉？是对于某个字一笔一画呈现在脑海中的轨迹，抑或干脆就是对于一种情境、一个时代的怀念？

20多年前，“写信联系”常挂在我们嘴边，取而代之的是随后的“短信联系”。一句话的变更，折射出的是一种生活方式的变更。我知道自己以后再也不会用钢笔书写了，虽然陪伴我大半生的“英雄”牌钢笔还在，但早已完成了它的历史使命。我们这代人的钢笔时代，已成为渐行渐远的历史背影。

高中两年

我是在一所镇中学读完高中的。和现在不同，那时的高中只有两年。

从家到学校有20来里地，得住校。从家到镇上有过路车，车票2毛钱。每次返校，母亲都会把往返的车钱给我，但我哪舍得花那钱啊，就学着扒拖拉机。平路上扒拖拉机不行，速度快不易攀爬，于是就跑到上坡地方等。拖拉机上坡慢，便于攀爬。尽管司机转过头骂也没用，照爬。到了镇上，人多，拖拉机只能放慢速度，这时就可以跳车，走小路十来分钟就到学校了。

学校的四周都是田野，很远才有村落。校内有一个四百米跑道围成的大操场，场内有两个供跳远跳高用的沙池。有一个篮球场。从早到晚，除了上课时间，偌大个操场都是闹哄哄的，只有到了星期六上午上完最后一节课，同学们大呼小叫地走出校门往家奔，校园才安静下来。

周六放学的时候，学校呈现出的是一道别样的风景。大部分学生用一根棍子或者小扁担串着一个袋子，袋子里面放着一两个吃空了的菜罐子，扛在肩上，急匆匆地出了校门。少数住在镇上的学生则骑自行车，带有一些炫耀的神情，风一样从步行的同学身边掠过。而我回不了家，因为下午校篮球队要训练，我又是校篮球队队长，只能训练完再回家。

我们校篮球队共十名队员，我们班就占了4位，而且都是校队主力。每天课外活动，学校的篮球场地是校男女队的练球时间。每到周五课外活动，我们校队都要和老师组织起来的队来一场比赛。开始胜少输多，到了高一下学期，老师队就没胜过我们。和老师队比赛时，学校大部分同学都站在老师队一边，为老师队加油助威。我们班的同学集体荣誉感特别强，每次比赛，我们班的同学都站在场边为我们加油。因为场上的5位主力，我们班占了4位，我们胜了，就等于我们班胜了。不仅如此，每次比赛完了，班上的女同学都会把我们换下的球衣拿去洗了，没有一个人说闲话。

我们学校还有个宣传队。我又是宣传队的队长。在宣传队，我是唱、跳、说样样都来。如果一台演出是12个节目，我就承担了五六个节目。有一次学校组织我们去外县一个学校参加联谊活动。下午进行两场男女篮球赛，晚上两校各出五个节目联欢。我校女队输了，男队胜了。晚上联欢，我校五个节目我出场三次。篮球赛我打主力，联欢演出我又是主角，活动结束后，我们的领队悄悄和我说，他们学校的副校长看中我了。我不解，领队说副校长有个女儿，长得挺漂亮，也是她们校篮球队的。

其实这种事在我身上发生过。同年级不同班的一个四川来的女同学喜欢我，悄悄塞给我一张纸条，说是想和我处朋友。篮球队有一个叫毛子的和她同班，并多次和我说喜欢那位女同学，让我帮忙撮合撮合。收到那位女同学的纸条后，我把她约到校大礼堂后面的服装间，经不住我三劝两劝，女同学答应了。于是我跑去把毛子找来，让他们俩好好聊聊。我就上课去了。下课后我去给他们开门。一开门，女同学不好意思地跑了，毛子站在那看着我傻笑。

坦白说，我帮毛子也是有私心的。毛子父亲就是镇汽车站站长。自打毛子和那位女同学交往后，我每次回家，他父亲都帮我拦过路车，而且不用花钱买票。

高中阶段最幸福、最满足的回忆之一，是毕业时的那顿会餐。会餐那天，同学们早早地把课桌拼成饭桌，按十人一桌分组，大家一边急切地等待，一边相互赠送小礼物留作纪念。饭和菜端上来了，都是用脸盆装的。开吃前，校长必是一番讲话，完后，大家开吃。那年头是很少有肉吃的，看着那一盆盆红烧肉，口水直流。大家个个吃得肚子圆圆，带着被子等物件，相互道别，好多女同学都流了眼泪。

高中两年就这么结束了。回想起来还是有很多值得回味的事情。比如，学校统一熄灯后，我们还要点上自备煤油灯，再学习一会儿；偶尔生病了，一个人躺在寝室里的那份悲凉；班上的女同学被外班的同学欺负了，我们必定替她“报仇”；代表学校参加县里举办的中学生文艺汇演，荣获二等奖，至今还记得当时演唱的是京剧《智取威虎山》选段“打虎上山”；下了晚自习，跑到校外的庄稼地里偷偷地挖山芋……

高中岁月，青涩的成长记忆。高中时代，人生的青春档期。

稿费往事

当下，稿费都是通过银行转账或微信的形式发放，虽然便捷了，但总觉着少了什么。我想起过去到邮局取稿费的情形。

过去的稿费单是那种绿色的、长方形的、上面盖着邮戳的邮政汇款通知单。清楚地记得，我的第一笔稿费，来自电台，当那张绿色的纸片拿在手里时，没有想象中那么激动，一是因为电台播出的文章，从收音机里传出后，消失于空气中了，不像报刊那样，可以面对着印刷出来的文字，证实你的劳动果实；二是稿费只有 2 元。

我是 1976 年参加工作的，工资每月是 23 元，按说能拿到 2 元的稿费也是很不错的事了，相当于 3 天的薪水啦，但一想到一个大小伙子跑到柜台递上 2 元的稿费单，总觉着没脸面，有点掉价。在邮局门口徘徊了半天，最终还是硬着头皮走了进去。一位女同志接过稿费单，看看稿费单，又抬头看看我，嘴角露出一丝不易察觉的笑。我假装没看见扭头看周围环境，那感觉特尴尬。

为了不再出现那种尴尬场面，后来我想了个办法，就是等到电台的稿费单积攒到六七张的时候，再到邮局把稿费取出来，这样稿费也取了，面子也有了。

每次取出稿费，没有急着回家炫耀，而是直接去了新华书店。那会儿刚刚改革开放不久，大批的中外名著陆续再版，书价也不高，一套四本的《红楼梦》，只要 3 块 4 毛钱。现在书柜里的《战争与和平》《悲惨世界》《红楼梦》《家》《春》《秋》《苦菜花》《青春之歌》《创业史》等中外名著，都是那时买的，而且都是用稿费买的。

二十世纪八十年代，中国诗坛掀起了一场中国自有新诗以来最声势浩大、轰轰烈烈的诗歌运动。和所有热爱诗歌的朋友们一样，我读诗，写诗，近乎疯狂。经过多年努力，我陆陆续续在《人民文学》《诗刊》《青年文学》《中国作家》等30多家刊物发表诗歌200多首。当然，随之而来的是一张张稿费单，诗友们嚷着逼我请客。在他们看来，稿费是意外之财，用它请客吃饭天经地义。尽管我不能喝酒，但也不含糊，只是请客的当天，又多了一次浑然不知中被人从酒桌上送回家的经历。

我拿稿费最多的一个月是2002年6月。那年举办了第17届世界杯足球赛。那年《人民日报》《光明日报》《足球报》等多家报纸纷纷开辟专栏。其中《足球报》还举办了"我看世界杯大赛"征文活动。我从小喜欢足球，从小学到初中还是校足球队一员。于是一边看球，一边拿笔速记，球赛结束，马上在电脑上把稿子打出来发出去。从5月31日开幕到6月30日结束，一个月的足球赛，写稿21篇，稿费3000多元（含获征文二等奖的600元奖金）。

2000年年底，我离开小城调到省城。分配工作时，我有两个选择，一是到一家事业单位，二是到一家自收自支的文化报社。我想都没想，也没和家人商量，当场表态去报社。报纸是周报，工作量不大，借着这个机会，我便守着自己的一亩三分地从事写作。记得到报社第二年的年底，也不知是哪个环节出了问题，两个月没领到工资，同事们纷纷叫苦连天，我暗自庆幸还好有稿费帮我撑过了那两个月。

退休后，我写得更勤了，不止一个人说我写得太多了，稿费拿到手软，当然语气各有不同。之所以在别人眼里显得多，我想是因为现实的诱惑太多，很少有人能在文字的世界里从一而终。毕竟写作是一条艰苦的路，许多人等不得，他们要马上可以看见的功和利。我承认自己原来也有小心机，既发作品，又得稿费，何乐而不为呢？后来慢慢发现文字的力量太强大，在文字的世界里，我充分感受到了自己的富足，自己的价值所在，什么样的现实利益，都无法取代文字世界里的自我实现感！

现在已经很久没有见到稿费单了，很怀念过去到邮局取稿费这种带有仪式感的事情。

报缘

每天早晨起床后必做的两件事：烧水沏茶、下楼从报箱取报。一杯绿茶，两份晚报，读完了，摘下眼镜，该干吗干吗。退休七年，只要无特殊情况或外出旅行，雷打不动。

说起报纸，也算是今生和它有缘，在我的一生中就有过两次办报的经历。

二十世纪八十年代，中国诗坛掀起了一场中国自有新诗以来最声势浩大、轰轰烈烈的诗歌运动。全国各地的民间诗报如雨后春笋，纷纷亮相诗坛。1988 年 10 月，经上级主管部门批准，我创办了所居小城的第一家民间诗报——《青铜诗报》。

兴奋期还没过，接踵而至的就是来稿登记，选稿，改稿，画版，发排，校对，分发，邮寄，这一切都由我一个人来完成。除了每天八小时的本职工作，业余时间都交给了诗报。这都不算事，最关键的是办报经费。在筹备期间，我就利用自己的人脉，找到一家矿产企业，经过反复协商，对方答应每年给予诗报两万元的赞助。没承想，一年后由于各种原因，对方不再赞助。心里那个急啊，那段时间整天想的就是上哪去找钱。好在天无绝人之路，电视台的一位朋友出面帮忙，经费问题解决了。

《青铜诗报》创办三年出报十八期，发表诗歌作品九百余首，作者达四百余人，全国公开报刊选发作品二十一首，在当时影响很大。

1999 年 10 月，我调到省城一家厅级文化单位，分配工作时，我有两个选择，一是到一家事业单位，二是到一家自收自支的文化类报社。我想都没想，也没和家人商量，当场表态要去报社。

到了报社之后，我负责副刊版。为此我精心策划每期的主题和版面设计，请到一些省内外大家为我们副刊撰稿，以提高和扩大报纸的影响，同时还找到某银行以为其做广告的形式获得赞助。经过一年多的努力，报纸发行量上去了，我也因为工作出色，被提拔为报社副主编。报社领导借着这股东风，报上级批准由报纸改杂志，准备大干一场。谁知杂志刚出几期，逢全国报刊整顿，宣布杂志停办。

这就是我两次办报的经历。

现在几乎所有的报纸都有电子版，看起来很方便，但总是觉得手里没握着那几张纸，就不能叫作读报，感觉上，总是差那么几分。这种差距，应该就像手捧一本很有质感的名著和捏着 MP4 看电子书的差距，就像坐在电影院里看大片和坐在家中看电视的区别。因而退休后，除了每年订阅两份本地晚报和一本《散文》杂志外，每星期我都会抽出半天时间去图书馆看报。

实话实说，现在能坐在图书馆看报的几乎都是老者。他们静静坐在位子上，戴着老花镜，有的跟版面保持距离，有的差不多整个人趴在报纸上，有的嘴巴念念有词，有的边看边抄写某个章节。他们让我想到德布林的小说《图书馆》，扫烟囱工卡尔·弗里德尔深信："图书馆里的书久而久之一定会对四周的墙壁和天花板产生巨大影响，所以只要人们在这里待上一会儿，随便坐在哪一张椅子上或到处站一站的话，就能获得一些知识。"这位表情严肃的独身男子空闲时常坐在图书馆，一动不动，怀着对书的深深崇敬。这是个让人忘不掉的男人，他代表着人们对文化的敬仰、尊重，而不是浮滑、潦草。

我现在看报主要就是看副刊。不仅如此，我还给多家报纸的副刊投稿。前不久，我老师的女儿拍了一张她爸爸正在读报的照片给我看，说那是她爸爸正在看晚报上我写的散文。照片上八十多岁的老师，穿着中式服装，沙发旁的茶几上茶杯冒着热气，照片里的光影分不出是上午还是下午，墙上没有时钟，但想象得出那宁静的时光嘀嗒声，目光里满是温和、亲切。

人生一世，草木一秋，我和报纸的缘分至今没断。每天早晨，我会捧着一杯绿茶，戴着眼镜，悠闲地继续着多年读报的习惯。

老歌情怀

路过一家“老时光”茶铺，一首熟悉的老歌撞了过来：“一条大河波浪宽，风吹稻花香两岸……”熟稔的旋律，轻击心扉，思绪不自觉地被旋律和歌词牵动着，穿越时光隧道，往事由远拉近。

上小学那会儿，我是让老师最头痛的一个，隔三岔五挨老师批评。挨批评不怕，最怕的就是老师家访，只要老师一家访，我是准定要挨父亲的打。那时有一首很流行的歌《我为祖国献石油》。一次，我把《我为祖国献石油》里的“天不怕，地不怕，风雨雷电任随它，我为祖国献石油，哪里有石油，哪里就是我的家”改成“天不怕，地不怕，就怕老师到我家，老师告状一出门，我头挨巴掌，屁股开了花”。这事不知怎么就传到了父亲耳里，父亲听后笑着拍拍我的小脑袋说：“你要是把这聪明劲用到学习上就好了。”

小学四年级我加入了中国少先队。“六一”那天，全校师生站在操场上，我们新入队的队员站在最前排，面对的是五星红旗和少先队队旗。在《我们是共产主义接班人》歌声中，我举起右臂，向着国旗和队旗庄严宣誓。那一刻，是我终生难忘的。“我们是共产主义接班人，继承革命先辈的光荣传统，爱祖国，爱人民，鲜艳的红领巾飘扬在前胸……”在那一刻，我觉得我已经不再是从前那个调皮捣蛋的我了，而是一名共产主义接班人。

二十世纪六十年代末，我们是唱着“到农村去、到边疆去、到祖国最需要的地方去”的革命歌曲，奔赴广阔天地插队落户的。插队后的第一个春节是在农村度过的。记得大年三十晚上，我们各自将家里寄来的食品拿出来摆了满满一桌，每人面前的碗里都斟满了八毛一斤的山芋干酒，在举起大碗说了句“为我们过一个革命化的春节干杯”后，我们像秋风扫落叶般地大吃大喝起来。

席间，记不清是谁起的头，我们唱起了熟悉的老歌。我们唱了“月亮在白莲花般的云朵里穿行，晚风吹来一阵阵快乐的歌声”；唱了“九九那个艳阳天来哟，十八岁的哥哥呀坐在河边，东风呀吹得那个风车儿转哪，蚕豆花儿香啊麦苗儿鲜”；唱了“十五的月亮升上了天空哪，为什么旁边没有云彩，我等待着美丽的姑娘呀，你为什么还不到来哟嗬”；唱了“蓝蓝的天上白云飘，白云下面马儿跑，挥动鞭儿响四方，百鸟齐飞翔”。我们还唱了不少苏联歌曲，《三套车》《喀秋莎》《莫斯科郊外的晚上》《小路》《山楂树》等。

时光似箭，岁月如梭。这些年来，现在好多歌曲听起来让人茫然，唱起来再也没有原来的激情。在今年建党百年的音乐会上，当一首首耳熟能详的老歌，经歌唱家的现场演唱，那优美的旋律，昂扬向上的力量，触动到我心灵深处，让我产生了强烈的共鸣，那一刻我热泪盈眶。那一曲曲动人的老歌，犹如不死的青春，给了我温暖，给了我曾经的感动，让我找回过去的岁月。

一代人有一代人的经典，一代人有一代人的回忆。不经意间，我已度过了六十六个春夏秋冬的自然轮回。当那些熟悉而亲切的老歌的旋律响起时，往事便会走来，朋友便会走来，青春便会走来，眼泪也会走来。哦，流过心底的老歌！

照片里的流年

同学老冯打电话告知给我寄了一份快递，我问是什么东西，他说收到后你就知道了。事隔一天收到快递，拆开，居然是一张已发黄的毕业照。照片上方一排黑底白字："南港中学高二（1）班全体同学毕业纪念，1972 年 11 月 5 日"。

真的是太让人意外了，看着照片，好半天没回过神来！第一排半蹲的是女同学，第二排坐着的是所有带过我们课的老师，第三、第四、第五排都是男同学，一排一排地认真看着，照片上的人物在我脑海中一下鲜活起来。

看着照片上一脸灿烂的我，就让我情不自禁地想起了过去，想起已逝去的青春，那时是多么的年轻，是多么的美好，像早上八九点钟的太阳，充满生机、活力，但也许是太年轻了，没有好好地珍惜，总觉有大把的青春可供我去挥霍，现在想想真的很后悔，青春一去就不复返了，如今我已经是奔 70 的人了。捧着这张老照片，一看再看，这是一种永恒的记忆，是我人生历程的见证，我会永远把它珍藏起来。

我有一本旧影集，硬皮墨色封面，内页是黑纸板，每页覆盖着一层半透明的膜纸，如同岁月的霜雪。我的第一张照片，是在我出生 3 个月时父亲拍摄的。父亲在大学宣传部工作，并兼任校报副主编，因工作需要，学校给父亲配备了一部珠江牌国产相机。那个年代拍出来的都是黑白照。即使后来有了彩照，父亲还是坚持拍摄黑白照，用父亲的话说，黑白照片有着浓浓的岁月感。

在为数不多的老照片中，一张旧照让我永远不能忘怀。高中毕业，我插队落户来到舒茶一个叫余家河湾的生产队。1968 年，舒茶公社提出用两年时间，把青岗岭开辟成一个高标准的梯式茶园。那年冬天，我正赶上了修建"九一六茶园"。为了赶时间，规定不论远近，所有人吃住一律都在山下。

说是住，其实就是用几根毛竹在山脚下架起一个“人”字形，两侧蒙上用稻草编织而成的条状的“帘”的即成草棚。山区的冬天特别寒冷，在这样的天气里，每天天刚麻麻亮我和社员们就在大喇叭的呼唤中，一个个机械地钻出草棚。我们很像法国作家莫泊桑描写的寒冷的冬鸟：“它们只得瑟瑟缩缩地弯着身子，打着寒噤，忧郁地注视着满天皆白的原野。”

记得一位查姓的省报摄影记者隔三岔五地来工地拍照。一天，为了宣传我们这些知青和贫下中农一起战天斗地，查记者把我还有几位上海知青和当地社员混搭在一起，摆了个抬石头的姿势连拍了好几张照。不久省报就刊登出来了。查记者和我父亲认识，沾了父亲的光，查记者事后悄悄给了我一张照片。这是我四年知青生活留下的唯一的一张照片。

影集里最多的是我的演出剧照。1976 年底，我考入一家市话剧团成了一名话剧演员。我演的第一个话剧是《枫叶红了的时候》。之后，我又先后出演了话剧《雷雨》《于无声处》《一双绣花鞋》《泪血樱花》《刘胡兰》《孝顺儿子》《再见巴黎》《救救她》《假如你是真的》等十几出大戏。

时光荏苒，现在每每翻看这些剧照，每个话剧剧目的剧情我都能娓娓道来。在那个改革开放春风吹拂的崭新年代，它们赋予了我许多珍贵的艺术享受和难忘的时代情结。

当泛黄的照片罗列眼前，每一张照片，真的是承载了太多的岁月流年，也承载着我们太多的沧桑变迁。情之所系，非只是那一纸方寸，更多的，是寸心间的所思所感。平淡也好，绚丽也罢，这一程的滋味，真正能够品出的，也只有自己。

捧着影集，岁月并没有真的流走，而是换作另一种形式存在。我会把这些老照片一直保存下去。它是时间，是经历，是追忆，更是精神财富！

纸质时代的书信

这天在书房整理旧物，不经意在书柜最下层的抽屉里翻出一个纸袋，打开后发现，一扎书信，除了信封的颜色有些褪色，其他保存完好。放下手中的活，席地而坐，随手从中抽出一封打开，落款日期是 1976 年 12 月 15 日，写信人是当年插队时的一位朋友。那年年底，我考上了一家市级文工团，朋友来信一是祝贺我由知青到演员的角色转换，二是警告我别忘了插队 8 年的老朋友。看完，感慨万千，勾起我对那写信读信的纸质时代的回忆。

我上小学时就对邮局门口那种代写书信的老先生怀有敬意。老先生穿着讲究，笔挺的深色中山装，上衣兜里插着钢笔，胸前吊着一副老花眼镜，一椅一凳，老先生坐在椅上。来了不识字有读信需求的人，便让坐下来。老先生接过信，戴上老花眼镜，为了不让路过的人听见，压低嗓音，将信的内容读上一遍。读完信，老先生从上衣兜里抽出钢笔，铺开信纸开始写信。信的内容多是家常话什么的，只是信的首尾一定会写上书信的套语，如来信收悉、甚为挂念、别来无恙、书不尽意、盼即赐复等。写好后，老先生同样压低嗓音读一遍，完后征询一下哪个地方没有写到，如没有问题，老先生收下代写费 3 毛钱，把信纸规规矩矩地叠好，插入信封用糨糊黏上口，贴上邮票，在对方期盼的眼神中将信塞进邮筒。一般邮局门口都立有一个绿色的圆邮筒。

我第一次提笔写信是在小学 4 年级。那年，父亲去了农村，母亲随剧团去上海拍电影，家里只有奶奶和我们兄妹三个。父亲每两个星期来封信，每次读信回信都由我来完成。回信时，由奶奶主说，我写，不会写的字就用拼音替代，弟弟和妹妹趴在一边看，写到最后，我会写上奶奶身体很好，我和弟弟妹妹都很听奶奶的话，认真学习，请爸爸放心。但每次父亲的来信都会要求多写家里的情况，奶奶的情况，特别是我们兄妹三个的学习情况。每次读到这，奶奶就会笑着说，你们那个爸爸呀，就是个操心的命，过日子哪有那么多东西写啊。大半年之后，母亲回来了，我总算是解脱了。

写信最多的是下乡插队那8年时光。那时，日子苦一点算不了什么，最大的苦难就是孤单和寂寞。在通信极不发达的年代，书信就成了连接远方家人的载体。在农村待过的人都知道每年七八月间的“双抢”，是一年里农活中的“重头戏”。所谓“双抢”就是抢收早稻和抢插晚稻秧苗，时间半个月左右。第一次参加“双抢”的经历，让我懂得了饭桌上那白花花的米饭的珍贵和来之不易。也更清晰地看到，在“稻花香里说丰年”的唯美画面背后，是一张张风吹日晒的黝黑面孔，是一双双沾满泥土、粗糙皲裂的手。“双抢”还没结束，父亲来信了。父亲在信里说了很多鼓励和安慰的话，说了家里的情况，最后说，随信寄五块钱，给自己加个餐，全家人等你回信。手捂着烫手的家书，让我真切地感受到与家人的血脉相依。

二十世纪八十年代，中国诗坛掀起了一场中国自有新诗以来最声势浩大、轰轰烈烈的诗歌运动。那时，我也迷上了诗歌写作。但那个年代发稿太难。从1982年初第一次给杂志社投稿算起，近两年的时间里，除了投出去石沉大海的稿件之外，我至今还保留着70多封退稿信。诗人泰戈尔写有“天空不留痕迹，但鸟儿已经飞过”。我想，这70多封退稿信也是70多只鸟儿，虽然天空不会留下它们的痕迹，但在我的心中会留下一道美丽的风景。

写信写得最勤的是谈恋爱那会儿。坐在灯下，听着笔尖划过纸张时发出的细微的沙沙声，想象着对方在收到信时幸福的模样和神态，就会有说不尽的话语，1页、2页、3页，甚至7、8页。当我郑重地把信投进绿色邮筒的那一刻，那种才下眉头却上心头的牵挂，也只有热恋中的人才能体会。当对方的来信像鸟儿一样飞到手中，看着信封上那熟悉的笔迹，心里怦怦直跳。明明急于看信，却非要等到夜深人静的时候，独自享受。

当下，手机让书信淡出了我们的生活。年纪越大，我越留恋那写信读信的日子。笔墨传情，每一笔里饱含着思虑的凝结，即使涂改也是用心的体现；下笔成文，耗时劳心的书写呈现的是书写者的情感，即使文字平淡如水却也情意绵绵。女作家海莲·汉芙在《查令十字街84号》里写道：“我一直以为，把手写的信件装入信封，填了地址，贴上邮票，旷日费时投递的书信具有无可磨灭的魔力——对寄件人、收信者双方皆然。其中奥义便在于‘距离’——或者该说是‘等待’——等待对方的信件寄达；也等待自己的信件送达对方手中。这来往之间因延迟所造成的时间差，大抵只有天然酵母的发菌时间之微妙差可比拟。”这段文字的描述告诉我们，每一封书信，都带着一种爱的温度，哪怕远隔千山万水，这种温度都不会褪去。

书信文化作为一种具有历史底蕴的文化，正以被人们遗忘的速度慢慢褪去。数百年间“见字如面”所唤起的中国人对笔墨信札的文化记忆，也渐渐地消失殆尽了。当代绝对不会再有《傅雷家书》，不会有“烽火连三月，家书抵万金”的千古绝句，不会有沈从文写给三三的那些比散文还要优美的情书。当然，再也不会有木心的《从前慢》诗句里美妙的描述，“从前的日色变得慢，车，马，邮件都慢。一生只够爱一个人。”

我怀念灯下写信的日子，怀念读信的幸福时光。

第一次下井

铜陵的朋友老许来电话邀我去铜陵转转，说都退了休了，老待在合肥干吗。老许原是铜陵有色铜官山铜矿工会干事，我们认识至今已有40多年。我在电话里问她现在的铜矿怎么样了，她在电话那头哈哈大笑，说“铜矿早就封啦，2010年就改成铜官山国家矿山公园啦”。老许的话一下子把我拉回到二十世纪七十年代。

1978年8月，老许带着铜官山铜矿工会的介绍信来到我所在的剧团，请求团里帮他们排一个黄梅小戏《第三次相亲》。团长就把这个任务交给了我。我就是那时认识了老许。

第二天上午去铜矿工会，工会的金主席问我有什么要求，我说来铜陵工作快两年了，还从没下过矿井，很想到井下看看。金主席笑着说：“这算什么事啊，小许，这件事交给你了。”

当天下午，在老许的陪同下来到一个井口。这时一位看上去40多岁的矿工迎了上来。老许对我说，这位就是李队长，待会由他带你下井。老许又对李队长说：“李队长我就把王老师交给你啦！”

跟着李队长走进一间小屋，领了一件工作服、一顶安全帽、矿灯和一双高筒的防水靴。穿戴完毕，跟着李队长来到井口，走进罐笼。伴随着些许震动，罐笼开始慢慢下降。我看着头顶的洞口越来越小，光亮渐渐消失，感觉心一下子沉了下去。有一点害怕，有一点奇异，有一点刺激。也不知过了多长时间，罐笼停了下来。走出罐笼，心脏也随即回归原来位置。我问李队长这矿井离地表多深，李队长说960米。见我吃惊的表情，李队长笑了，说这还不算深的，还有几千米深的呢。

一开始行走时，巷道两边的灯光还很明亮，越往前走，灯光忽亮忽暗，只能靠矿灯来照路了。前行中，黑暗从四面涌来，我第一次感到黑暗是有重量的，它覆盖着你的感官，让你感到窒息和压抑。所有的感觉都被压向身体的内部，身体变得沉重而敏感，不大工夫，全身就湿透了。

究竟走了多长的巷道，到底是1978年夏天的往事，很多细节想不起来了，只记得跟着李队长拐进了一条小巷道，不同于主巷道，小巷道里整个气温上升很多，空气稀薄，没走一会儿，就到了掌子面。

掌子面又矮又低，矿工们弓着腰正紧张有序地忙碌着。看不清他们的脸，有的工服已被汗水湿透，有的干脆脱了工服光着上身，倒是那头上的矿灯像天上的星星在掌子面闪烁。见我们到来，他们都停下了手上的活，看着我们。李队长说："看什么看，干活。"

我和李队长就地而坐。李队长告诉我，他们每月都要上班30天，没有休息日。每天工作10个小时。饭菜都是自己带，到了吃饭的点，就在掌子面吃。"工作这么辛苦，待遇还好吧？"我问。"他们当中工资最高的不超过1000元。""哟，那工资挺高的呀。我每月工资才28块。""有钱管什么用，连个媳妇都找不到。""为什么呀？""谁愿意嫁给这些整天在井下干活，一身汗臭的他们呀。"

目睹着矿工们忙碌的身影，我突然想到8年的插队生活。都知道农村生活艰苦，农民不易，但和农民相比，这里的环境简陋，工作又苦又累，更重要的是，稍有不慎，就会有生命危险。我问李队长这个矿发生过矿难吗？怕李队长忌讳，我没敢说死字。李队长呵呵一笑说，矿上对安全生产特别重视，我们这里还没发生过死人的事。

在井下待了3个多小时，我感觉那3个多小时比3天还要长。3个小时之后，我们升井回到地面。走出罐笼，又重新看见了阳光，呼吸到了新鲜的空气，我突然感觉这一切都是那么的珍贵，那么的美好。我兴奋地对早已在井口等我的老许说："我现在明白你们为什么创作《第三次相亲》这个戏了，也体验到了矿工们在那样艰苦环境中的辛苦和不易。真的，我们要好好宣传矿工们在井下劳动的辛苦和伟大，让城里的姑娘们爱上他们，爱上矿山。"

第一次下井的经历让我感受颇深，心里对矿工们充满了敬佩和感激。我将第一次下井的感受写了一首诗《第一次下井》：从地球的入口处 / 跨入一个辉煌的黑暗 / 沿着恐龙蹒跚爬行的曲线 / 追寻着始祖鸟飞翔的踪迹 / 一群年轻的龙 / 在夜一般深沉的矿井 / 找到最动人的表达方式 / 钻枪和力的宣泄 / 在低矮的掌子面 / 享受每一分钟的艰辛和突破的快感 / 矿灯和汗水 / 构筑起一个迷人的星空！

人生的第一次

在我人生之中有太多的第一次，每一个第一次对我来说都有很深的意义，就如同一壶百年老酒，细细品味，方知这才是佳酿。

我第一次当编导是在 2010 年。年初，厅领导把我找去，说是为了提高全省非物质文化遗产保护工作，唤起全社会对民间民俗文化的关注，决定举办首届安徽民俗文化节并由我来完成节目的台本和导演工作。说实话，虽然从事群众文化工作三十多年，主办承办各种大大小小文化活动不计其数，但担当如此重任还是第一次，心里难免打鼓。但我的个性决定了我的工作态度，我接受了任务。

虽然接受了任务，但从何下手，心里真是没有一点底。此时已到腊月，年的氛围越来越浓，由过年想到，在我们老百姓的心目中，最渊源厚重的文化莫过于“年文化”，由“年”又想到了二十四节气。二十四节气也是民俗。灵感就这样从脑海里一下蹦了出来。

大年初一到初三，我关了手机，一个人在办公室待了三天，最终完成首届安徽民俗文化节开幕式演出方案。主题：以中华民族传统节气和节日为时序，巧妙串联流传广泛的十大民俗活动，展示民俗文化旺盛的生命活力和斑斓色彩。理念：喜歌喜舞喜庆、民风民情民乐、绝活绝技绝伦、传统传承传神 。节目：月圆观灯（元宵）、踏青插柳（清明）、采茶赛歌（谷雨）、龙舟竞渡（端午）、花前月下（七夕）、收获金秋（立秋）、举杯邀月（中秋）、登高赏菊（重阳）、祈福丰年（冬至）、迎春团圆（春节）。原则：还原为主、表演为辅；古风为主、时尚为辅。

七天年一过，将方案上交到厅里，这期间我将音乐制作、舞台设计、音响设计以及服装设计的人招到一起，连着两天关起门来讨论。方案批下来之后，我带上方案赶到举办地铜陵市，和市文化局的有关人员就排练场地、演员食宿、车辆安排等做了落实。回到合肥立即从全省各地将心里早已定好的排练老师们请来，开了第一次编导会。安排了任务，提出了要求，明确了责任之后，老师们各自带着自己的任务返回。

经过近三个月的准备，开幕式演出的团队按照要求准时到达铜陵市。此时距开幕式演出仅有九天。面对一千多人的演出队伍，我显得既紧张又有点亢奋。我将各个节目的编排老师安排坐在我的旁边，每看完一个节目之后，马上和节目的编排老师交换意见，提出修改的方向。

既然是民俗文化节，那么开幕式演出的节目单就不能和一般的演出节目单一样。在想了也不知多少方案后，突然想到了扇子。扇子为纳凉之物，是中国的传统物品，更是中国民俗文化的一个组成部分。把这个想法和领导一沟通，立马得到了肯定。用扇子做节目单也算是个创新吧。

2010 年 5 月 7 日，首届安徽民俗文化节在铜陵开幕。作为总导演，我这时手拿对讲机坐在指挥台前，那个紧张那个不安那个亢奋，使得我好半天不能安静下来。我不停地抽烟，不停地喝水，我极力让自己平静下来。当领导宣布开幕，烟花上天，我一下子兴奋起来，一双眼睛紧紧地盯着舞台。一个半小时的演出很快就结束了，此时我才发现我已经全身湿透，半躺在座位上，一如放了气的气球，一点力气都没有了。

人生的很多第一次都是一种新体验，有的瞬间会过去，但有的会长久在心里驻留。

乡村情结

许是因为年龄增长，许是有过八年插队的经历，虽离开农村多年，但有一种情愫总在心底不断翻涌，心心念念着插队的村庄和老友。退休后，每年我都会回村看看。

正值初春时节，走在熟悉而又陌生的乡间路上，没有目的，且行且看，觉得哪里有入眼的风景，就在哪驻足站住多看两眼。有时，是一片从土里冒出来报春的各种野菜；有时，是一片小树林；有时，是一条尚还清澈的小河或者渠水；有时，就是一片充盈于天地间的无限绿意。看着这一切，我想起“沉浸”这个词。沉浸在老时光中。如同某种器物：一盘石碾，一坛陈酒，染坊上空飘扬的蓝底白花的蜡染布匹，那种美，珍贵而罕见。

麦地里的麦苗挨挨挤挤地手拉着手，整整齐齐地站在田野里。往年这个时刻，如果天晴，农人闲着没事，会到田间地头转转，像画家画完了画，自己站远了看看，说不定哪里可以再添一笔，哪里可以再画一笔。这会儿地里的活，不是非要添这一笔，也不是非要去那一笔，只是随便看看，心里才会踏实。或许城里人已经忘记了季节的更替，然而蛰伏在乡下的农人，却闻到了春天的气息，听到了积雪消融的泥土开始发酵，大地舒展筋骨的声音。

这片土地给我的青葱岁月除了苦涩，还留下了许多美好的记忆。那时，乡间的土地是清香的，空气是清新的，人的心也是敞开着的。你看得见我的，我看得见你的，没有谁藏着掖着。一个锅里吃饭的一家人，低头不见抬头见的乡邻，难免有些磕磕碰碰。牙齿还有咬着舌头的时候，何况性格脾气想法不同的人。有啥不痛快不自在的，就说出来，说不好就吵，吵不好就打，把祖宗八代都骂遍了，能打得头破血流，几个旁观者一拉一劝，几句话一唠，几根香烟一抽，就息事宁人了。

那时每家每户的门，形同虚设，随手一带，掩上就是关门。想出门溜溜的鸡鸭，用头轻轻一顶，就大摇大摆走在了门外。想来借个什么东西，站在门外喊上一声，应或不应，在或不在，自可推门而入，自己寻找和拿走。坐下歇会，倒杯茶喝，全在于你自己的意愿，绝不会有责怪和不悦，反让主人一番开怀。但是，别看家里没有啥东西，底线还是有的。偷，是最耻辱的行为，一旦沾上谁的手，别指望谁再待见他，连给个好脸色都不可能，让你没个一年半载的都抬不起头。

那时，物质上也是贫乏的。一年也就中秋节、春节能吃点肉。不仅如此，粮食同样很金贵，农闲的饭食就是能照见人影的清汤寡水，米粒都能数得清，就是所谓的“喝汤”。农活不忙的时候，晚上汤也免了，早早地就钻被窝了。小孩子晚上睡不着，有月亮的夜晚聚在一起捉迷藏，什么时候玩累了，自然就回家睡觉。大人们不管也不担心，只需留个门就行。

那时，乡村是安静的。潺潺的流水声，唧唧的虫鸣，还有那四季的风声、雨声……这些声音自然天成，不加任何修饰，是天籁，沉积在人的内心深处。最熟悉的声音，是村口吊在白杨树上的大喇叭发出的，它将世界的消息搬到了村口，将最新的资讯带给乡亲。当然，一辈子和土地打交道的庄稼人，最关心的自然是天气预报，因为天气好坏直接影响着收获或者耕种。

那时，那时，那时……时间过得真快，眨眼我已是奔 70 的人了，想当年离开时，我才 21 岁。真是岁月不饶人呀。走进村里，我知道村里的年轻人都去了城里，这是发展的趋势。田地也交给种田大户经营，这更是好事。但他们的父母仍生活在这里，守着祖辈留下的土地，守着数代人最后的农耕记忆、烟火岁月。眼见得他们日益年迈，慢慢老去，一个个陆续归于故土，在村里出生，又在村里逝去，难免有些伤感。可他们深深的皱纹、浅浅的谈吐中，藏着生活的智慧、人生的豁达，又引我常回村与他们坐在台阶上、门槛上，看着远处的田间地头，聊聊当年插队的过往，扯扯当下的生活，偶尔也想一想未来，脸上的笑容就像融融的阳光，暖暖的，祥和安宁。

初春的原野显得空旷而高远，田野上静得出奇，天空好像骤然间被拔高了许多。

腌咸菜

在小区里散步，发现花坛的水泥沿上铺展着一片白色的、绿色的萝卜条，我突然想起，已到了小雪节气。

老话说："小雪腌菜、大雪腌肉。"小雪腌菜的习俗由来已久。由于小雪节气前后容易出现霜降天气，被霜打过的菜容易软化，加上这个时段的温度偏低，比较适合腌制咸菜。对于我来说，记忆中冬天的味道往往是从腌菜开始的。

我出生于二十世纪五十年代，那时属于计划经济时代，人们收入普遍偏低。几乎每个家庭里都备有几口咸菜缸。一到天冷了，家家户户就开始囤菜、腌菜，只要是市面上能够腌制的蔬菜，就没有不能下缸的。清楚记得，那时家家腌的最多的菜就是雪里蕻。

记忆中，那时雪里蕻是几分钱一斤。小雪时节，妈妈会选一个晴朗的日子，天刚亮就起床，赶往菜市选购新鲜的雪里蕻。妈妈和菜农讲好价格，让菜农用板车送到家里，然后我们全家开始择去发黄的菜叶。择好后用大竹篮抬着去井边清洗干净，再抬回家晾晒。待吹干水分，在大木盆里用刀切碎，加以粗盐反复揉制，挤干水分，然后装入陶瓷坛里，在坛口撒上厚厚的一层粗盐，以断绝腌菜与空气接触。最后，用一层塑料纸蒙盖坛口，再用细细的麻绳牢固地封坛，一个月后，就可以开坛吃了。

插队后，发现农村腌菜的方式和城里不太一样。其一，村民家家都有菜园子，不用上菜市买菜来腌。那时家家种的都是矮脚大白菜，由于施粪滋养，翠绿的菜叶厚实油亮，淡绿的菜帮粗壮发达，一棵菜估计就有一斤多。到了腌菜季节，趁着晴天，家家把菜园里的大白菜用镰刀砍断，就放在菜地里晒两天。之后，男人们一担一担地挑到池塘边，妇女们则在塘边洗着一棵棵已经晒软了的大白菜。洗好的大白菜有时会直接放在边上的长凳上码成小山，有时也会直接被人挑到院子里，然后把一棵棵大白菜倒挂着架在晾晒绳上晾干。

其二，农村用的腌菜缸比城里的腌菜缸大了去了，仅次于水缸。再有，腌的菜不切碎，而是整棵的菜。腌菜时，先在缸底撒一层盐，再把晒干的菜放进缸里，铺满一层，再撒上一层盐。这时男人利索地脱掉鞋子，把脚洗干净，赤脚跨到缸里，用力踩踏起来。每踏好一层菜，就再铺上一层菜，撒一层盐。这样一层盐一层菜，直到把缸里的菜踩实踩扁，再搬来一块大号的压缸石，沉沉地压在缸口，然后再在缸上蒙上一层塑料布以遮挡灰尘。到这时候，一缸咸菜就算是腌好了。

因没见过如此腌菜，图个新鲜，我也上去踩过，只是没想到这踩菜也是个力气活，还没踩几分钟，头上就冒出了细汗，不仅如此，脚底的皮还破了，疼了好几天。

大约隔了一星期，掀开塑料布，咸菜已经发酵完成，可以吃了。整个冬天至开春，咸菜便成了家家户户的桌上常客。大白菜也从青色渐渐变得金黄，连那叶片和叶柄都转变成了金黄色。

我们知青没有菜园子，也不会腌菜，但会吃。“一家省一口，养条大肥狗。”每到吃饭时间，我们都会捧着个碗上门讨咸菜吃。农村人实在，见我们去，就会去菜园子拔一把青蒜。我们就着咸菜炒青蒜吃饭，吃得有滋有味。回城之后，生活中无论日子过得多么富足，那些吃咸菜的记忆都是最深刻而独特的。

一晃几十年过去了，那些深藏记忆里的场景，像老电影一样反复回放，有我的长辈亲人、村民，有他们腌咸菜忙碌的身影。现在即便偶尔从菜市场买些咸菜回来，也全吃不出曾经的味了。如此，腌咸菜便成了一种美好的回忆，腌制的“冬天味道”，伴着我一年一年地过着。

挂历

前几天去报刊市场，看见大厅挂了几本新年挂历。这才想起，冬去春来，新的一个轮回又开始了。

说到挂历，在二十世纪七十年代初，过年时谁家的墙上要是有一本挂历，那是相当令人羡慕的。到了八十年代，亲戚、朋友、同事互送挂历蔚然成风，挂历成了家家必不可少的室内饰品。新年买挂历几乎成了一种民俗。

那时的挂历，最热门的当数电影明星照了。之后，港台影视作品风靡内地，港台明星也成了挂历上的常客，成了许多人崇拜的偶像。

挂历多以月份为主，一页便是一月。按照片版面设计，日期多被印在一页的最下行，详细地标记上月份、日期、星期等。还有的更为细致到公历与农历日期共同标注在一起，周末同样会被标记为红色。挂历所悬挂的位置也多为讲究，大多数家庭会将它作为一种室内装饰来使用，它往往会被悬挂在客厅或方厅中，几乎总是与家里的石英钟相视着。也难怪，这都是时间的记忆符号。

挂历选纸非常讲究，大都是铜版纸，厚重而清脆。一年结束，很多人家都舍不得将挂历丢弃，我们家也是一样，用过的挂历都让我们兄妹三个用来包课本了。有的人家充分利用旧的挂历，翻出让人耳目一新的花样。一次母亲的一位好朋友送来一个门帘，起初我们谁也没在意，直到朋友让母亲好好看看，这才看出了门道。原来这个五颜六色的门帘，是用旧挂历制作而成的。朋友告诉母亲说，把旧挂历按尺寸裁剪好，排列开，一点一点地卷成一个个尺寸大小相同的小棒棒，之后按照门的高度和宽度，把一根细绳剪成数段，再用缝被子的大针穿针引线，穿过小棒棒中间的孔，串成一串串并固定在与门等宽的木条上，大功就告成了。后来母亲按照朋友的教法，又做了一个门帘。这之后就一发不可收了。母亲不仅做，而且还翻出新的花样，给编好的门帘重新上色，绘制出新的图案，而图案多为菱形或多个交叉的菱形。母亲把做的第一个门帘送给了那位好朋友。

到了九十年代，明星挂历不吃香了，取而代之的是一些山水风景，国画西画的挂历。再有，一些大单位自印豪华挂历，既能宣传、展示单位形象，又能作为新年礼物赠送给客户。我有一位在报社工作的朋友，他每年会寄给我一册他们报社自印的小挂历，挂历是按十二生肖的顺序编印的，配上与当年生肖有关的民间工艺、出土文物彩照，小巧玲珑。只不过现在出版、赠送挂历的情况已经比较少见了。

挂历不仅是一种日期提示和查询的工具，它也演变成一种家里装饰角色。时代不断迅猛发展，个性化的挂历正逐渐取代传统的挂历，从而成为人们的新宠。我妹妹喜欢旅游，每到一个地方就会拍摄大量的风景照，发在她的微信里与亲人、同事、朋友一同分享她的快乐。2000 年，收到她从深圳寄来的一本挂历，打开后发现，原来都是她拍过的风景照片，封面是她的一个侧面照，背景是黄山的迎客松。

每年元月元日，我都把一本新日历挂在墙上。随手一翻，花花绿绿光溜溜的纸页滑过手心，散着油墨的芬芳。这一刹那我心头十分快活。我居然有这么大把大把的日子！我可以做多少事情！眼前的日子就像一个个空间，生机勃勃，宽阔无边，迎面而来。我发现时间也是一种空间。历史不也是一种空间吗？人的一生不也是一个漫长又巨大的空间吗？我曾在一篇短文写过：生活就是创造每一天。今天为之努力的，都是为了明天的回忆。

如今，很多家庭已经不再挂挂历了，甚至商场、书店也很少看到卖挂历的。挂历，已是渐渐淡去的文化符号，让人嗟叹一个时代的远去。

贴门神

自古以来，中国民间就有过春节时在门上贴门神的习俗。最早的门神是神话中的“神荼”“郁垒”二神。到了唐代，人们又把李世民的两名爱将秦叔宝和尉迟恭当作门神。古人一开始是将门神刻画于桃木板上，又称“桃符”。诗人王安石《元日》诗曰：“爆竹声中一岁除，春风送暖入屠苏。千门万户曈曈日，总把新桃换旧符。”到了明清两朝，随着年画的兴起，门神画在纸上了，门神的形象也不再局限于武将，“文门神”相继出现。

1978 年元宵节，我所在的文工团到铜陵乡下演出，目睹了村民喜度元宵的场景，有些禁锢多年的民俗活动都悄然回归了，比如耍龙灯、跑旱船、踩高跷、唱大戏……我从一个个跳得大汗淋漓的村民身上，感受到那种久违的欢快和畅爽。

当时，接待我们的是一位张姓的当地干部，很热心地给我们介绍当地的年节文化。我顺嘴问了一句：“咱们这边儿，时兴贴门神吗？我很想看看你们贴的门神是啥样的，在城里见不着。”张同志说：“这一带过去家家都要贴门神，可现在很少见到了。你刚才看到的那些民俗活动，都是表演性的活动，只要这些人还记得怎么跑旱船，怎么踩高跷，拿出来就能演。可门神就不这么简单了，得有处去买，还得有人会画。”想想也是，在大破“四旧”的年代，门神属于“四旧”的范畴。

2007 年 10 月，为了展示安徽非物质文化遗产的魅力，我们精心准备，带去了宣纸、宣笔、徽墨、歙砚、阜阳剪纸、界首陶瓷和芜湖铁画。

会展期间，我见到了杨柳青年画社印制的门神真迹，大小不一，色彩各异，挂在专供来宾参观的外销展厅里。我和天津市文化馆的李治邦馆长是朋友，会展结束时，他送给我一本介绍杨柳青年画的图录，第一页是名人题字，第二、三页，就是一对大门神：尉迟恭和秦叔宝，一个面黑虬髯，面目狰狞；一个面白长髯，眉目清秀，他们被鲜亮的油彩涂满了全身，尤其是黑、红的交错，使双尊门神突出了他们尖锐的穿透力。李馆长介绍说，这对门神是前清的老板子印的。好多年都没再印，这次重新印出来，作为杨柳青年画的代表作展示在众人面前。这对门神，我在展销厅见过，标价不菲，可见非常珍贵。

2008 年，我们参观了被誉为中国“年画四大家”之一的绵竹年画。在绵竹市绵竹年画博物馆，馆长向我们介绍道：在众多的绵竹年画中，“绵竹门神”是年画中产量最高、销路最广的一种样式。大门一般贴武将，传说可以驱妖降魔。院内的堂屋门贴文门神、画天官和状元，如“鹿鹤同春”“如意加官”“令旗状元”等，有迎祥纳福、加官进禄的意思。还有以童子和仕女为题材的一类门画，内容多为抱瓶、采莲、佛手、仙桃、“双喜”“四喜”，贴在寝室门上，表示子孙繁衍、福寿无边。此外，还有表现君臣、父子、夫妻成对的门神。另有一种“素门神”，不施五彩，用素墨画成，专供服丧期用等。

2011 年夏季，在年画产地南肖里村，我见到了国家级年画制作技艺传承人赵师傅，还与他交流了天津杨柳青和四川绵竹门神的不同制作方法。赵师傅见我还算个内行，特意拿出一块老画板给我看，那是个苍鹰的刻板，年深日久，已残损斑驳了。我悄声问赵师傅：“你家有没有门神画？”他说：“当然有啦，可现在没存货了。门神是过年贴的，我们都是过年前才印，早就卖光了，明年的还没开印呢。”我露出一丝憾意，赵师傅似有所察觉。临行前，他从里屋拿出一对比 A4 纸稍小点的木刻门神，执意让我带走，并在两位门神下方的两个方格里写下“王宅”两字。我无法拒绝这份厚赠——从此，这对门神在我家是春节必挂的“图腾”。

过年时，我会再次拿出赵师傅赠与的门神，以虔敬之心，恭恭敬敬地挂在门上。

年关记忆

扫尘

扫尘，又称扫房、除尘、除残、掸尘、打埃尘等，是中国民间过年传统习俗之一。

按年俗，扫尘必须在腊月二十三之前完成，因为腊月二十三是小年，也是传说中灶王爷上天“汇报”的吉日，所谓“上天言好事，回宫降吉祥”。灶王爷上天哪能带着一身尘土呢，必须干干净净，一尘不染才对。

我们家的扫尘是父亲的事。扫尘前，父亲指挥我们把一些小的物件搬到屋外，大的物件就用报纸或旧被单盖好，一切完毕之后，父亲拿一张旧报纸，叠成济公帽戴在头上，戴上口罩，站在凳子上，用一根长竹竿绑上笤帚扫去墙上的灰尘，他时而弯腰，时而站起，时而低头，时而抬头，连旮旯都不轻易放过，那么认真，那么细心。父亲把扫尘当作一项仪式，认真而虔诚地做着。清除干净一面墙，就从凳子上下来，挪动一下，如此反复。在父亲的舞动中，平日毫不出奇的屋子，一下子就焕然一新了。

父亲忙扫尘，母亲也没歇着。擦窗户是母亲的事。母亲个高，手长，身子斜到外面，先用报纸擦，后用干布擦，擦好了外面擦里面。除此，母亲还要负责清洗家具。母亲把家具清洗得干干净净，虽然家具旧点，但在母亲的擦洗下，橙色衣箱和红色洋柜在洁白如雪的墙壁映衬下，艳丽无比，煞是好看。

现在也扫尘，只是角色换了。请钟点工。来的一般是小两口，动作麻利，一两个钟头，家就被打扫得干干净净。工钱，只要不离谱，双方都不会讨价还价的。

炸爆米花

一进腊月，炸爆米花的老伯伯隔三岔五地就会出现在我们住的大院里。

老伯伯两鬓斑白，紫色的脸庞，穿着一件分不清颜色的旧棉袄，一根扁担，一头炒锅火炉，一头风箱麻袋，不需要吆喝，只要在院里的空地上支起炉子，烧起炭火，随着浓烟升起，我们带着大人给的一毛钱，捧着大脸盆和一碗米跑出家门，一路大呼小叫着跑到摊位前排好了队，那阵势，还真与古代长城的烽火传信颇为相似！

看着老伯伯把一碗米倒进圆圆的小黑罐里，再拧开小瓶子，倒进一丁点儿糖精，然后盖上盖子，把黑罐架到小火炉上，坐下，左手拉风箱，右手摇黑罐。风箱有节奏地呼哧呼哧，黑罐欢快地嘎吱嘎吱转，火光在老人脸上一闪一闪的。这时，是精神最集中的时候，我们都睁大眼睛，像注视魔术师一样盯着黑罐，但老伯伯一副若无其事的样子，很随意地把黑罐左摇摇，右摇摇。炉子里烧的是炭，火苗蹿得很高，差不多把黑罐都淹没了。老伯伯一会儿往炉子里添炭，一会儿看看压力表，这时候我们最盼的是老伯伯从旧棉袄的口袋掏出香烟，因为每到这个时候，我们就会见缝插针地替他拉几下风箱，或者手持摇柄摇几下黑罐，就好像过年得了压岁钱一样高兴。

一根烟抽完，老伯伯再次往炉子里添炭，接着又不停地左摇几下，右摇几下，待爆花机手柄上的压力表指针达到指定的刻度，米花就可以爆了。这时胆小的女孩捂着耳朵躲得远远的，我们男孩虽不怕，但也捂着耳朵后退几步。老伯伯戴上厚厚的棉手套，站起身来，一只手提着手柄，一只手把着另一端，将爆花机从炉子上移到麻袋上的一个小口里，用铁棍插进盖子的铁鼻子上一撬，只听嘭的一声，随着一股乳白色的气浪，像棉花一样洁白的爆米花便被送进了麻袋里。此时，聚精会神屏息以待的我们立刻围上去，伸手从麻袋口抓一把热乎乎的松软的米花放进嘴里，脸上洋溢着得意的欢笑。

时隔将近半个世纪的今天，回想起来，小时候吃爆米花的香味仿佛还在舌尖萦绕……

放鞭炮

放鞭炮在童年生活中是件大事。

鞭炮是用各种纸包封的，里面的炮有的是用红纸卷成的，还有的是用五颜六色的纸卷成的。把鞭炮拆开化整为零，是为了心里有数，省着点。那会儿，在我们的心里，有了鞭炮，我们就是最幸福的人。

每天晚饭后，我们揣上几个鞭炮，拿上一根点着了的柴火棍，跑到院子当中，掏出一个鞭炮，放在砖垛上，点着。鞭炮捻儿燃烧的速度极快，就是一眨眼的工夫，我刚一闪开，炮就响了，那瞬间的强光，照亮了弟弟妹妹捂耳朵的神态。

弟弟胆子特别小，点炮时，心里像揣着了只小兔子，怦怦地跳个不停，拿棍子的手，一直抖，柴火棍总是在炮捻两边晃悠，就是挨不上，更别说点着了。这时，我会站在一旁吓他："点着了，点着了，快跑！"其实炮根本没有被点着，而弟弟被吓得甩出柴火棍，撒腿就跑。等了许久，炮也没有响，而我已经笑弯了腰。妹妹胆也小，她干脆把鞭炮交给我去点。

光阴荏苒。现在，为了环保，我所在的城市出台了"禁炮令"。但每到春节前后，不论走在何处，我总觉得会有鞭炮在出其不意的地方炸响。尤其是早晨醒来，望着蒙蒙亮的窗外，我只能打开记忆的画卷，心底童年早晨的那一声又一声清冷的鞭炮声犹在耳畔。

落在记忆里的雪

冬天最美的风景，莫过于下雪。每个人心中的冬天里都少不了一场雪。落在我记忆里的有三场雪。

第一场雪落在我十岁那年。清晨，推开门，我被眼前的雪景惊呆了，大地一片白茫茫，犹如铺展开来的纯白地毯，厚厚实实。看到这样的雪景，不仅感到惊喜，而且特别兴奋，跑出家门，和同院的小伙伴们在雪地上追逐、嬉闹，打雪仗，直到玩累了，跑不动了，这才发现脚上的棉鞋全湿透了，于是深一脚浅一脚地踩着雪赶紧回家。

我穿的是一双新棉鞋，父亲买回来让我穿上试试大小时，一再告诫我要爱惜，下雪天不能穿着到外面乱跑。我把湿透的棉鞋放在炉子边上烤，心里还在嘀咕，一定要在父亲下班前烤干，否则挨顿打是跑不了的。

小孩子忘性大。不一会儿，经不住外面小伙伴们的召唤，穿上胶鞋又跑出家门。也不知道过了多长时间，我被奶奶吓人的叫唤给惊住了。赶紧跑回家，完了完了，炉子上烤的棉鞋烧了。巧得不能再巧，这时父亲下班回来了。我躲在奶奶身后，浑身发抖。父亲一下把我从奶奶身后拖出来，让我把脚上的胶鞋和袜子脱了，我吓得赶紧脱了鞋袜，接着父亲像拎小鸡一般把我拎出家门，让我站在雪地里。

光着脚站在雪地里，冻得全身瑟瑟发抖。奶奶见状，拿出拼命的架势，手持锅铲往父亲身上一阵猛打。这时隔壁邻居也都过来了，但邻居们都不敢上前来拉，因为他们都知道父亲的坏脾气，只能冲着奶奶喊："王奶奶你别打了啊，赶快把小唯抱回家，要不冻坏啦！"

事后，我在日记本上写下一行字：君子报仇，十年不晚。

第二场雪落在我插队那年。那年冬天，大队组织各生产队男劳力上山开茶园，为了赶在春节前完工，规定不论远近，一律吃住都在山上。说是住，其实就是用几根毛竹在山脚下架起一个“人”字形，两侧蒙上用稻草编织而成的条状的“帘”，用石头压住。草棚里面，中间空出走路，两边稻草铺地。

山区的冬天特别寒冷，鹅毛般的大雪像恶魔一样扫荡和掩埋了大地上的一切生灵。每天天刚麻麻亮就在大喇叭的呼唤中，我和社员们一个个机械地钻出草棚。我们很像法国作家莫泊桑描写的寒冷的冬鸟：“它们只得瑟瑟缩缩地弯着身子，打着寒噤，忧郁地注视着满天皆白的原野。”为了抗寒，我们只能拼命地干活，不一会儿就大汗淋漓，而一旦稍稍停下，经寒冷的山风一吹，又浑身发抖，牙齿打战。那时候，我们最大的心愿就是盼着有一轮太阳悬在我们的头顶。

记得有一天早晨，当我们钻出草棚，突然看见一个火红的球体卡在两山之间。面对久违的太阳，村民们欢呼跳跃，而我流出了眼泪。至今想起那个冬天，想到那天早晨的日出，我庆幸自己熬过了那段艰难的岁月，对冬天有了更真实更深刻的认识。

第三场雪落在 2008 年的春节。那年父母都离开了人世，我也离了婚。大年三十晚上，一边看着中央台的新闻联播，一边吃着方便面，在窗外震耳欲聋的新年鞭炮声中，在吃完了被称为有着深刻含义和文化渊源的“年夜饭”后，我关了电视，走出家门。

走在大街上，踩着厚厚的积雪，脚下发出噌噌的钝响。在街灯的照射下，绵绵密密的雪花宛如千万只银蝶在寒风中舞姿翩翩。不知不觉来到市府广场，让我没想到的是广场上聚集了不少人，打着伞，正津津有味地看着大屏幕上的春晚。我观察了一下，大多数是无法回家过年的农民工。我也站在人群中看着大屏。

当零点到来，当晚会主持人以及现场观众大声数着倒计时时，广场上的人也都跟着大声叫喊起来。钟声响起时，广场一下沸腾了起来。鞭炮、烟花、叫喊交织在一起，一下把我裹挟了。我掏出钱从小贩手中接过两个大烟花，点燃，一串串火花直冲夜空，在天幕上绽放出绚丽的花朵……

好多年过去了，虽然之后的冬天也下过几场像样的雪，但都没落在我的心里。而记忆中的三场大雪，都深深地烙印在我的记忆里，总是在回首的瞬间，那么清晰地闪现在脑海中。

诗意年岁

怀念是一种光芒

2021年10月，我的原创诗集《怀念是一种光芒》(光明日报出版社)出版。在出版之际，我还是想用些许文字来表白《怀念是一种光芒》的心绪。

回想起来，诗歌曾像青鸟一样来到我的生活，为我青涩的成长增添亮丽的颜色。二十世纪八十年代，中国诗坛掀起了一场中国自有新诗以来最声势浩大、轰轰烈烈的诗歌运动。那时，我也“创作”了不少诗歌，不知天高地厚地多次给报纸杂志投稿。稿件一篇篇投出去后，等待成了生活中最重要的一环。每天上班时的第一件事就是往传达室跑，在众多的信件中寻找自己的信函。刚开始不懂，一看到写有我名字的鼓鼓囊囊的信封，高兴得不行，当场拆开，结果心凉了半截，原来是退稿。几次后，我明白了，收到鼓鼓囊囊的信肯定是退稿，收到薄薄的信，一定是用稿通知。

投稿退稿，退稿投稿，在近乎绝望的时候，1987年秋，我在《诗刊》上看到一则消息，《诗刊》杂志社全国青年诗歌学院在全国范围内招生，学费一年20元。我当时每月工资只有28元，但我没有丝毫犹豫，认真填写了个人资料，连同汇款一块寄给《诗刊》社。不久，收到入学通知书，通知书上注明了我的辅导老师叫王燕生，学号为006149。

按照规定，学员每两个月给辅导老师寄一次作业，每次只能交三首诗歌。辅导老师则对作业提出意见后寄回。我记得第一次收到回信时，那心情那心态不可用文字描述。但当我拆开信封后，失望弥漫了原本陡升一片暖意的躯体，一小片纸上只有一行字：王唯唯同学，作业收到。请再寄。王燕生。我的作业没有随同一起寄回。虽说失望，但我还是按照规定每两月寄一次作业。在我寄出第五次作业不久，我收到王燕生老师的来信，很厚。急忙铺开，对每首习作，王老师用红笔在写得好的段落下面画上红线，有的还在旁边写一个“好”字，写得不好的段落也不直接划去，而是用蓝笔在旁边打个问号，并说出他的看法供我参考。看完之后，我心里久久不能平静。

1989 年 5 月，我收到诗刊社的来信，通知我参加 7 月在湖南株洲市举办的改稿会。就是在那次的改稿会上，我见到了王燕生老师。虽然一周的时间很短，但我还是从他在改稿会上即兴创作并激情朗诵的那一刻，从他为感谢当地文联接待真诚豪饮的那一刻，从他目光锐利回溯往昔的那一刻，从他在我们面前露出孩子般纯真笑容的那一刻，真真切切地感受到他旺盛的生命力与对诗歌矢志不移的热爱。著名女诗人舒婷说过："中国新诗的发展历程，就是一代一代耕耘者无怨无悔奉献的历程。在这个寂寞的群体里，王燕生是其中起决定性作用的编辑之一。"

1990 年 2 月收到《诗刊》用稿通知，告知我的两首诗将刊于第六期《诗刊》。这是我第一次在国家级刊物上发表诗歌。我兴奋地立刻打电话给几位诗友，当天晚上，又多了一次浑然不知中被人从酒桌上送回家的经历。这之后，我陆陆续续在《人民文学》《诗刊》《青年文学》《中国作家》《诗歌报》等 30 多家报刊发表诗歌 200 多首。

岁月蹉跎。我想不起来是从什么时候开始与诗歌渐行渐远，是从什么时候我像失去爱人一样失去了诗歌。年轻时的我呢？那份阅读诗歌的激情与爱呢？

我从书柜的底层搬出久没动过的杂志。一本一本地打开，时间的流逝并没有让我忘记那些闪闪发光的诗歌，心里陡升一片暖意，这暖意慢慢地向四周散去，弥漫了我不大的书房。

在酝酿许久之后，便有了这部诗集《怀念是一种光芒》。她虽然还显露着我最初的青涩稚嫩，但其中的拙而真挚至今日仍然感动着我，那种懵懂、天然，依然给予我一种美好的憧憬。那一行行或长或短的诗句，真实地记录了我年轻时的心灵感悟，记录下我的生命历程，也清楚地证明，我真实地活过。

笔耕岁月

从1982年学习写作算起，到今年已经整整40年了。在这40年漫长的写作过程中，一路跌跌撞撞，有苦恼也有欢乐。这么多年来，不论是退休前还是退休后，我的大部分时光是在书房里度过的，读书、写作，成为我生活中不可或缺的一个内容。

回望40余年笔耕历程，虽没尝到硕果累累带来的喜悦，但也有聊以自慰的收获。

一是留下一篇多少有点影响的“代表作”。1998年夏，带着放暑假的儿子和弟弟的女儿去了海南三亚。那年妹妹在海南一家银行工作。我们住的宾馆紧挨着大海，半个月的时间，几乎每天傍晚我都会带着两个小家伙跑到海边，坐在沙滩上欣赏着大海和落日，并有感而发地写了一篇散文《三亚落日》。不久就在省级一家报纸副刊上刊发了出来。没想到墙里开花墙外香，《三亚落日》先后被江苏省选入小学六年级《语文》课本，北京市选入小学四年级《语文》课本。一篇散文被两家教育部门选入课本，对于一个业余码字者来说，那可算得上是一件幸事喜事。

二是2012年作家出版社出版了我的一本自叙人生旅程的散文集《遵从生命》。论者、文友认可这是一部平实质朴的个人心路历程的回忆录。一位评论长者写道：“在今天这个浮躁的世界，王唯唯找到属于自己的一片宁静，将心扉完全打开，任其随着跳动的指尖飘散，收获一份人生的回味和积淀。”一位读者在散文《读王唯唯》中写道：“闲来翻书，读王唯唯。王唯唯的文字以前接触过，很喜欢，喜欢它的素朴简练，喜欢它的行云流水，如在河上泛舟。读王文，我打开一扇窗扉，感到一位尊者在我面前絮絮而谈，但感到亲切，感到每一句都扣动我的心弦，好像我的心灵之音在拨动。”也有朋友直言不讳地指出它“过于朴实，略输文采”“有些拘谨，没完全放开”。无论是情深意切的赞扬，还是直言不讳的批评，都深深镌刻在我的记忆深处，因为我相信朋友的声音是真诚的。2014 年《遵从生命》获得了第二十一届孙犁杯全国散文大赛二等奖。

朋友们常常说我尽写些陈年往事，沧桑味太浓。我的回答是，“在那些陈年往事中能看到现实的影子”。如果没有那些陈年往事，失却历史沧桑感，现实多少会显得苍白、轻飘。正是因了现实每天都在成为过去，我很乐意把笔浸在陈年往事之中，眼睛却时时注视着今天。现实生活中的一切人或事，都是飘动的云。它们相互映衬，方显出生活的复杂和丰富。我不知道别人感受如何，于我而言，沧桑便是时间与空间的结合。在时间的流动中感受着历史，在空间的存在中感受着世界，或者说，两者从来就是一体的。正是在这样一种历史与现实、个人与群体、抽象与具象的交叉渗透中，沧桑才赋予人的情感、思想、人生一种沉甸甸的分量。

美国作家苏珊·桑塔格说：“所有写作都是一种纪念。”我喜欢这句话。写作，是让自己心灵在苍茫纷繁的世界里能得以安顿。在每一篇或长或短的文字里，记下的都是我和我们这代人的文学生活，包含向着文学星空拔地而起的努力。我之所以一路写下来，心无旁骛，不能用“坚持”二字概括，归根结底，还是热爱。在文字的世界里，我充分感受到了自己的富足，什么样的现实利益，都无法取代文字世界里的自我实现感。我相信真挚比技巧重要，勤奋比天赋更重要。我在这些文字里清晰地刻下了我的爱和悲喜。即使这认真有几分笨拙与可笑，即使这些文字的读者寥寥无几。

我是一个简单的人，生活简单，想法也简单，为人处世直来直去，没有太多的弯弯绕，也不喜欢心机多的人，不是我智商不够，而是把智商用在跟这样的人打交道我觉得是浪费。我的想法是，作为一个文字爱好者，我要尽量写下好的文字，留下好的文本。这是一个简单的愿望，这个愿望只能靠自己去实现。作品有几分成色，旁人一眼就看得出来，读者的眼睛尤其雪亮，欺瞒不了。就像农民种庄稼一样，人误地一时，地误人一年。

“一年好景君须记，最是橙黄橘绿时”，这是诗人苏轼的眼光，而不是生活的真相。什么是生活的真相？不完全是你的眼睛看到的，也不是你完全感触不到的。就如我们的人生之路，一开始是童年的甜，而后是动情少年的辣，再后是负累中年的苦咸，最后是寂寞的暮年。无论是怎样的滋味，你都要忍着咽下去，甚至咽到眼泪流下来，流到心里。虎年的第一天，我在日记里写下一句勉励自己的话：珍惜与文字结下的情缘，不轻易放下手中的笔！

敬畏文字

我是八岁上的小学，第一次用铅笔工工整整写的汉字，就是自己的姓名。字的笔画虽然很幼稚，但一笔不苟。小学六年，认识了很多方方正正的汉字。象形、会意、形声、假借、指事、转注，每一个汉字的构造都让我充满好奇，陶醉其中。

清晰地记得，那个年代小画书特别流行，虽然家境清贫，但父亲还是答应了我们兄妹三个的请求，每个月都会给我们买三本小画书。对于我们这一代人来说，形象生动、故事感人的小画书，就是我们最早认识世界的启蒙读物；那长长短短的文字，领着我们走进一个丰富而崭新的世界。

长大后，接触到了书本里蕴含各种情感的文字。《战争与和平》《悲惨世界》《红楼梦》《三国演义》《子夜》……置身于文字的海洋，让我真真切切地感受到，文字不是冰冷的笔画、方块及其组合，文字是有温度的，是有筋骨的，是有立体的层次的，是有无穷的魅力的。我喜欢滚烫的文字，更充满敬畏之心。

读书不仅带给我快乐，在阅读的过程中，渐渐地就会产生一些想法。于是，写作由阅读而延伸出来。美国作家苏珊·桑塔格说："所有写作都是一种纪念。"我喜欢这句话。回望40余年笔耕历程，虽没尝到硕果累累带来的喜悦，但聊以自慰的是散文《三亚落日》，先后被江苏、北京两家教育部门选入小学语文课本，这于一个业余码字者来说，也可算得上是一件幸事。

日子一天天地过，尽管太阳每天都是新的，但我们渐渐地对文字少了几分敬畏。行走街头，各式各样的错别字出现在各类广告、画廊、招牌、店牌、标语牌上，如"补胎充气"写成"补胎冲气"，"谅解"写成"凉解"，"家具"写成"家俱"，"打蜡"写成"打腊"，一些店铺把"零售"写成"另售"，"排档"写成"排挡"，"鸡蛋"写成"鸡旦"，屡见不鲜，成为一个令人忧心的文化现象。

我国古典诗词有炼字炼句的传统，如“为人性僻耽佳句，语不惊人死不休”“吟安一个字，捻断数茎须”“两句三年得，一吟双泪流”。这些诗句让我们看到了古人对文字的虔诚。再有，是文字记下了“先天下之忧而忧，后天下之乐而乐”的爱国情怀；是文字描绘了“晓风残月”诗一般的意境；是文字勾勒了一幅“采菊东篱下，悠然见南山”的画卷；张继大概永远想不到的是，他因《枫桥夜泊》而被世人深深景仰，并被写入历史；辛弃疾多年与文字相伴，留下了“把栏杆拍遍”的爱国情怀；一句“春江潮水连海平，海上明月共潮生”，让人们记住了张若虚，于是有“孤篇盖全唐”之誉。月落乌啼、江枫渔火，每一个汉字，都是一个浓缩的世界，有立体的层次，有无穷的魅力。

而我们这一代的写作，由于缺乏古典文学方面的学养；再加上多年政治话语的潜移默化；又由于如今网络短平快的影响，萝卜快了不洗泥，更注重的是一篇文章、一本书的快马加鞭，一句话，谁还会那么在意对文字的敬畏。

敬畏文字是一种文化品德。回望昨天，已物是人非，留在时间光影里的唯有文字。我钟爱文字，痴缠写作，不为别的，只为那字里行间中多味的人间烟火。对我来说，文字是我活在这个世上最好的依托，写作是我最美的人生状态。就是老来闲情偶寄、颐神养性，时不时翻翻杂书，流连的也是文字光景。前不久，看了梁衡先生的一篇短文《命薄原来不如纸》。文章感叹：与宣纸的千年寿命相比，人的生命无疑是短暂的，“看来，人如要寿，只有把生命转换成墨痕，渗到纸纹里去”。是啊，生命终有一天会终止，但文字，可以永远活着。

古人云：“风雷雨露，天之灵；山川民物，地之灵；语言文字，人之灵。”语言如水，一个汉字，是水中的一滴水珠，一滴滴的水珠汇聚一起，才能叫作水。我们只有意识到对文字任何时候都轻慢与亵渎不得，才会对语言尤其是我们具有上千年悠久传统的母语，有亲近之感，敬畏之感。

整理旧时光

2022 年元旦，整理了一下多年来林林总总的旧物。

书柜里，多是旧书。许多书的封面和内页都泛了黄。书大多是古今中外的经典之作，如《红楼梦》《三国演义》《青春之歌》《林海雪原》《红岩》《创业史》《红旗谱》《苦菜花》《铁道游击队》等，国外的书不多，基本都是苏联作家的名著。

受家父影响，儿时就爱读书。二十世纪六十年代，家里很清贫，几乎没有什么像样的摆设，只有一个占据了半面墙壁的大书柜。每晚八点半至十点半，是父亲的读书时间。为了让我们兄妹三个从小养成读书的好习惯，父亲坚持给我们订了《儿童文学》《少年文艺》和《中国少年报》。刚参加工作那会儿，月工资只有 18 块，工资一发，留下 9 块钱的伙食费，余下的钱都买了书。那时的书价格不高，一套四本的《红楼梦》只要 3 块 4 毛钱。我住在单位一间堆放旧物的小仓库里，属于我的书分别装在多个编织袋里，一个挨一个地靠在墙角处。

把小说、诗歌、散文按体裁区分开来；把读过和没读过的各放一处；把有作者签名的和没有作者签名的分开搁置。倒背双手，面对整理后的书架，60 多年的人生经历，真正与自己为伴时间最长的就是书籍。

我有不少老照片。其中一张旧照让我不能忘怀。那年冬季，正和当地村民抬山石垒茶园，一位省报记者来到工地，为了宣传我们，记者把我们几位知青和当地社员混搭在一起，摆了个抬山石的姿势，连拍了好几张照。不久照片就在省报上刊登出来。作为回报，事后记者给我们几个一人一张照片。这是我八年知青生活唯一的一张照片。

影集里最多的是我的演出剧照。1976 年年底，我考入一家市话剧团成了一名话剧演员。我演的第一个话剧是《枫叶红了的时候》。之后，我又先后出演了话剧《雷雨》《于无声处》《一双绣花鞋》《泪血樱花》《刘胡兰》《孝顺儿子》《再见巴黎》《救救她》《假如我是真的》等十几出大戏。

捧着影集，眼里心里又回到了过往，那些有意思的细节，闹过的笑话再次在我眼前一一闪过，真切地感受到岁月并没有真的流走，只是换作另一种形式存在，触手可及。

二十世纪八十年代，我走上了写作这条艰辛之路。那时年轻气盛，不知天高地厚地给多家报纸杂志投稿。和现在不同，那时用或不用，都能收到报纸杂志的回信或退稿。我至今还保留着 64 封退稿信，其中有些报纸杂志都已停办，更显珍贵。退稿信有铅印的、油印的，也有手写的。但最多的是油印，只需在“同志”前面空白处写上作者的姓名，填上日期，稿子就算完璧归赵了。那个年代稿件算印刷品，寄信时只需在信封的右上角写上“稿件”并剪去一角，连邮票都不必贴。

看着一封封已经发黄的信，让我想起那些已经停办的报纸杂志和编辑老师，想起 40 多年来的写作之路。我曾在短文《64 封退稿信》里写道：“在无声的投稿和退稿中成长，在侥幸的发表概率之下磨炼，我最终拥有了一个勤奋、扎实、敢于失败的心。”

工作 40 年，获得大大小小的奖励无数。找出大大小小的荣誉证书，抽出内芯安置在透明文件夹中，扔掉一大堆硬壳，瞬间瘦身。并按《工作经历》《各类证书》《退稿信》《作品集》分别设档，这样做不仅是为了日渐衰老的自己，更是为了给儿孙们留一份精神遗产。

现在每每看到整理过的旧物，想到的是已逝的旧时光。“旧”字，是个耐人寻味和充满人情味儿的字眼。旧，代表时光磨砺，岁月洗礼，代表履历丰富。旧时光就如落在树梢的夕阳，斑驳之间，那些过往的酸甜苦辣、喜怒哀乐，最终都化作尘泥落红，只余清香如故。时光沧桑，旧物温柔。在有限的生命里，给自己留一份温暖的缅怀，一段美好的旧时光。

诗意老年

我有一位朋友，去年退休，本可以放下担子，安度晚年。然而并没有如愿，这位朋友因在单位当了多年的中心人物，被众星捧月惯了，退下来的这一年多时间，对身边的人，对过往的事，百般挑剔，万般不顺眼，哪儿哪儿都不如他的意，逮谁训谁，弄得旧朋老友、亲儿热女一个个跟仇人似的。就在上个月26号，这位朋友因突发性脑出血被送到医院抢救，最后抢救失败去世了。

朋友的突然离世，让我想到了自己。退休前，我也是单位的负责人，也曾如众星捧月一般。为了业绩，为了虚荣，我给自己设置了过多的标准或束缚，就像一个有限的容器，里面填满了庞杂的内容，有的必不可少，但也塞进了大量可有可无甚至多余的东西，把自己搞得疲惫不堪。什么双休日，什么节假日，统统都交给了那永远也写不完的工作计划和年终总结；交给了无休止的各种会议和基层考察。在浩荡的时间里，该经历的都经历了，该拥有的也都拥有了，当日子呼啦啦地扑面而来，才发现所谓“尘满面，鬓如霜”也并非遥远，而“回不去了”却是铁定的事实。

退休后曾围绕身旁谦恭带笑之人一个个消失，而我似一个“独钓寒江雪”的“孤舟蓑笠翁”。这很正常，调整心态，没有什么可抱怨。于是，我做的第一件事就是把手机里所有的群聊一一删除，自我切断了与大千世界的瓜葛。我明白无论过去的我工作多么出色多么优秀，一旦离开，你身上的光环就会自动剥离，就是人群里一个不起眼的普通人，没有人会再用特殊的眼光关注你。“塞翁失马，焉知非福”，与其抱怨，不如把寂寞的生活，活出诗意，快乐自己。

现在的我，除了每天到菜场超市买买蔬菜和生活用品之外，最享受的是慢慢阅读经典书籍。独享满屋清寂，手捧半盏香茗，就像一尾自由且勤奋的鱼儿，在书海中任意遨游。累了就躺在沙发上，慢慢回味红尘人世的峰回路转，时不时淡然一笑，多少坎坷都成了风景。再不然，站在阳台上发发呆。“无事此静坐，一日似两日。若活七十年，便是百四十。”苏东坡在诗里告诉我们：闲时沉下心来，摒弃掉琐事烦忧，只是这么静静地坐着发呆，一天也可以有两天那么长。

写作也是我每天必做的功课。有朋友说我净写那些陈年往事，沧桑味太浓。我的回答是，在那些陈年往事中能看到现实的影子。如果没有那些陈年往事，失却历史沧桑感，现实多少会显得苍白、轻飘。正是因了现实每天都在成为过去，我很乐意把笔浸在陈年往事之中，眼睛却时时注视着今天。现实生活中的一切人或事，都是飘动的云。它们相互映衬，方显出生活的复杂和丰富。现在，写作于我而言，顾忌没有了，假话没有了，矫情没有了，甚至文采也没有了，平实得像一个老农在种自家的自留地，花啊草啊都不关注了，关注的是实用的“果实”。

每天傍晚出门散步也是必修课之一。出家门不过百步就是环城公园。散步于我不仅仅是健身，而更愿意把散步看作是感受生活之美的一种途径。春和景明，鸟语花香，悠游在微风中，能够感受到春天的温馨与烂漫；夏日茵茵，雨过天晴，流连在晚霞里，能够享受到夏天的浓郁与舒畅；天高云淡，桂香菊黄，缱绻在秋阳下，收获到的是秋日厚重的慰藉与满载的欣喜；山寒水瘦，银装素裹，在茫茫的雪野散步，放下了所有，完全地融入冬天的洁白与纯净中。在这样的四季里散步，既是一种陶醉，也是一种境界，更是一种别样的人生。

退休后，我跑遍了大半个中国。和大多数喜欢跟团旅游的人不同，我喜欢独游。一次次地赏读“无字之书”，感受时光的奥妙。看沿途的风景，听不同的歌，遇到不同的人。每到一个陌生的地方，我心目中留下的不只是一个个城市和景点的名字，而是一种氛围，一种印象，一种气味，一种可以直接穿越时间浸润心灵的感觉。

今年，是我退休后的第六个年头。面对余生，我没了孩童那般天真、虚幻，没了青年那般浪漫、多彩，没了中年那般强烈、进取。

是啊，在如诗的年岁，用诗意的心情去欣赏和享受生活，老年又何愁不诗意？

超然独处

吃过晚饭，去住所附近的环城公园散步已成多年习惯。

一个人散步最大的好处是，笃笃定定、慢慢悠悠，内在的平静和充实，使得你最接近你自己。没有太深太远的思考，也没有惆怅甚至落寞。心情好，就走远些，我一般都是沿着公园绕一圈再回来。那时候天就黑透了，黄昏就被走完了。心情不好的时候，就在近处看车流，看路人，这个时候，黄昏就退得慢一点，就好像一个人在这个世上是以一团光的形式存在的，他要走了，还要回过头来照一照他曾经待过的这个世界。

有好友帮忙介绍对象，我是连连摇头婉言谢绝。人这一辈子，茫茫几十年，平静是生活，波澜也是生活，都是一种独特的体验。一个人得学会独处，接受"孤独"。这里说的"孤独"，当然不是庄子那样"独与天地精神往来"、王维那样"行到水穷处，坐看云起时"的清高超迈，只不过是保持相对的独立。这种独立，首先体现在用心甘情愿的态度，去过随遇而安的生活。别人怎么看你，和你毫无关系；你要怎么活，也和别人毫无关系。"世界是自己的，与他人毫无关系。"杨绛先生如是说。

记得第一次读杨绛先生的《我们仨》，我还年轻。囫囵吞枣地读了一遍，似懂非懂。那种梦呓一般的深情诉说，与我云淡风轻的日子隔得太远，我无法理解那种深挚的情，那种彻骨的疼。再读，我已是花甲之人。读着她浸润着岁月流光的文字，我不由得在回望中，感悟生命经历的风雨——即便风带着些许的寒气，即便雨带着些许的凉意，而回忆在心底照例会成为一道独特的风景。

晚年的杨绛先生过着一个普通老人的生活，她耳朵有些背，眼睛有些花，但她依旧淡定从容，生活依旧有条不紊，每日里认真地读书和写作，认真地做好每一件事情。她知道，有一天她也会追随丈夫和女儿而去，但这并不妨碍她认真地生活，她在认真里一天天老去。

中国古代的文人士大夫因不愿与俗名浮利同流合污，为求内心安宁、人格独立和精神升华，往往退避山野江湖，或寄情山水，或求醉杜康，或潜心琴棋，或热衷佛道，以求摆脱一切世俗的牵挂。我是俗人，达不到他们那样高雅飘逸的境界。如此，就需要用一种恰当方式来消遣自己的情绪，写作便是最好的选择。我每天绝大部分时间都是待在家里伏案写作。雪白的墙壁，柔和的阳光，键盘上的敲击声……既未远离尘世的喧嚣，又能放心于形骸之外。

有朋友善意地提醒我“别写了，你早不在读者的视野了”。仍不死心，继续涂鸦不已，但与早年求名求利无关。在我的世界里，认可不认可并不重要，选择写作实际上就是选择一种精神方向，选择一种生存的方式和态度——这与一个人能否成为作家，能否成为有名作家实在没有什么关系。正如从小就被父亲教育要做个有用的人。年少时，我曾将此作为目标，朝着这个目标努力。可随着年龄的增长，我产生了一丝疑惑，自己追求的到底是什么。何谓“有用”？庄子告诉我们，“有用”与“无用”只在于每个人的看法而已，它们是相对的，也是能互相转化的。不管别人如何评价，只管走好自己的路，认真地做自己的事，并在其中收获和体验人生独有的滋味。如此，我可能一辈子当不了作家，但能在自己的世界里勇往直前，每个人都可以活得像一支队伍。

当然，人不可能一直长时间独处，最终还是要登上社交舞台面对人世间的纷繁复杂。独处和交往存在于人一生的无数个阶段，缺乏与他人交往的能力是一种遗憾，缺乏独处的生活本领则是人生中一种灾难。

现在的我，该吃就吃，该写作就写作，该玩就尽心去玩，一切由着自己性子来。特别是在夜深人静的夜里，感觉空间太安静，就打开电脑听听相声；可以走到阳台上，望着夜空发发呆；还可以给自己泡一杯乡下朋友寄来的兰花茶，然后捧一本书慢慢品。总之，孤身独处，守住自己，其实就是最好的爱惜自己。

至今，我也没有爱上孤独，却学会了独处。孤独是一种无奈，独处却是一种积极的生活方式，也是一种生存的能力。正如此时，我在享受时光流逝的时候，有意无意之间敲打下如上文字。

六六大顺

早晨起床，刚打开手机，就收到两条短信，内容都一样：尊敬的王唯唯，祝您生日快乐！一条是银行发来的，另一条是电信公司发来的。

这才想起今天是我六十六岁的生日。时间过得是真快，不管承不承认，今天的我已经坐实了老年这把椅子，生命的确已过去大半。面对这样的结局，我所能做的就是将一切归零。所谓归零，就是不管过去在自己的领域里多出色多优秀，走出赖以生存生活或者出名的领域，身上的光环就会自动剥离，变成一个普通人，没有人再用特殊的眼光关注你。这就好比你虽然能写出很好的文章，但不能要求人人都来拜读一样。面对生活的种种错位，不再诧异、惊恐，更不再抱怨，而是以豁然的心境泰然处之。人啊，就这么几十年的光景，转瞬就是一辈子。历经沧桑，遇事颇多，或得或失，或成或败，都会有各自不同的感叹，没什么值得大惊小怪的。从现在开始，能享受的时候尽情享受，无法享受的时候，平常心一些，承认、接受生命曾经的绽放和渐渐地衰退，并与之共处。

郑板桥在他六十岁的时候写过这样一副对联，上联为：常如作客，何问康宁，但使囊有余钱，瓮有余酿，釜有余粮，取数页赏心旧纸，放浪吟哦，兴要阔，皮要顽，五官灵动胜千官，过到六旬犹少；下联为：定欲成仙，空生烦恼，只令耳无俗声，眼无俗物，胸无俗事，将几枝随意新花，纵横穿插，睡得迟，起得早，一日清闲似两日，算来百岁已多。

我对比自身，和郑大师有一些相似之处，比如囊有余钱、釜有余粮，瓮有余酿也不难。他是睡得迟起得早，我是睡得迟起得迟。“几枝随意新花”，可能是大师自己折的，我的是买的。但“五官灵动胜千官”差得很远，“耳无俗声眼无俗物胸无俗事”更是达不到，毕竟我只是一个俗人。

人在年轻的时候，会看到老，但不会想到老。总以为老是别人的事情，跟自己无关。总觉着年龄就像打在一片树叶上的阳光，华美，炫目，摇曳着光泽。记得当年到农村插队时也就十七八岁。生产队长姓石。有一次跟他去大队开会，路上，我们问他多大了，石队长笑笑，摸一下头，说：“四十奔五的人啦。”我当时一惊，认真地看了他一眼，清晰地记下他的头发、眼睛、脸以及粗布大褂和脚底的草鞋。哦，他都四十奔五了，怎么就这么大了！当时觉得，一个四十岁的人，已经老得不行了。

过去是女人十分在意年龄，成天说怕老，不想老。现在的男人也开始在意年龄了。其热度仅次于挣钱和减肥。可是细想，就算你全力以赴地折腾，成功地向世人掩饰了你的年龄，能向自己掩饰住吗？自己身体的变化自己最清楚，热情的消退，疲倦的滋生，睡眠的减少，食欲的下降，等等。纸是包不住火的，真相总会水落石出。当然，针对一些人怕老不想老的想法，有人也对应写了很多文章，努力安抚着人们对年龄增长的忧虑。什么年龄只是一个数字，只要心不老就永远年轻。什么每个年龄段都有每个年龄段的精彩，不必在意岁月的流逝。再有，还是得把“福如东海，寿比南山”这样的祝福传承下去，等等。

我也写过类似的文章，但真的遇到时依然无法坦然面对。一次散步回家，快到小区门口时，一个二十来岁的小姑娘叫住我：“大爷，您看看这个……”什么？大爷？我心想，我哪里看着像大爷了？我有那么老吗？我脸色冷冰冰地怒回了她一句：“叫谁大爷呢！”小姑娘显然被我吓住了，脸憋得通红，看着我，讪讪地不敢吭声。她这不吭声没关系，倒是我的老毛病又犯了，心一软，指着她手中拿着的宣传单问：“这是什么呀？”小姑娘顺势就接了一句：“这是我们公司专门为你们老年人……”这孩子可真是会拣人不爱听的话说，是不是故意的啊？我失去了最后一点佯装搭理她的耐心，扭头就走。不用回头，我肯定那姑娘一定是傻傻地站在原地，一头雾水的表情盯着我。

岁月是什么？我不想说它是杀猪刀，便称它是镰刀吧。它一茬一茬地收割你的生命，先是童年，而后青年，而后中年，而后老年，而后连根拔起。它无比锋利，不管你的稻穗是大是小，不管你的年成是好是坏，时候一到就开镰，绝不手软，无一例外。饱满的，不饱满的，统统都离开生命的田野堆进了大谷仓，不再享受日照，享受雨露，享受肥料，享受深情抚过的阵阵清风。只能眼看着新一轮的稻子茁壮成长起来，在你曾经站立过的田野里招摇。面对这样的结局，你所能做的是，祝贺自己，终于在经历了无数风霜雨雪后，成为一粒成熟的稻谷。

人一出生，什么都还没有，就先有了年龄。无论活得多富贵，或者多卑微，死了，最后比的还是年龄。这时候，生命里的好多东西，都烟消云散了，只有年龄留了下来。既然如此，珍惜今天的生活，爱护自己的身体，接纳生命各个阶段带来的体验体悟。每个年龄都有它的花季。因为每个年龄都有一段花开的岁月，每个年龄都有一册春意盎然的留语。

在路上

时间真是不经过，一转眼2019已然离去，回过头来看看自己在这一年内的表现，我给自己点个大大的赞。

2019年，是我退休的第五个年头。五年时间，除了西藏，全国31个省市都跑到了，并且还写下了十几万字的游记。就在这个月，我将18万字的游记《一路风景》整理出来，投寄中国旅游出版社。结果如何并不重要，努力了，坚持了，走过了，问心无愧就好。因为这世界我们是第一次来，也是最后一次。

记得多年前，一封辞职信红遍网络，辞职的理由仅有10个字：“世界那么大，我想去看看。”说实话，那简简单单的10个字，给予我很大的震撼和诱惑，当时的我也想去看看外面的世界，也想来一次说走就走的旅行。但是，想是一回事，走是另一回事，记得当时自己给自己承诺：退休后，我一定要游遍全国。今天，我实现了当初对自己的承诺。

一次次旅行，便是梦想的一次次实现。看着沿途的风景，听着不同的歌，也遇到不同的人。每到一个陌生的地方，我一定会坐公交、进菜场、逛夜市，跟宾馆的保洁阿姨聊天，和出租车司机成为朋友。有人说，旅行，是另一种修行。我深以为然。一次次出行归来，我会比以前更懂得生活的美好，更加认真地去生活。用亲朋好友的话说，我这几年在待人接物上，在生活上，更接地气，更有人味了！

和大多数喜欢跟团旅游的人不同，我喜欢一个人独游。余光中曾说：“独游有双重好处。第一是绝无拘束，一切可以按自己的兴趣去做；另一种好处是能够深入异乡，游伴愈多，愈看不清周围的世界。”起初，在每次旅行前，我会在多家网站看一些旅游攻略——玩哪些景点，有哪些美食，怎样坐车等等。每次去了之后，当我按照攻略上的方式，寻找一个又一个景点时，常常会遭遇一些意外的情况，让我一下子陷入抓瞎的境地。面对陌生的城市陌生的人，我只能自己骂自己笨蛋。慢慢地，我学会了对旅途中的不确定性进行调整，久而久之，既提升了自己的应变能力，挖掘了自己的潜能，还看到了自己的价值，从而得到庸常人生少有的愉悦和满足。

短短五年时间，我走过了那么多城市，看到了那么多景致，到最后，在我心目中留下的，不只是一个个城市和景点的名字，而是一种氛围，一种印象，一种气味，一种可以直接穿越时间浸润心灵的感觉。我热爱每一个陌生的地方，深刻地领悟到，大千世界和自己心灵世界的距离，只是一个瞬间感受的切换，正是这种神秘的关联，让我拥有了宽广的视野和博大的胸怀，也拥有了对于生命更清晰的认识。同时，一种健康快乐的情绪让生命更加充盈和饱满。

通过一次次的旅游，我最大的感悟就是，无论是对人文景观还是自然景观而言，文化是旅游的核心。中国古代的文人，早就懂得文化对于自然景观的巨大作用。比如，杭州西湖名气极大，然而使西湖扬名天下的是苏堤、白堤、灵隐寺、雷峰塔、岳飞墓、于谦墓；比如，在平坦得如用熨斗熨过一般的茫茫戈壁，阳关和玉门关早已被岁月的风沙吞没了它们昔日的雄姿，然而王维“西出阳关无故人”和王之涣的“春风不度玉门关”，吸引了多少人冒着风沙慕名而去；比如，“相看两不厌，只有敬亭山”，是李白让缺乏一座名山所应具备的视觉冲击力的敬亭山，有了灵魂。古人有幸，创造了文化遗产；今人有幸，享受了文化遗产。

我知道徐霞客游历30多年，写出《徐霞客游记》，成为地理文化的名著，成为中国旅游史及文化史上的里程碑。意大利人马可·波罗来中国游历17年，写成的《马可·波罗游记》，详细记录了他在中国的所见所闻，对欧洲的发展进程产生了重要的影响。我虽然无法和他们相比，但我会在有生之年努力地向他们靠近。新的一年，我将不再是走马观花地旅行，而是更愿意在一个城市、一个区域、一个街角多待上一些时间，或许这对写作模式已经建立的我会产生另一番刺激，才会知道世界的丰富，亦可以重新认识自己。

每一次旅行，都是一次学习，一次跨越；旅行，于我是一种能力，是一种人生状态。

境由心造，这就是旅行的意义吧。

我的书香生活

退休后，最令我尴尬的莫过于高估自己在别人心里的位置。工作时，同事隔三岔五相邀打牌或去歌厅吼歌，我常拱手谢辞；还是隔三岔五有人邀请去吃饭喝茶，我也多半婉拒。退休后，张目四顾，围绕身旁谦恭带笑及议事之人散尽，似“独钓寒江雪”的“孤舟蓑笠翁”，然“塞翁失马，焉知非福”，与其抱怨，不如把寂寞的生活，活出诗意，快乐自己。

退休后最大的收获是读了不少书。与父辈比起来，我们缺少中国传统文化的熏陶。父辈们熟读“四书五经”“诸子百家”和“唐诗宋词”，他们的身上深深地打上了中国文化的烙印。但和晚辈人相比，他们又远不如我们了，他们的教育中经典部分更少。我们这一代被大量世界名著陶冶着性灵。如果说莎士比亚的戏剧和巴尔扎克的《人间喜剧》为我们开启的是一扇世界文学宝库之门，那么普希金、托尔斯泰、高尔基、肖洛霍夫、奥斯特洛夫斯基，用俄罗斯以及苏联文学广袤田野上的丰收，喂饱了我们这代人渴求知识的胃。再有，翻开我们那时小学到高中的语文课本，哪一篇白话文不是新文化运动后产生的经典！致使我们的心中始终有那么一座门窗全打开的房子，面朝大海，春暖花开。

每天忙碌之后，走进书房，面对书柜里满满的书，总有一见如故的真挚，这有点类似球迷看比赛，那一种激动，圈外人是不甚了解的。沏上新买的茶，随手从书架抽本书，在茶香与书香的氛围里，一行一行时短时长的句子，就像强健的筋络和气魄、素质相连一样，久久地感动着你，抚爱着你，不动声色地渐入你的心底、血脉。在这样一种氛围之中，一切虚名和饰物，都已失去效力，一切讥讽和鄙视，都已决然远去，少了一份功利，多了一份闲适，纯粹就是一种自我愉悦，自我消遣，自我放松，真正体会到了清代张潮在《幽梦影》中所说“有工夫读书，谓之福”的含义。

过去我读的书比较庞杂，生猛不忌，没有什么纯文学和俗文学之分。现在的我比较偏向于纪实性的读物，包括人物传记、游历笔记、回忆录等。如《路遥传》《沈从文传》《傅雷传》《陈忠实传》《李清照传》等。当然，我不拒绝文学作品，在流派众多、风格各异的作品中，我会有自己的选择和理解，既在形而上中思辨，又在市井中游弋。

毋庸讳言，退休后的精力远逊于年轻人，也难望中壮年项背。我的读书生活自会发生一些变化，大体是浅读与深读相结合。前者似“随便翻翻”，不求甚解，粗略了解各类信息，扩大阅读量，充实知识面，旨在与时俱进；后者指的是阅读经典，熟读沉思，反复涵泳，铢积寸累，久自见功。我的这两种阅读习性得益于梁启超的读书经验：“一面要养成读书心细的习惯，一面要养成读书眼快的习惯。心不细则毫无所得，等于白读；眼不快则时间不够用，不能博搜资料。”

到了我这个年龄，还需要拿“书中自有黄金屋，书中自有颜如玉”这样的道理去激励自己吗？我现在读书，就是能够把别人的知识、学问、道理，与自己主观的理解、感受，甚至是教训相结合起来，然后化天地为境界，化知识为格局，化学问为胸怀，化道理为智慧。这也是前辈们常说的读书一定要举一反三，从书本中读出作者没有解释清楚的事，或是启发自己要立即去找到另外一本书来读的愿望。读书人有善于独立思考的主动性，才不会成为一个死记硬背而不会学以致用的“书呆子”。

曾有不少人问我，退休后“适应吗？”“寂寞吗？”“无聊吧！”我的回答是，我现在非常享受自己的赋闲生活，这种享受主要源于有充裕的时间自由地读书，把它当作每天吃饭睡觉一样的正常事来做。书就是一道墙，可以驱赶那些嘈杂的声音；书就是一块地，可以滋生万千的粮食；书就是一条河，可以泛出万千的花朵；书就是漫天的星辰，每一本都能发出自己独特的光芒！

这，恐怕就是读书的最高境界吧。

书伴一生

年过花甲，回想六十多年的人生经历，真正陪伴自己时间最长的是书籍。

先说买书。最初有关书的记忆，源自儿时对小画书的迷恋。那时家里还是很清贫的，几乎没有什么像样的摆设，只有一个四层占据了半面墙壁的大书柜。父亲爱读书，为培养我们兄妹三个从小爱读书的好习惯，每个月都会给我们买三本小画书。对于我们这一代人来说，形象生动、故事感人的小画书，就是我们最早认识世界的启蒙读物。虽然父亲每个月都会给我们买小画书，但我还是觉着不过瘾，于是省下奶奶给买冰棍的钱买小画书。9 岁那年，我第一次用省下的钱，给自己买了一本小画书。

工作后，开始用自己挣的钱买书。那时每月工资 18 元，工资一发，留下 9 块钱的伙食费，余下的钱都买了书。我用自己的钱买的第一套书是《红楼梦》。那时书价不高，一套四本的《红楼梦》，只要 3 块 4 毛钱。虽说书价不高，但也经不住我那样花钱，所以到月底，口袋比脸还干净。两年学员期结束，工资涨到 22 块，依旧还是每月 9 块钱的伙食费，其他的还是买了书。《战争与和平》《悲惨世界》《红楼梦》《三国演义》《西游记》《子夜》等中外名著，大都是那时买的。

那会儿，我最大的梦想就是拥有一间属于自己的书房。我曾经写过一篇短文《无斋说斋》。文中写道："犹如画家希望有自己的画室，钢琴家希望有自己的琴房，乃至一个木工师傅希望有自己的工作间一样，我渴望能有一个属于自己的书房。"写这篇短文时，我住在单位一间堆放旧物的小仓库里，属于我的书分别装在多个编织袋里，一个挨一个地靠在墙角处。

次说藏书。藏书家的收藏都有明确的方向，要么指向一个朝代，要么指向一个门类，要么指向一个作者。我不是藏书家，也不懂藏书。拥有几千册书籍的我，买书读书从来都是随性之举，少有刻意的时候。即便收藏了一些喜欢的作家的作品，也仅仅只是喜欢而已，因为我的书不是用来藏而是用来看的。

再说读书。买书、藏书，最终是为了读的。人生快意之事，莫过于清晨沏一杯茶，捧一本书，坐在向阳窗下，茶的清香伴着文章的优美一同滋润肺腑，仿佛走进另外一个世界，感知天地悄然轮转，聆听鸟儿啁啾鸣唱，思想在文字浸润中升华，心在另一个世界里陶醉。书的魅力在于翻开书页的瞬间，这本身就像一种仪式——将众声哗然挡在门外，让生活、内心慢下来，进入一本书，进入一个作者的内心世界。你对某一本好书的记忆，不仅是内容，还有它的封皮、纸页的手感，以及你在阅读它时，窗外的天气、你的心境，甚至是你手边的那杯茶。

读书使人明智，能提升人生的高度。有一种说法，“高度不一样，你的胸怀和格局也不一样，你从 20 楼往下看，全是美景，但是你从 2 楼向下看全是垃圾。”因此，读好书，才能看得远，才能充实自己的智慧人生。读“红楼”而知兴衰，读“三国”而懂谋略，读“水浒”而晓义气。读孟郊的《游子吟》、杜牧的《泊秦淮》、李白的《静夜思》，那种感恩自省，那种忧伤悲哀，那种浓浓的思乡之情，仍然深入人心，感同身受。不同风格间的碰撞，实感中华文化的源远流长，博大精深。所谓“精妙处，忍不住击节叫好；伤感处，止不住泪眼模糊；激愤处，耐不住拍案而起；谐趣处，憋不住哑然失笑”。

读书不仅带给我快乐，在阅读的过程中，渐渐地就会产生一些想法。于是，写作由阅读而延伸出来。开始写出自己真诚、幼稚的小短作，懵懂也喜悦地踏上文学路。大半生过去了，读书没读出个什么名堂，写作也没写出个流芳百世的佳作，用朋友和家人的话说：最多算是个半俗半雅之人。

蓦然回首，读书几十年，如果真要是给自己这么多年读书生活做个小结的话，我的体会是，读书就是潜移默化地浸润。心境不好时，读书得以改变心境；心境好时，读书可以改变书的意境。记得二十世纪七十年代读《创业史》时，对恍如隔世的人物故事，虽然感觉有些陌生，但却被那代人的奋斗精神所感动，柳青的名字从此深深地印在脑海里。路遥在小说《人生》的扉页引用过柳青的一句话：“人生的道路虽然漫长，但紧要处常常只有几步，特别是当人年轻的时候。”我把它作为座右铭，写在日记本上，时刻提醒自己走好人生之路。

西汉刘向《说苑》中记载：“少而好学，如日出之阳；壮而好学，如日中之光；老而好学，如秉烛之明。”买书、读书，见证了我大半人生经历。我不知道还能与书相伴多久，但只要还活在这个世上，一杯清茶，一盏昏灯，一卷闲书，心神归一，悠闲而安静，沉默又陶然，足也。

读书有福

二十世纪八十年代初，我所在的铜陵市话剧团宣布解散，我被分配到市文化馆。馆长老范问我能干什么，我说我一个演员能干什么呀，混口饭吃就行。老范说馆里正缺一位图书管理员，问我是否愿意干。我说好啊，打小我就喜欢看书。

儿时，家里还是很清贫的，几乎没有什么像样的摆设，只有一个四层占据了半面墙壁的大书柜。那上面整整齐齐摆放着各类书籍。母亲告诉我，家里的什么东西你都可以动，就是这些书你不能动，那是你爸爸的心肝宝贝。但是什么都拦不住一个孩子的好奇心，我常常在父亲不在家的时候偷偷从书柜里抽出一本书看，我可以坐在椅子上连续看几个小时，也不管里面的字是否认得全。

对一个孩子来说，读书有时候并不是刻意的教育，而是因为兴趣。兴趣产生来自环境的熏陶。父亲爱读书，只要一有时间，父亲就会从书架上抽出一本书，戴上眼镜，坐在书桌前看书。为了培养我们兄妹三个从小养成读书的好习惯，尽管家里并不富裕，但父亲坚持给我们订了《儿童文学》《少年文艺》《中国少年报》等读物。

我们那个年代不像现在的孩子们每天有写不完的作业，考不完的试，负重如山。我那时完成作业之后，有不少时间可以读书，读书实在是件幸福的事情。记得那时我吃饭、睡觉，甚至上厕所都带本书。读书于我成了一种嗜好，一种习惯。然而，这一切在我的奶奶眼里却成了一种灾难，因为她受不了我每天晚上躺在被窝里看书，很晚都不睡觉。她总说："你就作吧作吧，眼睛不要啦？"

没有人要求我读书，更没有人逼着我读书，是我自己想读书。工作之后，读书、买书成了我的最爱。每月工资一发，留下伙食费，我从书店抱回一摞书。我买书不讲究，全凭个人嗅觉和兴趣，随心所欲。那时，我最大的梦想就是拥有一间属于自己的书房。我曾经写过一篇短文《无斋说斋》。文中写道：“犹如画家希望有自己的画室，钢琴家希望有自己的琴房，乃至一个木工师傅希望有自己的工作间一样，我渴望能有一个属于自己的书房。”写那篇短文时，我住在单位一间堆放旧物的小仓库里，属于我的书分别装在多个编织袋里，一个挨一个地靠在墙角处。

我真正意义上拥有书房是在结婚后，“领地”一旦形成，即意味着住房面积“缩水”，两室一厅本身就不大，也只好厚着脸皮装聋作哑。儿子曾问我：“老爸，光看你买书，就没见你读过。书房里的那些书，你都读过吗？”我总是面露尴尬，一笑了之。我承认，这些书有三分之一读得还算认真，有三分之一只是随意浏览，剩下的三分之一往往束之高阁。我相信这个事实并非“个案”，或许孙犁的一句话可用来自我解嘲，“寒酸时买的书，都记得住。阔气时买的书，读得不认真。读书必须在寒窗前，坐冷板凳。”

知道很多大家的书房都冠以什么斋什么室之类的雅号，也曾想给自己的书房起个名什么的，但最终还是放弃了。因为不敢称自己读书和写作的地方为书斋。虽没冠以雅号，但我毕竟有了一个专心致志读书和写字的专门场所，每每看着满架的图书，倚窗而读，我复何求？诗圣杜甫住的是风雨难避的草房：“八月秋高风怒号，卷我屋上三重茅。”“床头屋漏无干处，雨脚如麻未断绝。”清人曹雪芹晚年穷困潦倒，在北京香山附近的几丛修竹、一堵矮墙、几间小农舍里，借着油灯，呕心沥血，一字一字地写出传世之作《红楼梦》。和他们相比，我还有什么不满足的呢？

林语堂称读书是“魂灵的壮游”，还把阅读比作“找情人”，只有情投意合，才能心心相印。我深以为然。每天走进书房，面对书架上那一排排的书，总有一见如故的真挚，好像今生有缘。随手取出一本书，“岂待开卷看，抚弄亦欣然”，一行一行时短时长的句子，就像强健的筋络和气魄、素质相连一样，久久地感动着你，抚爱着你，不动声色地渐入你的心底、血脉。只有在这样一种氛围之中，才能真正体会清代张潮在《幽梦影》中所说“有工夫读书，谓之福”。

读书可悦心。心境不好时，读书得以改变心境。心境好时，读书可以改变书的意境。进而想到，书无须多，但要精，关键是要投缘。一见如故，相见恨晚，这样的书聚在一起，自然会形成特有的书房气场。当然，如果把书读到头悬梁、锥刺股的地步，个人认为真是不读也罢。

请父亲审阅

清明，一幅欢乐与思念相互交织的水墨画。淡，到了极致，浓，也到了极致。亦浓亦淡，或在眼前展现，或在心底流连。这一次，我给父亲祭烧了一本去年刚刚出版的诗集《怀念是一种光芒》。

坐在父亲的遗像前，看着一页一页的书页被火苗舔舐，看着缕缕青烟在清冷的风中升腾、消散，我仿佛看到一生笔耕的父亲，坐在案桌旁，戴着眼镜，翻阅着我的诗集，轻轻阅读那长长短短的诗句，脸上堆满了笑容……

回想起来，诗歌曾像青鸟一样来到我的生活，为我青涩的成长增添亮丽的颜色。二十世纪八十年代，中国诗坛掀起了一场中国自有新诗以来最声势浩大、轰轰烈烈的诗歌运动。和所有热爱诗歌的朋友们一样，我读诗，写诗，满怀激情，近乎疯狂。

那时，我也“创作”了不少诗歌，还自不量力地给多家报纸杂志投稿。近一年时间，诗没发表一首，倒是收到三十几封退稿信。大路走不通，那就绕道而行。父亲是省广播电台文学编辑，结识很多报纸杂志的朋友。我给父亲寄去一组诗歌，并附言请求父亲帮忙发表。父亲很快回信。父亲首先对我的创作给予肯定和鼓励，但很严肃地告诫我，作者是靠作品说话，而不是靠关系。我可以帮你一时，但帮不了你一辈子。而对我的诗作，父亲用红笔在写得好的段落下面画上红线，有的还在旁边写一个“好”字，写得不好的诗句也不直接划去，而是用蓝笔在旁边打个问号，并说出他的看法供我参考。看完之后，如同一盆凉水从头浇到脚，心里拔凉拔凉的。

父亲虽然拒绝了我，但并没有不管不问，没过几天，父亲给我邮来一个包裹，打开一看，全是诗集。《唐诗三百首》、泰戈尔的《飞鸟集》、公刘的《在北方》、贺敬之的《贺敬之诗选》、李瑛的《红柳集》、北岛的《陌生的海滩》、汪国真的《年前的潮》，并附信一封。父亲在信中说：“诗歌创作过程是一个观察、感受、酝酿、表达的过程，你写矿山的那些诗，力图写出矿工平凡而高尚的人生，写他们‘为希望挖掘火，为生活开采热’，其立意和格调不可谓不好，只是缺少那种生命的投入，诗还停留在生活的表层。相比之下，你笔下的农村、山寨，以及一帧帧农村人物剪影的描写，具有浓郁的泥土气息，这一切与你插队农村 8 年有关。你在写这类题材诗歌时，你的思绪和语言显得格外灵动……”读着父亲的信，我心里陡升一片暖意，久久不能平静。

一分耕耘一分收获，经过多年的努力，我这棵铁树终于开花了。1990 年 2 月收到《诗刊》用稿通知，告知我的两首诗将刊于第六期《诗刊》。这是我第一次在国家级刊物上发表诗歌。收到通知后，我第一时间打电话给父亲，激动得话都说不全。父亲在电话那头除了给予祝贺，说得最多的还是继续努力，多看书别自满，路还长。这之后，我先后在《人民文学》《中国作家》《青年文学》等 30 多家刊物发表诗歌 200 多首。

在我 43 岁那年，我对父亲说了想出版一本诗集的想法。我之所以有此想法，是因为那年父亲身患肺癌并被告知已是晚期。躺在病床上的父亲听后很高兴，说辛辛苦苦写作 20 多年，该给自己一个交代了，这是好事。父亲看着窗外的蓝天，突然深叹了口气说，我恐怕等不到那一天了。父亲的话扎在我的心间痛在我的心里。我强忍悲痛安慰父亲说：“爸您放心，我会抓紧时间，让您看到的……”

父亲没等到诗集出版的那一天就离开了我。父亲的离去对我打击很大，出版诗集的事也就此搁置。退休后，我做的最重要的一件事，就是从书柜的底层搬出久没动过的杂志，一本一本地打开，一首首诗歌再次把我拉回八九十年代，在酝酿许久之后，经过精选，便有了这本诗集。带着这本迟来的诗集，我对父亲说：“老爸，20 年前儿子对您的承诺，今天兑现了。只是让您等得太久了，现呈上，请您审阅。”

稿件投出之后

六月中旬，给一家报纸副刊投去一篇随笔《盛夏话扇》。这家报纸副刊一星期两期，周二周五刊出。按照电子信箱地址将稿件发出去不一会儿，就收到该报设置的自动回复：由于投稿太多，选稿工作量大，故请投稿时务必在邮件主题中注明“原创首投”，并将作者地址附于稿后，否则稿件基本不被选用。若为“原创首投”稿，加微信，及时告知，以免耽误选稿。

看了这则回复，我想到2016年《人民文学》等45家杂志发布的《关于作品抄袭与一稿多投问题的联合声明》，声明对“存在一稿多投行为并刻意隐瞒不告者，一经发现，若未刊出，立即撤稿，若已刊出，扣除全部稿酬，并予以公布，两年内不再刊用该作者作品”。声明发出之后，出现了两种截然不同的观点。编辑大都支持，作者大都反对。

作为一名业余作者，我想说的是，一稿多投，并不等同于一稿多用。前者是行为，后者是结果。一稿多投，可能会造成一稿多用的结果，也可能造成一稿一用的结果，甚至是一稿未用。作者希望自己的作品能够公开发表，这没有错；编辑希望自己编发的作品属于“原创首发”，这也无可厚非。问题是如何处理好二者的关系？

我以为，《光明日报》周末版的做法值得借鉴：“感谢您对周末版的支持。您的每一封来信我都会认真阅读。但是由于稿件较多，恕不能一一回复。如十五天还没有收到用稿回函，则可另处。”这让作者对编辑处理稿件的周期一目了然。如果十五天后编辑没有提出处理意见，便知道此稿件不拟采用，可将稿件另投他处，避免了一稿多投和一稿多用。而现在很多报纸副刊对作者的投稿，用或不用，都不会和作者说，这也是造成一稿多投的根源。编辑不易，作者更不易啊。

我投的这家报纸算是负责任的，虽没有说明审稿的时间多长，但给予回复并附上微信就说明编辑是认真的。于是，按照要求加了编辑的微信，片刻后就收到：“我通过了你的朋友验证请求，现在我们可以开始聊天了。”的添加消息，我立刻回复：“编辑老师您好！刚刚给贵报投去的稿件系原创首投，敬请关注。谢谢！”对方回了一个“OK（好的）”的手势。

半个月过去了，一个月过去了，又一个十天过去了。我知道稿件肯定是没通过。报纸和杂志不同，报纸对一篇来稿用或不用，基本上一个月之内就见分晓。当然，有的报纸副刊一星期只有一期，这样即使稿子留用，到刊发出来也需较长一段时间，如果一星期两期或三期，留用的稿子基本上一个月内就能刊发出来。因此，我打算将稿件另投他家。

就在我刚刚将稿件投给另一家报纸后，突然收到编辑老师发来的短信：“稿件已修改并校对。请你务必再仔细校对一下，以防字词和标点符号错漏。印刷前若发现有错漏，作者稿件以后都将被禁用。校对时请在文档中用红字或红线标出错漏处。”并附上经过修改并校对的稿子。

二话不说，马上戴上眼镜，开始看稿。这期间又收到编辑老师的短信：“多校对几遍。万一发出来后有错漏，你以后的稿子会被禁用，不合算。倒不如先费点力气杜绝错漏发生。”我立刻回复：“谢谢提醒，一定认真看！”

连看了三遍，别说还真发现一处错误。在稿件最后一个自然段里，原稿是这样写的：“随着科技的发展提高，生活中的诗意也在一点点地被物化、被异化。就拿扇子来说，空调、电扇的普及，扇子生存的空间虽然愈来愈小。”很明显最后一句里面多了“虽然”两个字。于是按照要求我将“虽然”用红色标注了出来。并马上给编辑老师回复说：“老师好！认真看了三遍，发现有一处错误，最后一个自然段里多了‘虽然’二字，已红字标出。敬请审查。”

短信发出去之后，我突然意识到有点不对劲啊，编辑在发给我的短信里明明白白地告知“稿件已修改并校对”，而我在编辑已经修改和校对后仍然提出一处错误，岂不是让编辑难堪吗？但一想到编辑在短信里所说“印刷前若发现有错漏，作者稿件以后都将被禁用”，我释然了，因为我是在印刷前就将错误改正过来了。

接下来的半个月，每逢周二周五，我都会第一时间在网上找到这家报纸网站，结果还是没有刊发，倒是投给另一家报纸的给发出来了。我看了一下给这家报纸的投稿时间，仅隔了 16 天。这家报纸的副刊也是一周两期。

生活情致

我非常喜欢读汪曾祺的文字。近日用了四天时间读完15万字的《慢煮生活》。书读完了，但思绪还萦绕在汪老“一花一叶”“一茶一饭”的“好玩”生活中。诗词书画曲、食住生息养、花鸟鱼虫趣，生活百相，汪老信手拈来，详尽展现了他的精神世界与生活志趣。了解汪老生平的一定都知道，他的人生并不如书中展现的自在，而是充满了苦涩。尽管如此，他在文章中仍能乐观和豁达，洋溢着自然的宁静和生活的闲适，并将这种对生活的志趣传递给他人，让我们从中体味着汪老经过生活洗礼后乐天顺生的豁达气度。

汪老爱花草，老舍先生爱猫。他在《我们家的猫》里，描述猫具有特殊的灵性。高兴时温柔可爱，用身子蹭你的腿，把脖儿伸出来要求给抓痒，跳上桌来在稿纸上踩印几朵小梅花，会叫各种各样好听的声音，也会“咕噜咕噜”地给自己解闷。可要是它不高兴了，你说多少好话也不起作用，不是闷头睡大觉，就是上房一天一夜不回家，谁叫也不搭理。而刚出生不久的小猫，先生抓住了“可爱”“淘气”两个词，为我们勾勒了小猫的形象。玩线团、玩鸡毛、撞桌子、撞门、在花盆里摔跤、抱着花枝打秋千以及所到之处的“枝折花落”，无处不让人体会到小猫的可爱、淘气，以及先生对小猫的喜爱之情。

其实，并不只是名人和大家具有生活情致，我们周围的很多普通人也生活得极有趣味。我有一个朋友喜欢钓鱼。每到周四就开始约钓友，周五一下班家都不回，开着车直奔乡下。一次，我问他：“你们这么折腾，万一钓不到鱼，或是钓的鱼还不够一家人塞牙缝，岂不是自找苦吃吗？”他笑笑说：“垂钓的乐趣多着呢，这不仅仅是鱼儿上钩的喜悦。你还能与自然融为一体。即使钓不到鱼，我们也能迎来最美的清晨，看着太阳在湖面上缓缓升起；而傍晚，我们还能钓上一杆夕阳。想想就美，是不是？”因为这个爱好，他的生活变得丰富多彩。

我的生活情致首先就是写作。有朋友善意地提醒过我："别写了，都六十多岁的人了，还做着当作家的梦啊。"仍不死心，继续涂鸦不已，但与早年求名求利无关。在我的世界里，被认可不认可并不重要，选择写作实际上就是选择一种精神方向，选择一种生存的方式和态度——这与一个人能否成为作家，能否成为有名作家实在没有什么关系。

我认真地写过，认真地活过。我至今还保留着近百封发黄的退稿信。我曾在一篇短文里写道："在无声的退稿之中成长，在侥幸的发表概率之下磨炼，最终拥有一个勤奋、扎实、敢于失败的心。"是的，我可能一辈子当不了作家，但能在自己的世界里勇往直前，每个人都可以活得像一支队伍。

其次就是旅游。不论是在之前还是现在，只要一有机会我就会"离家出走"。一次次地旅行，便是梦想的一次次实现。看沿途的风景，听不同的歌，遇到不同的人。每到一个陌生的地方，我一定会坐公交、进菜场、逛夜市，跟宾馆的保洁阿姨聊天，和出租车司机成了朋友。最后，我心目中留下的不只是一个个城市和景点的名字，而是一种氛围，一种印象，一种气味，一种可以直接穿越时间浸润心灵的感觉。

有人说，我们就是一个普通人，物质上简单些，精神上就高远些。淡泊宁静的生活中，自有一番意趣绵长。这话我信。

那一抹灯光

很久没去新华书店买书了。儿子曾经问我："老爸，光看您买书，没见您读书，书房那几千册书，您都读过吗？"我面露尴尬，一笑了之。我承认，那些书有三分之一读得还算认真，有三分之一只是随意浏览，剩下的三分之一束之高阁。我相信这件事并非"个案"，可借用孙犁的一句话来自我解嘲："寒酸时买的书，都记得住，阔气时买的书，读得不认真。"

毫无疑问，纸质书已渐渐淡出我们的生活，取而代之的是各种电子屏——手机、平板、电子书阅读器，它们同样在为人们提供着"读"的内容。然而，这些介质隐含着现代社会的浮躁与匆忙。你在打开手机阅读时，可能没看几节就惦记着朋友圈的更新，在那个"圈"里，无数新鲜事被更新鲜的事覆盖、湮没，有如"薄晚啸游人，车马乱驱尘"。因此说，纸质书籍与手机屏，两者间的阅读感不在一个层次。前者是经过作者精心酿制、盛放于一定容器的琼浆玉液。后者是无边无际的信息海洋，捞起什么读什么，碎片般沉浮的信息庞杂至极，干扰着阅读的心性。

我之所以说很久没有买书，缘由是在本地晚报上看到，就在上个月，离家不远新开了一家 24 小时经营的书店。24 小时不休息，引起我的好奇，得去看看呀。这天，吃过晚饭就出门了。

推开玻璃门，走进店里，迎面就扑来淡淡的书香，那直抵天花板的书架上，所有图书按照自然、社科、文艺、少儿等类别进行分类，让人很轻松地就能找到想要找的书，俨然一座精致的图书馆。书架之间摆放着可以看书的条桌，靠窗还有一排长桌，除此之外，门口的柜台还有甜品、咖啡，让读者在阅读精神食粮的同时，也满足口腹之欲。

从书架上抽出泰戈尔的随笔集《那些快乐的时光》，这才发现位子早已一抢而空，就连临窗的长桌，也座无虚席，还有人就靠着书架或席地而坐。

没办法，我也只能席地而坐。刚坐下，身边的一位老者抬头看了我一眼，略微抬了下屁股，从下面抽出一棉垫递给我：“天凉，别冻了。”我接过垫子，连说了几遍谢谢。我看了老者手里的书，是一本二战历史书。我凑过去悄悄问道：“老人家常来这里看书？”老者答道：“每天 7 点左右吃完晚饭就会过来看书，待到 12 点左右回去。”“待这么长时间啊？”“对啊，这里氛围好，一个人静静地看书挺好的！”

是啊，这里的氛围真的是很好。虽然来这里看书的人不少，但很安静。读书者或端坐在桌前，奋笔疾书；或倚靠在书架上，惬意地翻看图书；或席地而坐，心无旁骛地埋头阅读，即使有人说话也是低声细语的模样。这个场景，让我想起看过的一句话：“芸芸看书人，比电影镜头里的路人还要不起眼，但他们雕塑般看书的样子，才会让你想买一本他们正在看的书。”

突然听到身旁的书架上有一阵轻轻的响动。循声望去，只见两双手正在整理被翻乱的书籍，把它们按照高低大小重新摆放整齐。我开始以为是细心的店员，但定睛一看，才发现是两位学生模样的小青年。原来，他们要离开了，还书的时候顺手做了这件似乎只有店员才会做的事情，而且，是恭恭敬敬地。看着他们离开，心里暗暗赞叹，书店不仅只是出售优质的精神文化产品，更凝聚着读书人，影响着读书人，这就是阅读的力量啊！

抬手看表，已是 11 点多了，起身将棉坐垫还给老者，低声说了句：“谢谢您。”

走出书店，浓浓的夜幕之下，街面上已看不到人与车的踪迹，喧嚣的城市褪去了白日的喧闹与浮华，宁静且祥和。看着书店透出的一抹暖色灯光，“那些快乐的时光”都与阅读有关。读到一篇好文、一首好诗，都令人有幸福感，这幸福感包含了手指摩挲书页时内心的宁静，和对书的深深崇敬。

鸟鸣嘤嘤

清晨，一阵清脆的鸟鸣，从“嘤其鸣矣，求其友声。相彼鸟矣，犹求友声”的诗句中跑出来，落在我的耳边。很久没有听到鸟鸣了，对不期而来的鸟鸣有些惊疑。翻身起床，拉开窗帘，对面四楼一户人家的阳台上挂有一只鸟笼，笼内一对画眉跳上跃下，甩开嗓子叫着，此起彼伏，抑抑扬扬。我突然就有了写这篇短文的念头。

二十世纪六十年代末，插队下乡的时候，生活比较艰难，农活的繁重，使得日子过得极寂寞、无聊，唯一能给予一丝慰藉的就是窗外那一片悦耳的鸟鸣。窗外是一大片竹园，有不少鸟类栖息其间。清晨，刚刚从沉睡中醒来，耳内满是鸟的欢歌、鸟的叨絮、鸟的呢喃。躺在长短各异的鸟声里，我会暂时忘记因想念家人给心灵带来的创痛，忘记因生活艰难所带来的凄清，忘记起床后等待我的干不完的繁重农活。可以这么说，八年的知青生活，让我懂得这个世界上再没有比鸟鸣更耐听的音乐了，它是那样天然，那样本色，那样纯净，那样空灵。可以肯定，插队八年留给我的回忆里，必定充满鸟儿的叫声。

返城之后，终日为工作为生活而奔波，经见了世事，尝到凡人的苦乐。待到孩子也像我当年那样离开父母外出打拼，这才发现人生已经过半。“时间过得真快啊”。这是世界上最温暖的一句话，因为在不同的年份、不同的人和不同的环境下听到，总难免沾染上人心的温度；这也是世界上最寒冷的一句话，因为它提示着时间的流逝，往昔时光难再。

今天，现代都市以铁门钢窗的居室笼养着我们，高楼冷漠症蔓延着无边的寂寞，孤独感与日俱增。于是，很多人开始养鸟，花鸟市场总是人头攒动。应该说，这种爱鸟之心是无可指责的，只是饱受笼养之苦的我们，为什么还要去笼养另一类生灵，让它们日复一日都唱着一首单调孤独的歌？生存是一种权利，虽然鸟儿不会说话。

翻开《诗经》这样的古典文学作品，耳边也会响起叽叽喳喳的鸟叫声：“春日迟迟，卉木萋萋。”花木丰茂的春天，黄鹂在放声啼唱；“雍雍鸣雁，旭日始旦”，天刚放亮，大雁开始鸣叫；“燕燕于飞，下上其音”，燕子在天上飞翔、私语……

不仅仅在古诗词里，有很多音乐作品，也都通过声音来呈现大自然的光色、生活的画面，比如民族音乐《百鸟朝凤》，充分发挥了唢呐的乐器表现功能，模仿许多类飞鸟鸣禽的叫声，活泼粗犷，欢快爽朗，逼真动人。热情欢快的旋律与百鸟和鸣之声，充分表现了生机勃勃的大自然景象。比如贝多芬的《田园交响曲》，也是用音乐捕捉布谷鸟的叫声和夏日的暴风雨声，以一种颇具表现力的艺术语言将音乐转化为图像，讲述关于鸟鸣和大自然的故事。再比如法国作曲家拉威尔的《达芙妮与克罗埃》，直接采用长笛与三把小提琴来模拟出小鸟的叫声，让听众犹如身临其境，富于情趣。

李渔在《闲情偶寄》中说“夜则后花而眠，朝则先鸟而起，惟恐一声一色之偶遗也。及至莺老花残，辄怏怏如有所失。”这种闲逸的意境，虽不是我们每个人所能达到，但在我看来，我们既然和活泼美丽的鸟儿有缘同在一个生命圈中，就该满怀一片爱意。与鸟为友，“求其友声”，也只有聆听这种真正自由的歌唱，才能让我们也变得像鸟儿一样快乐。

见不到，听不到，是一种怅惘。见到了，听到了，也是一种怅惘。现在，我每天都会于自觉与不自觉之间，去注视那笼中的鸟，看它们在笼中上蹿下跳，顽强地撑着，苦苦地恋着，用它们娇小的生命啼鸣着。我从那声声焦躁不安的啼鸣中，听出那是鸟儿对失去大自然的悲哀和对失去自由的怀念。

咖啡馆里的平民烟火

这天正在家看电视，手机响了，是外地一位朋友打来的，说是来合肥开会，想见见我。我说想见面还不容易，你又不是没来过我家。朋友说就不上你家了，你家附近不是有家咖啡馆吗，晚上八点我们在那见，请你喝咖啡。

我很少喝咖啡，原因可能是初入门时的感觉不灵光的缘故。那是插队的时候，邻村有位从上海来的知青，姓何。有一天他心血来潮请我喝咖啡，说是正宗巴西豆磨出来的，看上去黑乎乎的，味道苦得一塌糊涂，感觉还没有麦乳精好吃。虽然第一次喝咖啡感受并不好，但我也是第一次从他口中知道了巴西是咖啡王国。一杯小小的咖啡可以让巴西人在咖啡店里坐一个下午。“我不在喝咖啡，就在去咖啡馆的路上”的名言足见巴西人对咖啡的痴情。

踩着钟点走进咖啡馆，我在靠墙处刚落座，服务员小姑娘笑吟吟地前来问道：“先生，您是一个人还是……”我马上接过话茬说，还有一位朋友，马上到。小姑娘笑吟吟转身走了。

坐在椅上，我瞄了一眼店容，店面不大，三四十平方米，唯一的光线来自悬于一盆素心兰枝叶上方的一盏小灯。装修的风格很简约，也很整洁。靠门的墙边有一个木质书架，有书有杂志，不知为什么我顿时觉得很温馨，给人一种舒缓平静的心情。

年轻人居多，有几位一人独霸一隅，侧边独坐的或被电脑、手机所控，或做看书状，少有休闲的式样。看着他们，我想起早晨的地铁站，那些如潮水般涌来、穿着时尚拎着名牌包包目不斜视脚步急促、走过时带起一股凌厉的风的上班族，那种光鲜也许只是表面现象，他们的压力和劳累，他们的不容易，才是真实的。

离我不远处有一老外和一女孩面对面坐着，老外魁梧，女孩瘦削，我很好奇，这样两个人，不像夫妻也不像男女朋友，一起来咖啡馆做啥呢？女孩低着脑袋两手在键盘上噼里啪啦飞舞，一会儿工夫，女孩停住手，指着显示屏叽里咕噜说起来——竟然是一口流利的英语！老外微笑着边听边点头，表情谦恭，偶尔插上一句，大概是问什么问题，女孩又是一阵不打疙愣叽里呱啦接过去，那睿智和自信，使她貌不惊人的脸顿显光彩！此时我算是看明白了，他们两人就是工作关系。

朋友到了。要了两杯拿铁。朋友从包里拿出一本他刚刚出版的散文集。接过，我说一定好好拜读。

从那次见面之后，大概过了有半个多月，再次走进这家咖啡馆。还是那位小姑娘："请问想喝什么？"我说："随便"，小姑娘笑笑说："大多点桂花拿铁。"我答："那就桂花拿铁。"

在拐角，两张小桌拼在一起，一帮大妈围桌而坐。从她们脚边的包包露出的扇柄可以看出，她们是刚刚跳完广场舞，来这小坐聊天休息。挨着大妈们的另一张桌边坐着一位老人，面前一杯咖啡，逍遥自在地刷着手机。靠窗的位子一个小孩正趴着做作业，面前放着一杯果汁、一块蛋糕，坐他对面的女人应该是他母亲。一对六七十岁的老夫妻坐在我前面，十多分钟里，老太太一直对着老头喋喋不休说着什么，老头呢，脸朝前方似听非听，偶尔转脸瞥这话痨一眼，敷衍似的点一下头……眼前景象告诉我，咖啡馆里的平民烟火妥帖、自在，给人带来港湾般的慰藉。

进来四位穿着挺时尚的男孩女孩，以不打扰他人的姿势，小心翼翼地经过吧台。其中一位，还顺便从书架上取了一本书。我的目光追随着他们静悄悄地落座，望着他们彼此低声细语的模样，心里暗暗赞叹："好有教养的年轻人。"

有人说咖啡喝的是情调，酒喝的是寂寞，茶喝的是境界，茶、酒和咖啡，虽然趣旨不同，只要适量，都能给在尘世中颠簸跋涉的你我那一刻的安然、愉悦和其乐融融的自得。

人间烟火色

我居住的大院对面就是一所重点中学，早中晚三个时间段，不足 8 米宽的马路被小汽车、电瓶车占去一半路面。学校边上店铺林立，水果店、小吃店、面包店、文具店、花店、小超市，门脸不大，可谓应有尽有。

与我所住大院一墙之隔有家水饺馄饨店。店主是一对小夫妻，安庆人。我特别喜欢吃他们家做的荠菜水饺。时间一长，我只要门前一站，女主人不等我开口，冲着正在灶前忙碌的男人说下碗荠菜水饺。有次特意去这家店的后场参观，发觉操作台上野荠菜凌乱虬结，挑拣起来特别费工费时。男主人告诉我，虽然挑拣费工费时，但野荠菜的香味就是比大棚种植的荠菜浓很多，特别是焯过水，一刀刀剁着，便腾起一股田野清旷的味道。还说野荠菜筋络干且韧，一定要配三分之一或者一半水灵灵的青菜，搅拌时加入肥瘦二八的肉糜，适量的葱姜末、料酒、麻油、素油、精盐，只有这样，吃起来口感才特别好。

与水饺店相隔三家，有一家文具店，店主是一对中年夫妻。店面不大，但包罗万象的文具被井井有条地摆放在货架上。靠门的位置摆放的都是最新款式的文具和女孩子喜欢的小玩意儿。因为挨近学校，这家店是整条街开门最早的店。每次路过，我都会对着店内货架上的各种文具看一眼。小时候常常去学校旁边的文具店，看着货架上眼花缭乱的文具，每一件都喜欢，为数不多的零花钱，基本贡献在这里了。现在也是，这些年家里的台历、挂历、铅笔、圆珠笔芯都是在这家店购买的。

街口有家不大的烧饼铺。做烧饼的师傅年纪不大，四十多岁。每次看到这位师傅，他总站在那儿或使劲地揉面，或将面团在案板上弄得“啪啪”响，或将面揉成一小团，加上葱、油、盐，再压成饼，放在大炉子里去烤。烧饼铺最忙的时候在一早一晚。尤其是傍晚，等孩子的家长喜欢刚出炉的烧饼，只要拿到手上，就急不可待地撕开一块往口里送，脆脆的面皮特别香，里面的酥一层又一层，外面粘满一层密密的芝麻。有家长夸赞他做的烧饼口味相当不错，烧饼师傅总是呵呵地憨笑：“你们吃得满意，就是给我最大的面子。”

街拐角有一家小店铺。门面只有其他店面的一半，店主人是一对老夫妻。这小店与其说是店铺，还不如说就是老人的家。一间老房子，前半屋为店铺，后半屋住人。屋里没有货架，也没有小柜台，更没有那些五花八门、琳琅满目的商品。只是靠门边摆放的一张桌子，老人把它权当货架。上面堆放些卷筒纸、食盐、酱油、味精、蜡烛、火柴，以及一些小学生用的铅笔和作业本。这就是老两口的小店了。

那日回家路过小店，突然就被眼前的一幕感动了：那对老夫妻，一高一矮并排坐在店门前，老太太双手捧着一个大瓷缸。“你先吃？”像是一般的谦让，但“吃”这个动词则不经意地透出无限亲密。而坐在高椅上的老伯伯说：“你先吃。”老太太又说：“你先吃。”像是真切的劝让。老伯伯则含一丝的笑意：“你先吃。”老太太再次道：“吃吧吃吧。”其表情其口气既像一位任性的少女的娇嗔，又像一位慈祥的母亲对着不听话的孩子。老伯伯到底没有“犟”过去，就在他张口的一瞬间，我看见那是一张几乎没有牙的嘴。老伯伯慢慢嚼着的同时，又从老太太手中“夺”过勺根，从瓷缸里盛了满满一勺，又慢慢送到老太太的嘴里……

我望着两位老人，我被他们脸上那种满足与幸福的神情打动了。我想，一辈子没有矛盾的夫妇应该是没有的，毕竟是生活在一起的两个相异的个体。包括那对老人。谁能说他们年轻时没有过争强好斗的时候？他们一生难道没有过磕磕绊绊？但那一切都已是遥远的往事了。这样的情景，怎能不令人动容？

其实，街边多是开店的生意人，也正是因为有了这些街边小店的存在，一条街道、一座城市才被烙上深刻的印记。每天路过那一家家店面，让我想起王安石的《梅花》：“墙角数枝梅，凌寒独自开。遥知不是雪，为有暗香来。”一家家倚身街边毫不显眼的店面，却有暗香送来，才使得这个城市有了温度，生活有了人间烟火色。

爱好

退休后，我婉谢了两家民间社团的盛情邀请。朋友问我谢绝的理由，我说退休就是退休，没必要去兼什么职务，辛苦了40多年，该享受一下千金难买的大好时光了。

退休，并不意味老了，而是换一种生活方式，尽情享受人生的自由之乐。比如因为从事群众文化工作半辈子，因为爱好，无论何时何地，只要看到有人跳广场舞、唱戏，我都就会停下来看上一会儿。不仅如此，有时看到兴头上也会加入进去。

一次，路过一街心公园，有十来位中老年妇女正在为一个舞蹈动作争个不休。我看了好一会儿，结果没忍住，走上前把我的想法和她们一说，并亲自做了一遍动作。没想到我这边一做完，就得到了她们的认同。这下好了，还不让走了，非得让我帮她们把整个舞蹈编排出来才放了我。原来，她们编排舞蹈是为了代表所住小区参加区里组织的重阳节文艺演出。

还有一次，路过市府广场，老远就听到音乐响，我知道一定又是阿姨们在那“运动”。走近，果然是。只是没想到队伍那么庞大，黑压压足有七八十人之多。我站在一边观赏。不一会儿的工夫，众多舞者中有一个人吸引了我。路灯下，微微花白的头发，身材微胖，一招一式都那么“有范儿”，脸上的笑容告诉我她是多么陶醉。她跳得太好了，不仅把自身的美体现了出来，也把编舞者的意图体现了出来。我猜测她一定在某个专业团体待过。一曲结束，我走到那位老人家面前，对她说：“您老跳得真好，一定从事过舞蹈专业吧？”她擦着汗，脸上挂着满足的笑容说：“看来你也是行家啊。是的，我原是市歌舞团的一个舞蹈演员。”

有天晚上闲着无事，一个人上街闲逛。路过一街心公园，隐隐听到很熟悉的现代戏《智取威虎山》中的“打虎上山”。循着音乐，很快，一群正唱得津津有味的戏曲票友出现在我的眼前。对于我们经历过那个特殊年代的人来说，八个样板戏可以说是熟悉得不能再熟悉的了。我又因为出生于梨园世家，可以这么说，八个样板戏中男主角的唱段几乎都会唱。直到现在，我只要一听到那熟悉的唱段，心就痒痒的。在那位唱者唱完之后，我走过去主动对操琴的老者，提出来段少剑波的《誓把反动派一扫光》。完毕，操琴老者笑呵呵地对我说，你看来不是一个业余票友哟，我笑着说，我只是因为爱好而已。

我注意到了，不论是舞者还是戏剧票友，多为中老年人，女同志居多。舞者，或徒手，或持扇，或挥动小鼓槌，那么投入，那么用心。唱者，一句唱词、一个身段，那么讲究，那么认真，每次看见他（她）们，我都会投去满怀敬意的目光。我知道这些人中多数已经退休，最美的状态应该是“安定”“安享”，但眼下这最美的状态似乎成了部分老人可望而不可即的愿望。白天买菜做饭，接送孙子（女），整理屋子，只有到了晚上才算松了口气，到公园、街头跳跳舞唱唱歌，只为放松，只因爱好。

退休后,吃过晚饭出门散步成了我的爱好之一。散步,是一种笃定悠闲状。抑或，心不在焉，走走看看，边走边看，它没有“前不见古人，后不见来者”的独步怆然，却有着自己世界的亲切。散步，是一个动词，但是我更愿意将它视为形容词。在我的意象里，散步就是一种安静的生活状态，如摄影师镜头里最多的定格，如音乐家眼中最轻巧的音符，如画家笔下最美丽的留白。安步以当车，一路闲看花开花落，虽然近黄昏，恰似夕阳无限好，这也许就是散步的意义吧。

的确，我们活着是应该有所爱有所好。因为有所爱好，日子才会生动，人生才能趣味横生。爱好是生活的伴奏，是饭菜里的佐料，一旦缺少了，即便烧菜的油再多、火候再适中，也难以保证饭菜色香味俱全。如果当我们发现自己开始一天天变老不再年轻，当青春渐行渐远，当岁月的皱纹无情地爬上额头两鬓开始发如雪，当曾经那么骄傲的身材开始逐渐走样，我们该如何面对老去的自己，又该如何接受这样残酷的现实呢？如此种种，我们何不静下心来，把藏匿在心底的爱好挖掘出来，即便花后无果，至少有滋心润肺的一路芬芳环绕着你，仍然有诗和远方。

不会说话

朋友60岁生日那天，在一家酒店摆了一桌宴请我们几位老朋友。饭饱酒足之后，正有一句无一句闲聊时，一位女领班走过来问朋友："先生，还需要为您服务什么吗？"朋友笑着摇摇手："不用了，谢谢。"女领班又问："吃剩的菜要不要打包？"朋友见桌上盘子里几乎没什么剩菜，就说："不用了。麻烦把几根肉骨头打个包，我带回去给我们家的狗狗吃。"女领班立刻对着站在不远处的服务员喊了一声："过来，给狗打包。"

女领班的话，让我们在座的一脸惊愕。我们知道女领班话的意思是给朋友的狗打包，只是如此省略，让人哭笑不得。满面红光的朋友一声叹气，摇摇头说："真不会说话。"

一次散步回家，快到小区门口时，一个十八九岁的小姑娘叫住我："大爷，您看看这个"。什么？大爷？我心想，我哪里看着像你大爷了？我有那么老吗？我脸色冷冰冰地怒回了她一句："叫谁大爷呢！"小姑娘显然被我吓住了，脸憋得通红地看着我，讪讪地不敢吭声。她这不吭声没关系，倒是我的老毛病又犯了，心一软，指着她手中拿着的宣传单问："这是什么呀？"小姑娘顺势就接了一句："这是我们公司专门为你们老年人……"这孩子可真是会拣人不爱听的话说，是不是故意的啊？我失去了最后一点耐心，扭头就走。

人长嘴巴，除了吃，就是说话。然而怎么说话，如何说话，那学问大了去了。

儿子8岁那年，我们第一次带他从外地回我父母家过年。那年，母亲被查出得了乳腺癌，刚开了刀。也正因如此，父亲在年前就来电话让我们回去过年。大年三十晚上，一家人围坐一块儿吃年饭，热热闹闹。许是很久没有这样开心，许是难得一家人凑到一块过个年，母亲拉着儿子的小手说：快快长大，奶奶等着四世同堂抱小虫虫（重孙）呢！正啃着鸡腿的我想都没想插了一句"那不可能吧"。得，一句话把过年的喜气一扫而光，气得父亲冲着我骂道：“你会说人话吗！”

这样得罪自己家人倒也无伤大雅，毕竟血浓于水，家人不会记仇，也不在意我如此“不会说话”。但不是人人都不在意你“不会说话”。一次，上级主管部门召集二级单位负责人开会。会上，大家说起个别二级单位打着检查工作的幌子，到基层大吃大喝时，我没忍住插了一句“你们其实说的都是废话，谁到基层大吃大喝得多？还不是在座的各位，与其说别人这个那个，不如从自身做起”。得，我这个不会说话的人，又是一篙子打了一船人。

现实生活中，我们常常会听到很多人在各种场合说话前，都会说：“我不会说话。如果说错了，请原谅。”这不是客套，说这种话的人，实际上是深谙“病从口入，祸从口出”这句古训真谛的。平日工作中话说多了，人说你是热衷于表现自己。不说话吧，又说你是城府太深。若是直言哪位同事工作中的差错，闹得人家记恨你一辈子不说，还处处说你是打击别人，抬高自己。你赞美人家，说你是天生爱奉承，拍马屁；你不赞美人家，又说你是目空一切，以自我为中心。受了表扬说几句谦虚话，说你占了便宜还卖乖；不说吧，又说你故作深沉。如此一来，只能是处处小心，每说一句话之前，三思又三思，这样才能得到一句“你这话中听”。

前不久看到一段视频，教朋友如何在关键节点说话：只要掌握四点，第一，当你说“但是”的时候，往往把前面的“功劳”一笔抹杀了，不要讲“但是”，用“同时”两个字比较好；第二，当你说“你应该”的时候，不妨换三个字“我需要”；第三，当你想对老板说“我不会”时，不妨换一种说法，叫作“我可以学”；第四，你以前可能对人说过“你理解了吗？”“你懂了吗？”今后要讲“我说清楚了吗？”良言一句三冬暖。看来，这位仁兄，是深谙那些教人慎言古训之真谛的。

有人认为，说话比写文章容易，但对我来说，写文章比说话容易，因为文章里的每一句话，都是经过精心考虑和推敲出来的，因此不必担心得罪和触犯一些人。当然，以文章“说话”，也未必保险，君不见现时常常有人拿着你的文章对号入座吗？明智的做法，学会说话，好好说话。

出门的风景

如果天气晴好，每天下午四点左右，我都会去离家不远的环城公园散步。差不多时间点，都会碰到一对年老夫妇。男的坐在轮椅车里，女的推着轮椅车，从东推到西，从西推到东，一边推，一边说着话，满脸绽放笑意，他们仿佛是花丛里走出来的，生活的磨难在他们眼里，已经变成了坚强的理由。就这样，他们成了花开并蒂，一样美丽。美丽又岂在恩爱中，每当看见一片碎纸，一块泥石，一段残枝，甚至一根矮草，男人说停，女人立即停车，马上走过去捡起，放进垃圾箱，又推车向前，一如无事的样子。这一幕，非常令我感动。

满塘的荷花，自顾自地盛放在高温之下。在河边一处树荫下，见一老者站在固定好的三脚架面前，晃来转去。我围着河边都转了两圈，他还在那晃来转去。我忍不住凑上前问道："老同志，您这是在拍荷花吗？"老者点头称是。"那您干吗只站在这不拍啊？"老者笑呵呵地指着河中的一朵荷花苞说："我在等它开。""啊？那得等多久？""大概一个小时吧！"怕我不信，老者从相机里调出前面录过的一段——荷花一点一点打开花瓣的样子。我惊讶地连声称奇。我在网上看到过这种唯美的慢镜头画面，一直认为是后期制作，没想到真的可以这样拍出来。我毫不犹豫地对老者竖起大拇指说道："祝您成功！"

公交车稳稳地停靠站台，一个穿乳白色风衣、梳着马尾辫的年轻妈妈抱着几个月大的男婴，手臂处挂着一个手袋，上得车来，在我对面的空座上坐下。男婴很乖，不声不响，一双澄澈的眼睛，安静地注视着周围的一切。再看看孩子的母亲，最多也就二十六七岁，还是一个大女孩。那孩子仿佛知道母亲一路奔波的辛苦，坐在她怀中，姿势动也不动。像姐姐一样的母亲，靠着车窗，微闭眼睛，嘴角微微翘着。几站过后，母子俩下车了。多美的一幅幸福画面。

街心公园，四张石桌坐满了人，都是老者。有下棋的、有打牌的、有打麻将的。每张桌旁，站着不少围观的人。人多话就多，这里可没有观棋不语那么一说。都是老熟人老朋友的，偶然有个争吵什么的，转身就忘。都活到这个年纪了，图得就是一个乐呵。那位打牌老者的手机响了，瞄了一眼，嘴里念叨着："老太婆催着回家吃饭了，最后一把，最后一把。"站在老者身后的一位中年观者乐了："你快走吧，回家迟了当心老太婆不给饭吃。"显然这位急着接班啊。

周末去图书馆看书。一进阅览室，看见一位头发花白的老人坐在一张折叠椅上，戴着老花镜，安安静静地捧着一本书，独自沉浸在文字的世界里。开始我以为老人也是读者，后来才知道老人是图书馆聘用的保洁员，年近六十，负责四层楼的厕所卫生，每天早中晚各清扫一遍。我见他在读金庸的《天龙八部》，着实吃惊，便主动走过去与他搭讪。他竟然和我讨论起了武侠小说。他说，金庸的作品大气深沉，有历史的纵深感；而古龙的作品却不一样，二人的区别就像鲁迅和张爱玲的区别。一旁的我听得惊心动魄，这样石破天惊的言论竟然出自一个保洁工的口中，让我刮目相看。

"清风明月本无价，近水远山皆有情。"诗与美好并不一定在远方，就在我们生活的城市里。

下乡转转

我的少年时代是在乡下度过的。人是感情动物，浓浓的乡村情结，使我养成了一个习惯，每隔半月二十天，只要天气晴好，就会走出家门，去周边的乡下转转。

和城里不一样，乡村都是敞开着的，没有围墙和铁栅栏，不管从哪条小路进村，看到的是家连家，屋连屋，左邻和右舍之间只有一道墙。看得到炊烟，听得到鸡鸣，见得到人影，抬头低眉，满满都是静美与安然。每户人家要不前院要不后院，都有一块菜地，不同季节，种着各种不同的蔬菜。春有菠菜、韭菜、香菜、大白菜，绿意盎然；夏有黄瓜，长长的，悬挂在篱间，错落有致；秋有辣椒，红红的，像大红灯笼盛满喜庆；冬有青菜，经过雨雪，嫩嫩的绿色展示的是顽强。当然，菜品种繁多，无法细说，只能列举一二。

立春那天，我又出门了。

初春的田野，不加粉饰，透明得一目了然。叫不上名的花花草草，黄黄的看似枯萎样，实在有唯美诗意。稻草人是田野的一幅插图，也是最古老的诗意。人也是。想到我们的祖先，一辈一辈都在田野里劳作，度过了他们的一生。这片田野里留下了多少辈祖先的足迹。他们的印记留在泥土里，揉进大地里，一春一秋，一年一年，泥土翻过来，敲碎，泥水混合，变形，重组，种子落地，万物生长。雨雪风霜，生生死死。种田的人都换了新的面孔。

村口，立着一棵挺拔的老树，围着树转一圈，估摸着有不少年头。农村有句老话“无树不成村”。老树标志着人烟和生气，也护佑着小村人丁兴旺。树干的下部有个空洞，树干上披红挂彩，漏下来的光影像细碎的花瓣。一条很像样子的溪流从树边而过。五六只麻鸭，一会儿把头伸入水中，一会儿又用翅膀拍打着水面，水花四溅。溪边，一只土狗安静地卧在那儿，不惊不诧地注视着我这个陌生人。

经过一个小院，院子不大，也就三四十平方米；院墙不高，由碎石和黄泥垒成；院门简陋，由几根木条钉制而成，俗称“柴门”。严格地说，柴门算不上一扇真正意义的门。它只是一个符号，表明这是一户农家。柴门虽简陋，但门内却充满生活气息。探过院墙朝院里瞅，墙根，靠着农具；墙角，堆着柴火；墙上挂着玉米，辣椒，咸货。院墙的角落，老母鸡正领着一群小鸡仔在松散的土上刨食。女主人坐在竹椅上择菜，旁边有两个孩子在玩跳房子游戏。院里有棵柿子树，树上挂着十来个橘红色的柿子，望去让人馋涎欲滴。我问女主人柿子都熟了干吗还挂在树上，女主人笑着说，这是老辈定下的规矩，有人吃的一口，就有鸟儿吃的一口。

在一处老房子前，我遇到了一位老人。她在人世间已经度过了九十二个春秋，但依然身板硬朗，风姿照人。不高不矮的个头，不胖不瘦的模样；穿戴干净整洁，脚穿绣花鞋，脸上笑容微露。

老人很健谈，你提起个话头，她会告诉你很多。她十八岁从外地嫁到这个村子，跟着做木匠的丈夫过日子。自己的亲生儿子，在四岁时患了病，没有救活。第二年，有个讨饭的年轻妇女，带着三岁的儿子来到村子，生活无着，极其困难，她看不下去，就将那孩子领养了。在她五十八岁时，丈夫患病离世，此后她便独自带着孩子生活。她女红手艺非常好，纳出的绣花鞋，做出来就被人买去了，因而除了母子俩吃喝，还能积攒些钱来。如今，养子在城里安了家，但她更愿意留守村里继续人生路。

望着老人，我不由想到了村口那棵挺拔的老树。

返回时，有炊烟从低矮粗实的烟囱里冒出来，淡淡的白烟，活了似的，在村庄上空任性游荡，无拘无束。太阳已成夕阳，如一盏硕大无比的橙红色大灯笼，悬挂在我头顶，然后像大幕一样缓缓地垂落，到了和月亮交接班的时候了……

茶人之境

“开门七件事，柴米油盐酱醋茶。”茶，自从被我们的先人发现并利用以后，就与我们的生活有了割舍不断的关系。二十世纪六十年代末，我插队到大别山区的一个茶乡，从此和茶结缘。起初，茶给我的感觉就是解渴，特别是干了大半天的农活之后，拿起搪瓷缸一通猛灌，那叫一个痛快、爽气。

每次去街上购物，我喜欢去街上仅此一家的茶馆坐坐。说是茶馆，其实也就是一间如教室大小的店堂。地砖有些高低不平，已看不出颜色。十来张陈旧的方桌，配上宽窄不一的长凳，显得灰头土脸的。别看茶馆硬件虽不咋的，但生意却十分兴隆，每天东方既白，晨曦微露，店堂内已是人声鼎沸，从四周赶来的老茶客们坐在长凳上，围着一张张方桌，天一脚，地一脚，扯哪算哪。每桌摆上两三把紫黑光亮的茶壶，几只小茶盅也红润锃亮。我纠结的是小小一盅茶居然分几次才喝净，有的只是抿一抿，似乎茶里有神奇的味道才舍不得一饮而尽；有的眼看在嘴边了却慢慢放下，先得把话说了。这大概就是明人张岱先生在《斗茶檄》所言的“一壶挥麈，用畅清谈；半榻焚香，共期白醉”吧。

说起来，茶文化在我国出现已经上千年。先人们用智慧创造了一套完整的茶文化体系，尤其是中国茶文化中所体现的儒、道、佛各家的思想精髓，物质形式与意念、情操、道德、礼仪结合之巧妙，确实让人叹为观止。茶圣陆羽一生游历千山，遍品天下水，饮遍人间茶。公元780年，他在湖州的青塘门外，完成了《茶经》，留给后人一部伟大的著作。他最早把中国茶产地划分为五大产区，把水分为山泉、江水、井水等20个层级。他说：“夫茶于所产处，无不佳也，盖水土之宜。离其处，水功其半，然善烹洁器，全其功也。”意为出好茶处，水土必相宜，再好的水，远了品质会差一半，要靠沏茶技术和器皿来补救。他的茶论，是国人千年生活艺术的大幸。

插队八年，我也成了一个老茶客，成了茶的拥趸。返回城里，依旧恋茶、嗜茶，一如我所喜欢的阅读和写作。我喜欢用玻璃杯喝茶，杯子透明，是为了将杯中的茶看得真切。看着水入杯的瞬间，茶叶仿佛自梦中惊醒，开始升腾、慢舞，如同千手观音的那场无声的舞蹈表演。不过几十秒的光景，茶叶便恢复了平静，慢慢沉入杯底，仿佛夜归的美人鱼。慢慢地将手中的茶杯移近鼻尖，张开鼻翼深深呼吸，浓郁纯正，甜香沁脾。再端到唇边呷上一小口，浓郁纯正的清香，在唇间与舌尖荡起，这香气上升回旋，直透脑际，让人顿时有一种置身于森林深处的清醒感。

有人说：中国人的额外享受，不外乎三样：烟、酒、茶。烟对人有害无一利，不用多说了。酒则可以喝。几千年来，翻阅中国古代诗文，几乎每一页都散发着酒气。我们需要借酒去宣泄，去逃逸，或去作片刻的出离。这合情合理。但喝酒得有度，适量地喝酒可以助兴，喝多了就会适得其反。只有性灵的茶，是幽静柔和之物，可以让人触景生情，有如花开芬芳，鸟鸣婉媚，自然万物都有其禅意，需要去领悟与善待。

曾有朋友问我，何为喝茶的最高境界？我无言作答，上网查阅，也没有统一的答案。想想也是。喝茶本身是一种文化，也是一种享受，可以因心情、年龄、阅历、环境的不同，喝出不同的味道。林语堂说："只要有一只茶壶，中国人到哪儿都是快乐的。"老舍说："有一杯好茶，我便能万物静观皆自得。"鲁迅说："有好茶喝，会喝好茶，是一种'清福'"。我不敢和这些名人比，我就是一个俗人。以我一个俗人之见，喝茶纯粹就是喝心情，从一杯茶里，我不仅听见流泉，听见松涛，看见阳光与雨水，还看到从前爬过的山，还有被茶唤起的田野回忆。

这就是我理解的"人在草木间"的茶人之境！

酒饮微醺

在键盘上敲出这几个字的时候，我忍不住地笑了——因为我实在不会喝酒，偶尔和几个好友小酌一杯，也不过是东施效颦，实在没有资格谈“喝酒”。

酒，成为文化，可能是发明酒的人所始料不及的。几千年来，翻阅中国古代诗文，几乎每一页都散发着酒气。“举杯邀明月，对影成三人。”酒，不仅是李白的灵感之源，也是他的好友。斗酒诗百篇是他最真实的写照。而对于“吾饮少而辄醉兮”的东坡先生，也喜欢唱出“把酒问青天”之类的词句，他的《赤壁赋》和《赤壁怀古》最后都以一樽酒一轮明月结束。仿佛少了这一杯，苏轼就会失去了几分潇洒，几分从容。杜甫“性豪业嗜酒”，欧阳修这个醉翁留下“醉翁之意不在酒”的名句。李清照闺中就已经“沉醉不知归路”。文人爱喝酒，武夫也爱喝酒。出征前叫壮行酒，胜利后叫庆功酒，那酒喝得是豪气十足、充满了阳刚之气。但是喝酒误事的也不在少数，张飞就是一个典型的例子。他因醉酒打人，被人算计，不仅仅把城池给丢了，还把命也给搭了进去。

我见过也曾参与过很多酒宴，如迎来送往、婚丧嫁娶、结交办事、亲朋聚会等，可见酒在中国文化里有很深的沉淀。古人喝酒喝出了离愁，喝出情谊，喝出了豪情，而现代人喝酒往往是出于各种目的，杯来盏往之中深藏了谄媚的虚伪。最常见的有借酒撒疯的人。他或是找出各种理由让你不得不喝，或是用他那双富有情感的手拉着你，贴近你的耳边，说一大堆车轱辘话，把饱和着酒精的空气蘸着口腔的特殊味道，喷在你的脸上或者吹到耳朵眼儿里。还有是以酒壮胆的人，总以为喝多了之后干的任何蠢事别人都会原谅。再有一种人挺高明也颇有心计，把敬酒当成宣誓，穷尽美词；或者以喝当罚，把工作中的欠缺抹平，甚至拐个弯生出另外的亮点……

因为不会喝酒，所以多次在酒席宴上，人家要与我喝酒时，我是满脸赔笑地跟人解释不会喝酒，人家说男人不喝酒，枉在世上走。执拗不过说：“倒杯啤酒吧。”人家说喝酒不喝白，感情上不来。退到山穷水尽的地步只能说：“我沾一点。”人家说感情浅舔一舔，感情深一口闷。正所谓欲加之“醉”，何患无辞。最后当我以人格发誓真不会喝酒时，人家就会说，看人家李白，斗酒还诗百篇呢，你怎么就这么怂啊。知道朋友使的是激将法，但是在无法承受一杯水酒渗透的感情、人品、尊严之重的时候，感觉再不喝无地自容的时候，胆边会生出些许舍身饲虎的壮烈，于是，一场酒席下来，又多了一次浑然不知中被人送回家的经历。

诚然，酒能够成事，但也能够败事。一旦把酒喝得过了“度”，不免就把自己幻化成另一个人了。继而有的人借着酒劲，大吵大闹、大哭大笑、手舞足蹈、骂骂咧咧、走东串西。不该出的错出了，不该出的丑出了，不该办的事办了，等到醒酒后一切则是悔之晚矣了。有时我就在想，假如我能喝酒，际遇是否与今天大相径庭呢？我不知道，但确确实实因为不会喝酒，遭遇过无数尴尬，也失去过许多机会。而今我已不像工作之初那样试图通过锻炼增加酒量了，我知道那是徒劳无功的，我咨询过专家也查阅过资料，知道不会喝酒的根本原因是身体里少一种分解酒精的酶，这种物质是与生俱来的。

前不久看到一篇文章，说酒有四香：打开酒瓶，芬芳喷涌而出，叫作喷香；把酒斟满酒杯，酒香溢满整个房间，叫作溢香；一杯酒下肚，轻轻回味，香满唇齿，叫作回香；酒杯虽空，但酒香却久久留在酒杯中，叫作留香，有此四香者，皆为佳酿。想想有些道理。其实，我们的生活，不也像酒一样，喜怒哀乐，需要我们细细品鉴，慢慢回味。

人有千面，酒有百味！像祥林嫂一样絮叨了半天，您该相信我了吧？这世界说大不大，说小不小，没准儿哪一天，我们会聚到一起，您可千万别劝我喝酒，拜托！

菜场风情

买菜是每天要做的家务事，退休以后跑菜场就更勤了。出了家门，步行十多分钟就是一家菜场。一进菜场，扑面而来的是泥土的气息，是水湄的气息，足以证明那些码摆齐整的菜品离开土地未久，完全可以用新鲜来称道。

我买菜不喜欢讨价还价，也不挑三拣四，更不看秤，说多少钱给多少钱，几乎不假思索就买妥了。我是这样想的，这些卖菜人每天起早摸黑，风里来雨里去，无非是赚几个辛苦钱，只要不弄虚作假，不缺斤少两就行。《朱子家训》上说，“与肩挑贸易，毋占便宜”，我觉得很有道理。

菜摊位前，不分老幼，不分男女，平起平坐，因此讨价还价的才能在这里得到了充分的发挥。来城里打拼的女孩子能省则省小声压价，走出办公室的中年人为了脸面降低嗓门还价，退休大妈则鼓起腮帮大声杀价，如此活色生香的生活场景，在熙熙攘攘中，嘈杂声响中，维持着朴素的甚至有一些粗糙的时光。古龙曾说过一句话：“一个人如果走投无路，心一窄想寻短见，就放他去菜市场。”认真琢磨此话，不无道理。菜市场是一个微版江湖，走着逛着，瞧见的都是尘世本来的样子。那些生鸡活鸭，鲜鱼水菜，碧绿的黄瓜，通红的辣椒，间或再闻听一阵讨价还价声，挤挤挨挨，热热闹闹中，人生的乐趣也就出来了。

和一对中年夫妻俩成了老熟人。男的热情开朗，什么时候都笑嘻嘻的，还不计较，抹个零头是经常的事，哪怕你只买一根黄瓜，他都会送你几个剥好的大蒜。需要削皮的菜，只要你吱一声，他就麻利地为你削好。这些尚在其次，他还是一位很在行的搭配师。什么春天少食肉类，多买小白菜、油菜、菠菜等；夏天要以清淡为主，一星期买点排骨炖汤比较好；秋天干燥，各种蔬菜也好买，适当买点荤菜；冬天，牛羊肉少不了，豆芽菜、萝卜多吃，辣椒、葱姜蒜等，既开胃又驱寒！并一再嘱咐，烧菜火候要掌握好，炒菜大火快炒，这样味道跑不掉；烧汤要大火烧开小火慢炖，这样汤才能入味等。要说那男的口才也真是了得，不知道的乍见此场面，还以为是哪个美食节目的主持人在现场直播呢。

菜场是一个藏龙卧虎之地。比如肉摊上的老板，此时正大刀阔斧地肢解，不论你是要一斤，还是八两，一刀斩下去，一斤就是一斤，八两就是八两，几乎不差毫厘。比如在水产品摊上，看中了一条鲈鱼，也不用你交代，女卖主从盆中捞起鱼，猛地往地上一掼，接着往秤盘一放，嘴上报着价，手拿一把大号剪刀将鱼肚鱼鳃弄得干干净净，一气呵成。比如在一腌制品摊位，卖主是一位中年妇女。和别的摊主闲时玩手机不一样，她只要闲着便低头看书。一次我在她的摊位站了半天，她都没发觉。我只好大声问什么书啊看得这么着迷，她猛一抬头，见是我，略显不好意思地拿起书，给我看了书的封面，居然是老版的《红楼梦》！

时间一长，对摊主了解多了，我发现摊贩基本分两类：一是友好型，以自己的诚信赢得顾客信任，形成了一个回头客群，并与有的顾客加微信好友，需要什么蔬菜会备好，价格公道，质量有保证，甚至当顾客在家走不开时，摊主会让自己老婆照看摊位，骑车送菜上门不另外收费。二是滑头型，爱耍一点小手段，对熟悉的顾客，尤其是老年男性，以帮助挑选蔬菜为名，暗中把质次的蔬菜装进塑料袋。一次我买了两斤小青菜回家，洗菜时一摊开，里面居然有四五棵已经发烂，我从此再不到他的摊位上买菜了。

有朋友问我，天天买菜烦不烦啊？想吃要个外卖省事多了。想想也是，不知从什么时候开始，大街小巷送外卖的人越来越多，他们骑着电动车，穿着统一的工作服，上面印着各家外卖网站的标志，一阵风似的骑行在送餐的路上。听朋友说外卖的网站上，东西南北各地菜肴都有，酸甜麻辣各种口味都能选择。我想，外卖虽然方便快捷，但在我看来，吃得最随性，最落胃，最营养，最放心，其实还是自己家里做的饭菜。叫外卖固然方便，但同时也失去了上菜场买菜的乐趣，和那些卖菜人插科打诨地斗一斗，乐一乐，就好像踏实地和生活连接在了一起。再有，对于我这个插队八年的老知青来说，乡村离我越来越远，只有在菜场里，才能看到远去的乡村的一些影子。

我喜欢有人间烟火气的菜市场。

买菜做饭

退休后，不少故旧见面总问现在都忙些什么？“买菜做饭！”我干脆地回答。听人说过，男人是厨房的看客，这话多少有戏谑的成分。其实真正的好厨师大多数都是男人。比如唐宋八大家之一的苏轼。苏轼不仅是位文学家，而且还是位美食家，称得上烹调的高手，东坡肉、东坡肘子、东坡鳊鱼等都是为人称道的，他的《猪肉颂》也是中国文学史上的一段佳话，能把美食变成学问，唯有苏子瞻耳。

买菜做饭虽然烦琐，但对于我这个有过插队八年经历的老知青来说，乡村虽然离我越来越远，但在菜场里，还能看到远去乡村的一些影子。比如菜园里的紫茄、豌豆、辣椒、菠菜、萝卜、黄瓜、大白菜等各种应季蔬菜；比如山间的竹笋，河里的莲藕、菱角。泥土的气息，水湄的气息，烟火的气息，诗意地缥散在菜市场。

出家门，步行十多分钟就是一家菜场。菜摊前，各种蔬菜应有尽有。一把把绿油油的菠菜、一个个红彤彤的西红柿、一根根紫色的长茄子、一节节又白又脆的莲藕……各种各样的瓜果蔬菜被整齐有序地摆放着，期待着人们的青睐。耳边不时传来此起彼伏的吆喝声、买主卖主的讨价还价声，徜徉在这充满人间烟火味、人情味的热闹中，感觉生活是热气腾腾的。

我买菜不喜欢讨价还价，看好了就买，不是我多有钱，而是因了八年插队的经历，理解他们为了生计起早贪黑，要比我辛苦得多。当然，如果发现缺斤少两，以次充好，拿我当冤大头的，那我毫不客气将此人列入黑名单，从此不再光顾。反过来，如果这家的人好菜也好，那就此认准了这家，非常专一。

买菜做饭的日子长了，发现不同的菜，择、掐、掰、削，各有不同。比如拍黄瓜。这个“拍”字很传神。黄瓜洗净，置于砧板，菜刀在握，不用刀刃和刀背，而是刀面，放平，对着目标，啪啪猛拍，黄瓜便散裂多姿，淋漓尽致。再比如煲汤，小火慢攻，咕嘟咕嘟声透着诱人的香气，灌满小小的厨房。当然，最常听、最亲切的烹调声，当属炒菜爆锅的那一刻，“刹——”的一声爆响。

生日那天，我给自己做了一碗红烧肉。这是我第一次做红烧肉。按照网上所教的做法：先将生肉放入清水中，让血水溢出，然后将水沥干，倒入锅中，同时倒入小葱、生姜、老抽、黄酒、白砂糖等作料。加水漫过肉块为宜，武火烧至翻滚后，改文火攻之，直至肉烧至筷子稍用力即可戳穿肉皮，便可大火收卤，至微微黏稠，便可起锅了。

接着又做了一道虎皮辣椒。切掉青椒的把儿，划一道口子，掏去辣椒籽，清洗干净，然后用漏勺沥干水，接着净锅上火，加入一勺食用油，待油烧至七成热时倒入青辣椒，煸炒至虎皮状时，将青椒用勺子拨向一边，下入蒜片炒香，接着倒入事先用适量生抽、蚝油、蒸鱼豉油、食盐、白糖、味精调成的味汁，翻炒均匀，出锅时整齐地码放在碟子内，一盘斑驳皱褶的虎皮辣椒便大功告成了。

萝卜，其“土人参”的名号深入人心。制作上可炖、煮、炒、腌，用一个萝卜变换出各种菜肴，花样繁多，成为家庭餐桌上一年四季的常客。尤其是霜降节气后，萝卜经霜一打，变得格外清甜。萝卜切丝，用香油、醋等调料一拌，爽口、开胃。

有朋友说我，天天买菜做饭烦不烦啊？想吃叫个外卖省事多了。我承认，点外卖快捷省事，但吃得最随性，最落胃，最营养，最放心的，其实还是自己做的饭菜。叫外卖固然方便，但同时也失去了上菜场买菜的乐趣，失去了厨房里那择菜、切菜、炒菜的美妙声音，失去了看得到摸得到闻得到的惬意，失去了看着葱蒜辣椒噼噼啪啪地在油锅里弹跳释放香气。其次，别人做好的一道菜，放在你面前，供你品尝，你享受的是一道美味。自己经历一番辛苦做好的一道菜，慢慢品尝，你所享受的是果实。美味，倒成了其次。

民以食为天。我喜欢买菜做饭，喜欢听锅碗瓢盆的碰撞，喜欢闻油盐酱醋的飘香，喜欢有烟火气的小厨房。

美妙瞬间

春节前，我一直对泾县的天气很关注，原因是我打算一个人去泾县过春节。这也是我退休五年来第一次在省内过年，前四年春节分别去了海南三亚、福建厦门、云南大理、广西北海。

我是大年三十上午坐动车去的泾县。走出高铁站，包了一辆出租车直奔查济村。事先在网上联系了一家民宿。刚一进村，就被那震天的鞭炮声给包围了。多少年没听到如此震耳欲聋的鞭炮声了。办好入住手续，就奔出门，沿着村里的老街四处拍照。暖暖的阳光，照耀在人们的脸上，有一家老小手里提着年货、怀里抱着孩子的；有小两口开着电瓶车抱着酒和糕点的；有开车从县城赶回来过年的，虽然我听不懂当地的方言，但我会在手机的镜头里，欣赏着这一幅幅乡村人文画卷。此时此刻，光影里的语言最是丰富多彩，冷与暖，明与暗，深与浅，在此时找到了特别的注解。

年初一和年初二，我在村里的一条老街上转悠。查济是一个典型的徽州古村落。青的砖，白的墙，飞檐上的镂花，那一种斑驳里满是厚重的气息。石雕、砖雕、木雕在查济随处可见。

门窗扇格的木雕、厅堂柱础的石雕、门楼门汇的砖雕，均繁刻精镂，踏着古旧的青石路面，玲珑剔透、画面各异，或花鸟、或禽兽、或人物，无一不栩栩如生；房屋结构为多进式，或三进，或四进，进间有“四水到堂”式的天井，二楼廊廓置有“美人靠”；条石砌就墙基，柱基为圆形雕石，墙体青砖、屋上黑瓦。老街两侧的白色山墙或多或少带着青苔、霉斑，像极了印象派的水墨风景画，其情其景，处处都是生动的画面。

晚上，把白天拍的照片整理出来，选出我认为最好的，分别以古建筑、人物、田野三个主题编好后，发到朋友圈里，与朋友们分享那些光影里的浓浓年味。几分钟后，朋友们纷纷点赞，好评如潮。我躺在床上看着朋友们的点评，小小的虚荣心得到了极大的满足。

年初三去了桃花潭。桃花潭是网红打卡地，也是摄影爱好者的“福地”。在桃花潭一对坐在河边的年轻人进入了我的视线，男孩戴着一副眼镜，女孩怀中抱着一只白色小狗，从他们脸上灿烂的笑容可以看出，他们在这里找到了异乡的年味。此时光线柔和、层次分明，利用侧光，镜头里的人物更有质感和立体感，这真是一个美妙的瞬间。

在古镇如云的皖南，赤滩古镇可谓名不见经传，然而它却是青弋江航道上一个古老的水上重镇，曾是泾县历史上知名的十八古镇之一。年初四，我兴冲冲地去了赤滩古镇。让我感到意外的是，整条街上没有一个游客，让人无法与昔日的繁华喧嚣联系在一起。这样也好，正是这份寂静，才能显示此镇的原汁原味，没有被现代商业浸染。光滑的鹅卵石街道，高大的马头墙，青石门栏，青砖黛瓦等虽然与其他古镇类似，然而古镇之中流出的那汁那味，散发着浓郁的千年韵味。我一边走，一边用手机拍照，古商铺、理发馆、古宅、学堂、老澡堂等，它们都在慢慢向你讲述这里流传千年的故事。

在老街巷尾，一间百年老澡堂吸引了我。走进澡堂，一纸老澡堂的来历的介绍让我眼睛一亮。沧浪池，建于清朝光绪末年，鼎盛时期可一次拥有 60 余位洗澡客，分“特座”“雅座”和“ 普通座”。

看完介绍，我走进澡堂，里面整齐地摆放了几排已布满灰尘的椅子，椅子旁还放了桌子，供客人休息时使用，当时“流行”的木拖鞋，一双双靠在台子上。水泥砌的澡池，灰暗且布满灰尘。我用手机一一拍了下来。

年初五，我返回合肥。坐在动车上，打开手机，五天时间，我拍摄了近百幅照片。用一位朋友在点赞时留下的一句话说，这些照片完全可以办个影展了。其实，办景展我没想过，我只是想用手机拍下一个又一个美妙瞬间，拍下一个不一样的年味，这也是我为自己准备的一道新年大餐。

男性女名

世间万物都有着自己的名字和称谓，人也一样。人的名字，有时也是一个时代的象征。

老一辈的生活经历比较特殊，他们见证了时代的变迁，带给他们的影响是方方面面的，取名就是其中一个方面。二十世纪五十年代以后，随着时代的变化，老辈人在给孩子取名时，就很有那个年代的特点，如“国庆”“援朝”“卫国”“卫东”“跃进”“胜天”等。

我也出生于二十世纪五十年代，不同的是，我的名字具有内涵和纪念意义。父亲生前告诉我，我出生那年，正好全国人民学习马克思主义唯物论，反对形而上学的唯心论，所以就取唯物论和唯心论这两个词中的唯字。

好一个充满政治和时代色彩的名字。

当然也有人曾说过父亲，一个男孩怎么取了个女孩名啊。也是，随着时间推移，我的名字真的给我带来很多意想不到的事情。

二十世纪八十年代，中国诗坛掀起了一场中国自有新诗以来最声势浩大、轰轰烈烈的诗歌运动。正是在那场运动中，我也挤上了诗歌创作这条拥挤不堪且坎坷不平的小路。那时，我也创作了不少诗歌，也壮着胆子多次给报纸杂志投稿，结果都是石沉大海。

1982 年 2 月中旬，我将两首诗歌投寄到省城一家大报。过了 10 多天，突然收到那家报纸的用稿通知。通知是铅印的。通知是这样写的：王唯唯同志你好！经研究，你所投的两首诗留用一首，将在本报庆祝妇女节“女作者专号”中刊出。欢迎继续来稿。

我看后心情十分激动，因为这意味着多年来的追求终于有了回报，更重要的是，这是我的处女作问世啊。激动之余又忍不住苦笑，显然编辑老师将我视为女性了。接到通知已是 2 月底，离妇女节只有几天时间。那个年代不像现在，不论多远，多急的事，只需打个电话即可。那时我家没有电话，写信恐怕来不及，所以赶忙跑到邮电局打了份电报，电报内容只8个字：编辑老师我是男性。结果我的处女作由3月8日推迟到4月1日见报。

1985年春，我给吉林省一家诗刊寄去一组爱情诗。20多天后收到编辑部的来信，这次不是铅印的用稿通知，而是一位何姓编辑的亲笔信。信的内容先是告诉我选用两首，并鼓励了一番，接着这位何编辑自报家门，介绍了自己的情况，包括年龄、身高，最后告知他还没有女朋友，提出愿意和我交朋友，并要我寄张“玉照”给他，说他生于南方，不喜欢北方的女孩。

接信后我犯难了，把此事和一位诗友说了，诗友说你就把你老婆的照片寄给他。我说那怎么行？诗友说怎么不行？管他呢，先糊弄他一下，等诗发表以后，再跟他实话实说不就得了。我说那样是否有点缺德了，再说这么做不是把以后的路给堵死了吗？我老老实实地给何编辑去了信，把自己的情况向他做了详细的汇报。信发出后就再也没了消息，至于留用的两首诗到今天也没有发出来。

由于陆陆续续在全国各家报刊发表诗歌100余首，在本市多少有了点小名气，以至常有一些认识和不认识的写诗朋友找上门来。一次，一位在校的大专生找到单位，指名要见我，我说我就是，可他就是不信，急得我拿出身份证给他看。他看后显得很失望，最后不知是自语还是对我说：“早知道你就是王唯唯，还不如不见面的好。他气呼呼地走了，把我搁在原地愣了半天没回过神来。”

1993年，《新安晚报》创刊。那时我已不写诗而改写散文和随笔之类。于是再次壮胆给晚报投稿。时间不长，陆陆续续在晚报发表了多篇散文。1998年夏季，父亲因为癌症住进医院。我那时还在铜陵工作，只能每星期五下午赶最后一班车到合肥陪父亲，星期天再坐最后一班车回铜陵。一次，父亲说抽空去报社看看你常说的马老师，当面谢谢她对你的关照。

当我站在马丽春老师面前自报姓名后，马老师笑得眼泪都出来了，她很认真地问：“你就是王唯唯？”我点点头：“是啊。”“哎呀，这下好了，我终于可以在我们总编面前洗刷冤情啦。”原来，晚报总编见马老师常发我的稿件，提醒她别只关照女作者。

2000年10月，有朋友打电话来说：“你怎么开了个花店卖花呀？”我莫名其妙：“卖什么花啊？”朋友说：“你就装吧。我问你是不是在长江路开了一家鲜花店？”我一口咬定没有。朋友说那就怪了，说他到长江路一家电器商城修电脑，亲眼看见商城隔壁有一家新开张的鲜花店，店名就叫“唯唯鲜花店”，和我的名字一字不差。我在电话里哈哈大笑：“我都调回合肥一个月了，开哪门子花店啊。”

我没有想到我的名字会给我带来这么多的误会。父亲大概也不会想到当年给我起的这个名字，会在以后给我带来这么多的奇遇吧。

男人的眼泪

步入老年之后，发现很多在常人看来平淡无奇的事，也会让我感动，让我热泪满眶。比如看电视看到比较煽情的部分会流泪，比如听到老歌会激动不已，比如没事看看老照片时会感叹，没有理由的。前不久，著名翻译家许渊冲在《朗读者》的对话中，当他说起早年为什么选林徽因的诗翻成英文，说到林徽因痛失徐志摩的那份悲伤时，96 岁的许老先生泪流满面，泣不成声，坐在电视前的我自然也是泪流成行。

自古至今，一代又一代，对男人的要求，似乎就是坚强。儿时，就被灌输“男儿有泪不轻弹”“男儿膝下有黄金”“钢铁般的男人”“是男人就别像个女人一样哭哭啼啼”等等。但是无论怎么教育，怎么灌输，我还是会因一些事而流泪。记得 15 岁那年，去电影院看朝鲜电影《卖花姑娘》，随着剧情的展开，一次次被泪水模糊了双眼。特别是看到年幼的小顺姬因为伸手拿了一颗红枣，地主婆用一盆滚烫的水泼瞎了小顺姬的双眼时，我是哭着跑出电影院的。所以至今不知道电影《卖花姑娘》的结尾如何。

小时候打架哭过，受委屈哭过，恋爱分手哭过，亲人去世哭过，工作失意哭过，感动时哭过，我也见过一个男人哭得像个孩子一样抱着女友，不愿分手；见过一个年迈的父亲，一谈起他在高原参军的儿子，就老泪纵横的样子；见过一个父亲趴在被水淹死的儿子的身体上，直到哭得不能出声。我更忘不了的是 1969 年 8 月 13 日，身患癌症的母亲被推进手术室后，父亲凑着门缝往里看了好一会儿，转过身来的那一刻，我看见父亲的脸上挂着泪水。是啊，“男儿有泪不轻弹，只是未到伤心处”。这是真话，也是大实话。

我从来不认为自己是个钢铁一样的男人，也不觉得流泪是件很丢人的事情。只是大了之后，知道了该如何回避，毕竟谁也不想让别人看到自己的脆弱。所以别人看到的永远是我开心的一面。尽管有时自己很压抑，很伤感，很孤独。

我还记得六年前的那个冬天，我离婚了。走出婚姻登记处时，我是强笑着和她说了一声再见，赶忙离开。那天晚上，沾酒就醉的我，独自一个人喝着烈酒，咀嚼着所有压抑的孤独和不幸，像一个孩子一样大声哭泣，声音像找不到家的夜莺一样忧伤。假如说女人的眼泪是风情万种的，是一小段不开心所弄的，那么男人的眼泪，是感情的表达，是自然的流露，是内心的释放。

哭，与生俱来。婴儿出生坠地，第一件事就是哭。有泪的男人很正常。坚强不代表不哭，哭是正常的情感。一个情感丰富的男人是个性情中人，是个多愁善感的人。倒是一个男人如果从未流过泪，我反而害怕与这样的人交往。

有喜有悲才是人生，有苦有甜才是生活。这个世界的眼泪太多，愤怒的，悲伤的，绝望的，无辜的。现在，老了的我，内心里还保留着不轻易示人的矫情，还是那样多愁善感。想起青春年少时，眼泪，湿一湿心情。流年，是一首无字的歌，恰如其分地戳中泪点，也让我的情感得以宣泄和释放。指缝太宽，时光太瘦，一辈子原来真的很短，花开一季，人活一世，时光安然无恙，当明天变成了今天，昨天最后成为记忆里不再重要的某一天，一些事过了今天，就成了过去的故事。那些不忍放手的，念念不忘的东西，最终都定格成了风景！

人世烟火中，我的人生已经走到下半场，很多东西已经不容易改变了，既然如此，自感孤单的时候，和自己说说话，把那些想跟别人倾诉的话，慢慢烂在心里。很压抑的时候，自己跟自己坐坐，能听到微弱却真实的内心的声音。我唯一恳求的是，让我保留一颗易动的心，优雅地老去。

虎年除夕

这是我过的第七个一个人的春节。父母离世多年。兄弟姊妹再亲，都得靠父母团着，才能团到一起。不然，都是各过各的。人常说，父母在，兄弟姊妹是一家人，父母不在了，兄弟姊妹是亲戚。这是两种关系，差别大了去了。

除夕那天，为解心慌，我坐上空空的公交。一路上，有人在给灯杆上挂红灯笼。也有人架起梯子，给树木身上缠灯绳，是那种塑料的发光管，软软的，在树木的枝干上走圈，还一束束，一串串，从高处垂下来。街上的行人只有往日的一成，仿佛进入了时间隧道，又回到了二十世纪七十年代的城市光景。寥寥的行人之中，可以肯定地说，既没有散步者，也没有外地观光的旅客，倒是有不少电瓶车，载着一家三口，飞快从公交车边驶过。我想，这些人都是赶着回家吃年夜饭的吧。

不知不觉公交到了终点站——高铁站。下车，广场上人来人往，行色匆匆，这是只有过年才会出现的人口大迁徙的场面。都说是回家，那么，现在生活的地方，不是家吗？答案：是，又不是。户口在城里，老婆孩子在城里，这里是家。过年回的家是老家，是长大的地方，是有一大群亲戚的地方，是填履历表籍贯的地方，最主要的，是父母住的地方。父母在哪里，家就在哪里，根就在哪里。不然，谁愿意大过年的，在路上辛苦啊。回去，在父母身边，家完整了，人踏实了，心也安定下来了。父母是一盆火，儿女们烤火来了。

触景生情，小时候过年的情景，一下涌上心头。

除夕是大节日，而且是处在极其重要的时间节点，大人们根据不同分工各司其职，比如最后一次打扫房前屋后的卫生，近中午时打糨糊贴春联和年画。这些都是一个很有仪式感的工作。

到了下午 4 点多钟，平日里从不下厨房的父亲却突然成了厨房的主角，厨房里总是晃动着他高大的身影。而一年里总是在厨房忙碌的母亲，虽然也在厨房，但似乎失去了往日的光彩。

除夕夜，全家人围坐在一起吃着年夜饭。吃的是什么真的想不起来了，只是记得有一道菜是不能吃的，就是最后端上桌的一条完整的鱼。这时母亲会抓住时机给我们普及过年的习俗，中国人过春节讲究好意头，希望“年年有余”，因此年夜饭的餐桌上少不了“鱼”。后来这条鱼怎么处理的？自然是吃掉了，只是，我不记得是怎么吃掉了。

年夜饭一结束，把杯盘狼藉的桌子收拾干净，再把装有糖果、枣子、花生和瓜子的果盘放在桌上，一家人边吃边守夜。那时没有电视，更没有春晚。倒是有收音机。大人们听着广播说着闲话，而我们毕竟抵不过身体要睡眠的自然法则，母亲看到我们开始打瞌睡时，便开始讲她当演员时的一些趣事给我们醒脑。母亲讲得最多的是她在拍电影《天仙配》和《牛郎织女》时发生的一些趣事。直到远远近近的鞭炮声开始密集起来，收音机里农历新年的钟声响起，我们双手接过父亲给的红包，迫不及待地跑出家门，点燃鞭炮，新年到了。

天渐渐暗了，又坐上公交回家。回到寒舍，首先打开电视，让冷清的家有个响声。把事先买好的鸡蛋饺、肉圆子、糯米圆子、青菜、花生米以及葱姜蒜摆上案板，开始准备年夜饭。单身多年，最大的收获之一就是学会了买菜做饭。

一阵忙碌，四菜一汤上桌，荤素搭配，香气扑鼻。电视里，春晚开始了。

四季景色

以鸟鸣春

标题出自唐代韩愈的《送孟东野序》：“以鸟鸣春，以雷鸣夏，以虫鸣秋，以风鸣冬。四时之相推敚，其必有不得其平者乎？”春天是鸟最向往的季节。春风送暖，万物苏醒，百草萌芽，百虫出洞，农夫春耕，都为鸟类提供了丰富的食物。于是百鸟归来，相亲、筑巢、繁殖……一幅人勤春早的画面，栩栩如生。

百鸟之中，要数在本地过冬的麻雀最为亢奋了。熬过了一个饥寒交迫的冬天，盼来了温暖又美食遍地的春天，能不精神抖擞？想那冬天，特别是连续几天冰天雪地，麻雀躲在枯藤老树上吃西北风，这个时候麻雀是最可怜的。这时候也是捕捉麻雀的最好时光。记得插队那会儿，一场大雪过后，有村民在门前扫一小片空地，用一根系着长绳的木棒支起竹筛，抓几把瘪谷洒落地上，饿疯了的麻雀奋不顾身地飞扑过来，此时一扯绳线，竹筛倒扣下来，把麻雀全部扣在了里面。应了那句老话：鸟为食亡。

但凡是二十世纪五十年代出生的人，大约都会有一段关于麻雀的特殊记忆，那时，麻雀与老鼠、苍蝇、蚊子被判定为“四害”。庆幸的是，到了二十世纪六十年代中期，有专家站出来为麻雀辩护，说它吃害虫多，吃粮食少，功大于过。麻雀从“四害”中除名了。或许是麻雀也知道了它们现在受到人类法律的保护，所以现在胆也大了，叫起来底气十足，叽叽喳喳地叫个不停，像是有着永远说不完的话，议论不完的事，唯恐有人剥夺了它们的话语权。

燕子是鸟类中春天的使者，所以人们亲切地称它为春燕。鸟类中与农家走得最近也最讨农家人喜欢的就是成双成对的燕子。这是因为在农家人的眼里，燕子就是春天的吉祥物。插队那会儿，每年春天都有燕子飞临农家筑巢。那时家家户户的房子都是土坯茅草房，屋里几乎都没有棚，有些燕子为了遮风挡雨，更喜欢飞到屋里的梁上筑巢，同人一样，飞进飞出，日日照面，习以为常。

记得有一天，一对燕子在我们知青屋外飞来飞去，对门的三婶说，燕子看中你们的屋子要做窝啦。果然不一会儿，它们落在门楣上，歪着脑袋，向屋里窥望，嘴里“唧唧”地叫着，含有一丝兴奋，显然是看中了我们屋里的房梁，想要在那筑巢。我们赶紧离开屋子，站在门外，它们也不客气，一前一后，倏地飞进了屋，落在房梁上，不住地点头，十分满意。

选好了筑巢地，它们就开始忙碌起来。一只嘴里衔着草茎，一只叼回黑泥，飞进飞出，一刻也不肯歇息。前后一个多星期，大功告成。整个燕巢口窄腹大，像半个葫芦。从此，它们开始甜甜美美地过日子，生儿育女，直到深秋离开。

“一行白鹭上青天”我插队的生产队村前有一条20多米宽的清水河。河水不深，只盖到脚脖子。春天，蓝天之下的河水，不急不躁地流淌着。河面荡漾着天空的一块，碧蓝碧蓝，使河床看上去像一块巨大的陶瓷碎片。成群结队的白鹭飞来了，非常壮观。它们从容不迫，姿态优雅，铁色的长喙不停地捕捉着河里的小鱼小虾。

白鹭最兴奋的是看到农家人春耕，成群结队的白鹭盘旋在手扶拖拉机后面，土地耕翻，虫子、蚯蚓、泥鳅、蛙类暴露于光天化日之下，那是白鹭最喜欢的美食，怎肯放过呢？农田只要有手扶拖拉机耕作，不用通知，一大群白鹭争先恐后地飞来，此起彼伏，非常壮观。

一年之计在于春。植物在春天里长得最华茂，鸟也在春天里叫得最好听。离我现在所住不远就是环城马路，两边树木林立。每天在此散步，都能看见不同的鸟，在枝丫间上下跳跃，扬颈展喉，一串串清脆悦耳的鸣叫之声，便打破了天地间的安谧宁静，拉开了一场鸟鸣合奏的序幕。有的鸣声沙哑低沉如老人娓娓道来，有的鸣声清越响亮似少女纵情欢笑。有的圆润优雅，有的清丽愉快，有的短促似哨音，有的悠扬若箫声。它们各奏各的乐器，各唱各的调子，非常融洽和谐。

每每这时，痴痴地，站在春天里，临春风，听鸟鸣……

节气里的春天

年轻时，有人问我喜欢一年四季中的哪一个季节，我答：秋季。因为，秋季与“成熟”“收获”这样一些景象联系起来。时光倏忽，今天的我步入人生最美的夕阳阶段，越来越喜欢“春天”这样一个季节，偏爱那一个个富有诗情画意的节气。

“立春”，春天由此站住了脚跟。虽然山寒水瘦，天气依然冷，植物还没有什么动静，但是在乡下，如果天晴，农人闲着没事，会到田间地头转转，像画家画完了画，自己站远了看看，说不定哪里可以再添一笔，哪里可以再盖一笔。这会儿地里的活，不是硬活，不是非要添这一笔，也不是非要去那一笔，只是随便看看，心里才会踏实。或许城里人已经忘记了季节的更替，然而蛰伏在乡下的农人，却闻到了春天的气息，听到了积雪消融的泥土开始发酵，大地舒展筋骨的声音。

“雨水”，“好雨知时节，当春乃发生。”一场春雨之后，无数个根茎，无数个种子，无数个叶芽，无数个花苞，有了雨水的滋润，苏醒了，鲜活了，不经意间，“天街小雨润如酥，草色遥看近却无”。在乡下，麦地里的麦苗挨挨挤挤地手拉着手，整整齐齐地站在田野里，催生了充盈于天地间的无限绿意，也让寂寞了一冬的田野骤生动感。

“惊蛰”，天气回暖，春雷始鸣，万物萌动，更有一种撩人心绪，摇人心旌的力量。走在乡村的田野上，可见村民将犁通过牛轭套在牛颈背，一手扶犁，一手牵着牛绳，那牛拉着犁将田泥成垅翻转，如此来来去去，一块农田中几乎所有的泥土均被翻转过；而在另一块田里，村民正站在耙上，手里牵着牛绳，驱着牛拖着耙往前行，不时将此前犁过的泥土耙细耙平。两个小孩走在田间的小路上，八九岁的样子，一男一女。他们背着书包相伴上学。此画面，给乡村田野平添春的气息，别有一番耕读文化的韵味。

“春分”，标志着整个春天已过了一半。俗话说，五九六九，沿河看柳。可那个时节正值立春与雨水之间，柳眼未开，柳芽未长，未必是看柳佳期。而春分时节沿河看柳刚刚好。干了一冬的柳树，此时吸足了春的灵韵，枝干柔了、软了，柳枝上，绽放出一团团毛茸茸的嫩黄，微风拂过，万千柳丝，轻盈翻飞。看柳，须临水。每天傍晚，我都会去离家不远的护城河边散步。一棵棵环河栽种的柳树，就像一团团绿烟，在河边氤氲缭绕。

“清明”，一幅欢乐与思念相互交织的水墨。淡，到了极致，浓，也到了极致。亦浓亦淡，或在眼前展现，或在心底流连。外出踏青，春天的旷野，最能唤起童心的回归。扫墓祭祀，燃一炷心香，以示后人对先辈的思念之情。去年清明，我带上刚刚出版的散文集，恭恭敬敬地放在父母的墓前，告诉他们我一切都好，让他们放心。

“谷雨”，春天的最后一个节气。谷雨是采茶的黄金时节。早年插队那会儿，我采过茶，也炒过茶。采茶时手要轻，把嫩嫩的小芽揪下来，而不能用指甲去掐。指力过小，茶芽容易捏损，指力过大，茶枝容易折断。炒茶时，灶里的火要旺，手要不停翻动茶草，直到茶草爆响噼啪的声音，清香初露，就可以起锅了。只有掌握了这些要领，那茶在冲泡后，叶如旗，芽似枪，被称“旗枪”，其色泽、香气、口感，与清明茶同被视为茶中珍品。再有，谷雨还连接着春天和夏天，过完了谷雨，夏天也就到了。

节气里的春天浸染着不同的色泽，组成了一个完美的春天。那一个个节气，宛如我们徜徉在春天里的一个个驿站，在这里歇歇脚，望望天，回望前一站点的景象，企盼下一站点的美好，一程，一程，走向春天，走过春天。

山里的早春

春天款款而来。小虫们从冬眠中苏醒过来，在春光中懒洋洋地蠕动，显得一副拙萌的样子。古人便造出一个“蠢”字。《说文解字》：“蠢，虫动也”。其实，何止是虫，宅了一冬的我也是“蠢蠢欲动”。这不，立春刚过，走进喜欢的山里。

早春的山里乍暖还寒，走在山路上，仍可见两旁残雪点点。但草木已经开始伸枝展叶，鸟禽也在初试歌喉，大山已从冰封的冬天苏醒过来。溪流不大，清澈见底，大大小小的卵石光光圆圆，淙淙水声仿佛是乐队试音，正在等待汛期交响乐的演奏。

转过一个山口，一所小学出现眼前。两间二十世纪六七十年代建造的砖瓦平房，斑驳的墙面石灰多处脱落，没有玻璃的窗格上糊着旧报纸，经过风吹雨打的门扇露着木板的原色。泥泞的操场上，竖着半个篮球架子，一张用松木板搭起的乒乓球桌经过日晒雨淋，露出了长长的裂缝。走近教室，透过窗户，里面空荡荡的，没有桌椅，地坪坑坑洼洼，墙上的黑板斑斑驳驳。这是一所被废弃的小学。

离学校不远有一处不算小的水面，四周灌木丛生。在这里，连鸟的叫都带着水的味道，我感慨地站定，看水，听鸟，水四周的灌木丛中不时响起清脆的声响。这时，一股山风从对面拂来，闭上眼睛，任由这股气息包围我，直到它消失。

走过一段下行的山路，我听到了鸡鸣狗叫的声音，也看到山民在闲了一个冬天的地里忙碌，想必是在为春耕做准备了。我想，如果将秋天五谷归仓的村庄比作沉稳厚实的壮年，将夏天挥汗如雨的村庄比作热情奔放的青年，那么，春天万物更新的村庄就是蓬勃向上的少年，蕴含着生机。

进村的道路用鹅卵石铺成。这些经过溪水冲刷的石头，经受了无数人双脚的摩挲，已经变得圆润光滑，印证着村庄的古老悠久。村里的房屋按照地形的高低，错落有致地建造在谷地和山坡上。远远地望去，山石堆砌的墙壁和瓦片覆盖的屋顶，都让岁月之手涂抹上了一层烟灰的颜色。

村口有一家小卖店。门前空地上有一个秋千。走进店里，地上的泥土都被踩成水泥地的模样。店面不大，但为村民提供最基本的生活用品，商品井井有条地摆放在泛黄的木制隔层里。一位满头白发的老人坐在方桌前，盯着我问是买东西还是找人。我说不买东西也不找人，我是来这里游玩的。老人笑了。从方桌下拖出一条长凳。我赶忙说不用不用，门口那秋千就好。

我转身出来坐在门口的秋千上，望向远方。山，葱茏一片，大小高矮的山峦，起伏连绵，与天衔接、与地相连。山最伟大的地方就是它既沉默又坦然地接纳每一个愿意走进它的人，用它各种姿态的风、游移的日光、有声无声的水流、万千昆虫和数不清的鸟鸣、郁郁苍苍的山林、各种色彩各种形状的花草，当然还有它自己最开始就拥有的伫立姿势，不动声色地消解了一个人浑身上下里里外外的疲倦，用自在让人在慵懒中松弛自然起来。

我想，在都市生活久了，高楼大厦挡住了视线，噪声尾气污染了空间，无论走到哪里，都找不到新鲜感，如果约上三五好友，来山里听风赏景、把酒言欢，或是什么都不说，什么都不做，就坐在这里发发呆，也是何等的惬意啊。由把酒言欢，想到山里的食材，不用说，一定是就地而取，土生土长，天然、绿色、无公害。如此，真是一个写满山村烟火味的人间净土！

回到城里已有些日子了，那个不知名的村庄在脑海里也逐渐变得模糊，记忆里的一些场景和片段，很有可能是将不同的山村混在了一起。但这又有什么关系呢？要紧的是我确实到过那个山村，虽是蜻蜓点水、浮光掠影，但那里的山水田园、草木稼禾、老屋旧舍、人迹风情，潜移默化地影响着我，使我身处繁华闹市，仍能清晰地记得曾经去过的那个山村，有着怎样的底色。

鲜活的荠菜

我的少年时代是在农村度过的，对荠菜并不陌生。

阳春三月，春风一动，最先从土里冒出来报春的就是各种野菜，给单调了一个冬天的大地带来春色。荠菜，也是野菜的一种。它的根茎细软，用尖头的刀往泥土里浅浅一滑，就把它挑出来了。开始，我分不出荠菜和野草，母亲就教我如何识别。看到一棵荠菜，母亲不是马上把它挑起，而是教我如何识别。在我听懂后，母亲再把荠菜挑起，抖掉泥土，放进篮里。几次后，我对荠菜和野草能分辨得很清楚了。当然，母亲偶尔也能从我挑出的荠菜里拣出冒牌的“荠菜”。

荠菜分板叶荠菜和散叶荠菜两种。板叶荠菜，叶肥大而厚，浅绿色，风味鲜美。散叶荠菜，叶片小而薄，绿色，香气较浓。母亲还告诉我，挖荠菜要趁早，晚了荠菜开出白色的小花，就不能吃了。

开花的荠菜，躲过了我们的舌尖，却亮了我们的眼睛：花儿小小的、白白的，一簇一簇，米粒一般。没有人栽种侍弄，没有人施肥浇水，它们就在这早春的原野上左一棵、右一群，野蛮生长，肆意开放。荠菜开花后，结出小小的、三角形的荚果，有次序地排列在茎干上，也有一种令人怜爱的美。

回到家中，把挑来的荠菜择好，放在清水里漂洗干净，最常做的是凉拌荠菜。母亲做的简单却别有风味，先是开水焯烫断生，挤干水分，切成碎段；把熟的花生米拍碎，和荠菜段放入盘中，倒入香油、酱油、精盐、白糖、醋，拌匀即成。还有荠菜豆腐羹也很美味。把荠菜切得碎碎的，放进豆腐汤里，再用一点淀粉勾兑，使汤汁浓稠，当然如果能在其中放入一些肉末，可谓锦上添花了。可惜，那个年月想吃肉得等到逢年过节。

荠菜饺子是我的最爱。记得每年开春挖的头道荠菜，我们家都会吃一次荠菜饺子。除了春节吃饺子，这可算是难得的一顿大餐了。父亲擀皮，母亲包饺子。我也站在母亲身边跟着学。饺子包好下锅。母亲说：饺子要“三开”。即锅里的水开了后要添一次水，添水三次后，饺子就可以吃了。一碗热腾腾的荠菜饺子，真是让人垂涎三尺。用筷子夹一个放进嘴里，烫得我一下子又吐了出来。母亲笑着说：“慢点吃，没人和你抢。”

离开农村就再也没有挑过荠菜。现在走进菜市场，会看到各色野菜，有野生的，也有人工栽培的。野生的尽管样子不怎么好看，价格也不菲，比时鲜蔬菜也贵了许多，却很快被人们抢购一空。而人工栽培的尽管很鲜嫩，口感与天然野生的相比虽无太大的差异，但人们还是喜欢野生的。当然，如果买不到野生的，人们还是愿意从口袋里掏钱的。正如汪曾祺在《故乡的野菜》中写的那样：“过去，我的家乡人吃野菜主要是为了度荒，现在吃野菜则是为了尝新了。”

“阳春三月三，荠菜赛仙丹。”荠菜除了独有的味道口感，还有自己独特的医药价值。在中医上，荠菜味甘、性平，具有和脾、利水、止血、明目的功效。现在生活越来越好，更多的人意识到食疗对身体保健的重要性。荠菜也理所当然地走入我们的生活和各种饮食场所，成为餐桌上的“新宠”。

中国人吃荠菜的历史可谓久矣。早在《诗经·邶风·谷风》中就有“谁谓荼苦，其甘如荠”的诗句。晋代夏侯谌著有《荠赋》，“钻重冰而挺茂，蒙严霜以发鲜。舍盛阳而弗萌，在太阴而斯育。”苏轼为了挖荠菜，不惜“时绕麦田求野荠”。陆游陶醉于荠菜的美味，“日日思归饱蕨薇，春来荠美勿忘归”。周作人说“荠菜是浙东人春天常吃的野菜”。

时下，春风习习，草木新生，正是挑荠菜的大好时光。挑荠菜，不是为了省钱，也不是为了一饱口福，而是为了感受挑荠菜时的那种喜悦之情。正如作家张洁在《挖荠菜》里写道：“提着篮子，迈着轻捷的步子，向广阔无垠的田野里奔去。嫩生生的荠菜，在微风中挥动它们绿色的手掌，招呼我，欢迎我。”

春笋

去菜市场买菜，一眼就看见新鲜的竹笋，价格虽贵了点，但我还是挑了两个。

“一只笋，一棵竹。”这是插队时村里人告诉我的。

那个年代，春天没啥新鲜东西可吃。每年惊蛰以后，与我们生产队一河之隔的竹园里，伴着惊雷初响，春雨滋润，一颗颗尖尖的竹笋破土而出。这是春天里的头一拨春笋，胖乎乎的，紧裹着一身镶着绿边的褐色外衣，笋尖噙着雨点大小的露滴，如一身竹青的画笔，吮吸着大地砚台里的绵绵春光。

这时节，村里的大姑娘小媳妇便急不可耐，互相邀约，扛着锄头，挎着竹篮，过河挖笋。

走进竹园，就会发现身边左左右右、前前后后，一个个尖锥形、黄褐色的竹笋，顶着嫩黄的笋须，鲜活般主动跑到你的眼里。竹子的枝叶越是茂盛翠绿，周围笋子的质量越高。挖笋时，要将笋周围的土轻轻刨开，至笋根露出，举锄头对准其根部，兜底就是一下，接着锄柄往上用力一提，笋儿离土而起，不伤笋壳一丝一毫。笋挖出后，要将土填回，用落叶盖好，这样，来年还能再长笋子。

挖笋也是有规矩的。挖笋时一定得注意，竹林稍空地方长出来的新笋不能挖，要保留下来，让它长成竹子，绝不能干杀鸡取卵的事。成材后的竹子，会被精心制作成竹椅、竹篮、竹席、竹筐、竹筒，也会简单加工成扁担、栅栏等日用品。

春笋的食用方法很多，烧、炒、煮、煨、炖皆可成佳肴。但我们更喜欢房东汪大妈给我们做的笋馅饼。笋丁和咸菜包进米粉面团里，然后轻轻压扁。待铁锅里黄灿灿的菜籽油烧热后，一个个平铺进去，用文火两面煎黄，淋水盖锅焖一小会儿。起盖出锅时，馅饼软糯鲜香，撩拨着你的食欲，让你的口水禁不住直流。

吃不完的笋子，可以制成笋干。把笋剁根，去皮，削干净，放大锅里煮，煮好后捞出晾干，放进木板制成的木缸，层层摆放。摆好后，上面压上木板，木板上再放上一块大石头，利用杠杆原理，横压一根大木头，木头尾部挂上大石头，这叫榨笋。隔天再增加一块石头加压。压上一个月左右，趁大晴天，卸去石块木板，将压扁的笋搬出，置于大篾席上，在太阳底下暴晒，及时翻面，直至晒干，笋干就算制成了。笋干易保存，吃起来又是另一种风味。想吃了，先用水泡开，炖汤最佳。

相比今人，古人不仅爱吃笋，更爱赞美笋。

李渔在《闲情偶寄》里把竹笋狠狠夸了一番：“至鲜至美之物，蔬食中第一品。肥羊嫩豕，何足比肩？凡食物中不论荤素，皆当用作调和，菜中之笋与药中之甘草，同是必需之物，有此则诸味皆鲜，食笋而遗肉。”就是说，有了竹笋，那肥香的猪肉、羊肉、牛肉都不入我的法眼，可见李渔对竹笋的痴迷。

喜笋爱笋甚至嗜笋的可不止李渔，唐代诗人李贺说：“箨落长竿削玉开，君看母笋是龙材。更容一夜抽千尺，别却池园数寸泥。”这位“诗鬼”爱写“秋坟鬼唱鲍家诗”这种诗句，难得写了这样一首咏竹笋的雅诗。

还有苏东坡，一生浮浮沉沉，可是他对生活的热情依然那么高涨，香糯红润东坡肉，日啖荔枝三百颗，先生会享受！然而当他初到黄州，发现绕山皆竹，马上吟出“长江绕郭知鱼美，好竹连山觉笋香”。而后又在诗中写道：“无肉令人瘦，无竹令人俗。”在偏远流放中，心性淡然，还能觉出笋香扑鼻，真是不易！

再有，一生画竹，平日无竹不居的郑板桥有诗赞道：“江南鲜笋趁鲥鱼，烂煮春风三月初。”曹雪芹在《红楼梦》中，把“火腿鲜笋汤”列为荣宁两府的上品菜。

春天里除了春笋，还有荠菜、蚕豆苗、豌豆苗、香椿头……一波波时令美味上桌。在你咀嚼各种春味的时候，与其说是食用一种植物，不如说是在品尝不同的生活方式，实在也是养心怡性，体味人生的快事。

谷雨生百谷

谷雨是春天的句号。

谷雨源自“雨生百谷”之说，既说明了春雨对农业的重要性，又说明了谷雨名称的由来。谷雨与雨水、小满、小雪、大雪等节气一样，都是反映降水现象的节气。《月令七十二候集解》说：“自雨水后，土膏脉动，今又雨其谷于水也。雨读作去声，如‘雨我公田’之雨，盖谷以此时播种，自上而下也。”雨水与谷雨，虽同有一个“雨”字，却有了温度的变化。雨水前后，由冬天转入初春的雨，气温较低，雨飘落后往往会过夜成冰。谷雨前后，春天已过了大半，立夏就在眼前，空气中的湿度逐渐加大，而气温又比较稳定，这时的降雨非常适合谷物的生长。

“谷雨前后，种瓜点豆。”就是说，到了谷雨，各种农事活动都已经到了紧要关头。这个时节，所有农具都睡醒了。心急的农人将各种农具从梁上取下来，该添置的要添置，该修理的要修理。人误地一时，地误人一年。不仅农家人懂得这个道理，就连布谷鸟儿也发出一声声急促的鸣叫，听起来像是一种催促，一种叮咛。

“好雨知时节”。春雨之好，好在催生万物。所以古人将谷雨分为“三候”：萍始生、鸣鸠拂其羽、戴胜降于桑。意思是谷雨后降雨量增多，浮萍开始生长，接着布谷鸟便开始提醒人们播种了，然后是桑树上开始见到戴胜鸟。此后，大地开始欣欣向荣。

“春路雨添花，花动一山春色。”春雨催生了草，更催开了花，成为这个世界最让人不舍的风景。谷雨节气的花信风依次为：一候牡丹，“何人不爱牡丹花，占断城中好物华”；二候荼蘼，“荼蘼不争春，寂寞开最晚”；三候楝花，“处处社时茅屋雨，年年春后楝花风”。当然，比起花花草草，更重要的还是庄稼。

我曾下乡插队八年，说起谷雨，脑海里立刻浮现一幅春耕画面。春耕那会儿，展现的就是人与牛和谐相处的情景。春雨淅淅沥沥，农家人戴斗笠，穿蓑衣，扛着锄头，牵着水牛，将犁通过牛轭套在牛颈背，一手扶犁，一手牵着牛绳，那牛拉着犁将田泥成垅翻转，如此来来去去，一块农田中所有的泥土均被翻转过。这时，一群白鹭从天边飞来，耕翻后的土地，虫子、蚯蚓、泥鳅、蛙类暴露于光天化日之下，那是白鹭最喜欢的美食，怎肯放过呢？农田只要有耕作，不用通知，一大群白鹭就会争先恐后地飞来。春雨、人、牛、白鹭、黑土地，洇染成一幅人勤春早的水墨画，无须渲染，无须留白，栩栩如生。

“落絮游丝三月候，风吹雨洗一城花。未知东郭清明酒，何似西窗谷雨茶。”喝谷雨茶，是谷雨时节的民间传统习俗。谷雨茶其实就是雨前茶，是清明后谷雨前采制的春茶。清明前采制的茶叶，芽叶嫩小，产量极低。在传统概念中，明前茶比雨前茶要好，价格也贵一倍多。

其实，明前茶喝的是个名，而雨前茶才能喝出春茶的味道。明前茶虽然细嫩，品质也好，但在两三次续水之后，味道就没了。雨前茶就不同了，泡起来的茶叶不仅清香浓郁，而且经久耐泡，余味悠长。

有喝的，还得有吃的。吃椿，也是谷雨时节的一个传统习俗。谷雨前后是吃香椿的最佳时节，香椿醇香爽口营养价值高，故有“雨前香椿嫩如丝”之说。香椿还有药用价值，它能够清热解毒，是辅助治疗肠炎、痢疾、泌尿系统感染的良药，还可用于久泻久痢、肠痔便血、崩漏带下等症，用香椿叶泡水喝，还可以醒脑利湿，是春季消除春困的好助手。

又是一年谷雨到。信步城郊，远山近水，到处是一片蓬勃向上的景象。山川、田野，都覆盖着略显朦胧的淡淡绿色。在这人间四月天的最后一帘春雨中，静下心来，倾听万物生长拔节的天籁，我仿佛看到赤、橙、黄、绿、青、蓝、紫融为一体，呈现在眼前的竟是一派赫然金黄的秋天。

花开花落

俗话说“春天孩儿面，一天变三变”，入春以来，春姑娘就是这么任性，时晴时雨、时暖时冷，气温的跳跃一如开启“过山车模式”。这种让人摸不着头脑的天气，可惜了那些花儿。

每天早晚，沿着护城河散步，几乎目睹了从花开到花落的整个过程。在蛰伏了一个冬季进入春季之后，那花，悄悄地开了，或浓妆、或淡抹、或整齐、或零散地涂抹着盎然春意。甚至是花骨朵，也是楚楚动人，让人十分地怜爱。嗅着不同的花香，嗅着春天的味道，一遍遍清理着内心的落寞。沿着花香气息铺成的碎石小路，踏着一季芬芳，这是一个梦幻的季节，每个人都脱去冬衣的重负，接受春的洗濯。

可惜的是这多变的天气让这些花儿过早地凋落了。每每走过，看着那残落的花瓣，像是在留恋，像是在述说，像是在叹息。想轻轻地踏着花瓣走过，竟有几分不舍。“落红不是无情物，化作春泥更护花。”拾起各色的花瓣，放在掌心，嗅嗅残存的最后一缕清香，清新中透出雨后泥土的气息，也许这就是它回归本色的真正味道吧！

花如人，人如花，人生就是一个花开花落的过程。每一朵花未必都开得那么随心所欲，但每一朵都是独一无二的，都有存在的价值，都值得珍惜。如同花朵开放有花期一样，人的成长也要经历漫长且艰难的过程。时光和自然法则对任何人都是公平的。没有谁能让青春永驻，没有谁能让时光倒流，没有谁能让生命停滞不前。花儿尚且知道珍惜时光，不负过往，人更该如这些花儿们一样，无论生命长短，身在何处，都应执着自己的信念，该拼力时拼力，该绽放时绽放，该芬芳时芬芳，该付出时付出。无论在何种境遇下，无论经历怎样的磨难和坎坷，都要铭记那些最温暖最善意的感动，一路捡拾最曼妙的光阴，一路编织最美好的风景，不浮不躁，素心向善，淡放馨香，活出如花一样的姿态和品质，让生活的每一个日子充满明媚和诗意。

花期有长短，花香有浓淡。从含苞，到怒放凋落，要历经多少风雨，阅尽几多芳华，迎来送往，朝来暮去。一不小心，就会花落流水。人生也是如此。从生到死，既要承载快乐也要承载苦痛和责任。茫茫人海，每个人都是大海里微不足道的一滴水，正是这平凡的一滴滴水，才可以汇聚成惊涛骇浪。人要学会适应环境而不是让环境适应人，不是所有人都适合站在风口浪尖。做最好的自己，既来之则安之。当一切尽在眼底，自会是花开如期。所不同的是，人生的这场花事盛开需要用一生去坚守，而花谢也只是短短的瞬间。

花开一季，每一朵花都有开放的季节，都有属于自己最美的瞬间，只是早晚问题。人活一世，我们需要做的，就是尽可能地酝酿芬芳，吸取精华，紧贴大地，踏踏实实地去走好每一步。城市的生活，周遭繁杂，忙碌不停，有些人为名尔虞我诈，为利斤斤计较。人们的心都高高地挂在车水马龙、灯红酒绿的城市上空，被日益膨胀的欲望充斥。“愿使现世安稳，岁月静好。”这是多么平凡而简单的心态啊！碌碌尘世里，常怀如此心态的人实属少有，而正值青春年少就能彻悟这种境界的，更是寥寥无几。

时光的脚步，蹉跎了我们的过去。时间的步伐，湮灭了我们的曾经。其实，生命就是一段旅途。诗人艾略特说：“我们所有探寻的终结，都会回到我们的出发之地。如此，我们何不把心放低，再低一点，低入尘埃里。而后，兀自开出一朵欢喜的花，长在生命的途中，亲吻土地，仰望星空。”

花有枯荣，人有生死，皆为大同。

夏日小记

酷暑

最近的天气可谓“炎值”爆表!7 月 24 日上午 9 点 40 分，气象台再一次发布高温红色预警。继 23 日的 40.3℃之后，气温“再接再厉”，“蹭”地一下蹿到了 40.8℃，直逼历史极值!

早年有个词叫“苦夏”，说的是暑热难耐，吃不下睡不着，需要熬过去。特别是到了晚上更是难熬。家里的墙壁、桌椅板凳和竹床摸上去都是烫的。一夜一夜的酷热让人坐没地方坐，睡没地方睡，站也不是，坐也不是。天气越热，蚊子越多，满屋的蚊子嗡嗡直叫。那时不像现在有蚊香、灭蚊器。为了熏蚊子，大人就用晒得夹干的艾蒿，搓成长长的条条点燃但又不能让它冒火，只能冒烟。刚开始还管用，蚊子的确少了不少。但时间一长，蚊子适应了烟熏，又活泛起来，结果人已经熏得够呛，蚊子照旧嗡嗡乱窜，一家人纷纷往外跑。往哪里跑？外面同样热，同样有蚊子。那时家家户户都只有一两把蒲扇。因而流传这样一句话：“六月天气热，扇子借不得，不是我不借，你热我也热。”

虽然酷暑难熬，但确把街坊邻里关系拉近了。每到夜晚，我所住的家属大院里，喝酒聊天的、下棋打扑克搓麻将的、爷爷奶奶为孙儿们摇扇轰蚊的，苦夏虽苦，但人情温馨，构成了一幅和谐的市井生活画面。

今天，人们都躲进室内，追剧打游戏上网看直播，没了那份煎熬。唯一害怕的是：停电。一旦停电，这日子可如何是好？

蒲扇

儿时，夏夜闷热，扇子就成了人们喜爱的消暑用品。扇子基本分为三类：

纸扇、竹篾扇和蒲扇。纸扇价格较贵，属于不折不扣的奢侈品，你若手持一把折叠式花纸扇出门转转，一定会让人刮目相看。竹篾扇价格仅次于纸扇，家境好点的有，但不会超过两把。蒲扇是寻常人家的常用物品。

蒲扇质轻，扇起来风大，纳凉生风，驱虫赶蚊，生火做饭都少不了它，因而深受人们青睐。每次买回蒲扇，奶奶必用零头花布为其镶上边，镶过边的蒲扇耐用又好看。小时候，夏夜里热得睡不着时，奶奶就用蒲扇一边为我扇风驱蚊，一边低声吟唱："扇子扇凉风，扇夏不扇冬；等到天凉快，要过八月中。"我时常在这温馨的民谣声里不知不觉进入了梦乡。

时至今日，随着电器的无所不包，生活中的诗意也在一点点的被物化，被异化。先是电扇走进千家万户，扇子渐受冷落。后来，空调也日渐进入寻常百姓家，扇子几乎被遗忘了，偶尔在大街上看到一位上了年纪的人手中摇着一把蒲扇，心头就会顿生一种亲切感。

盛夏，每天傍晚出门去离家不远的护城河散步，我必带一把纸扇。沿着河边不紧不慢地走着，在天光流影里，呼吸着青草荷花的混合氧气，习惯性地手腕一抖，"唰"地一声，扇面打开，体验一下闲情逸致的韵味，重拾"轻罗小扇扑流萤"的古典意趣，重温儿时深深浅浅的美好往事。

冰棍

已经有很多年没听过"冰棍"这个词了。冰棍的名字质朴、通俗。冰棍的灵魂在冰，尤其在酷暑难耐的夏天，一根冰棍带来的凉爽不光是生理上的，更多是心理上的。儿时，别说家家没有空调，就是听都没听过。

夏天仅有的凉爽就是吃冰棍，很长一段记忆中，水果冰棍三分钱，豆沙冰棍四分钱，牛奶冰棍五分钱，最好的是三色冰棍，七分钱。儿时的物价大部分都忘了，但所有走过来的人都深刻地记住了冰棍的价格。

水果冰棍由于价廉，深受孩子们的欢迎。价廉的水果冰棍最大的好处是耐吃。孩子们对冰棍的诱惑很难抗御，尤其豆沙牛奶这类很甜的冰棍，三两口就咬碎下肚，而水果冰棍由于低糖（实际上没糖，甜味来自糖精）很硬，小孩们都愿意吮吸，含在嘴里感受冰凉，感受那一丝丝的甜味。

我小时候，冰棍都是大人与孩子沟通的媒介，学习好了奖励买根冰棍，帮助做家务奖励买根冰棍，当然都是三分钱一根的水果冰棍。我清晰地记得，只有到了六一儿童节，家长才会花五分钱买一根牛奶冰棍，就算是给我们过儿童节了。

电扇

说起电扇，印象最深的是小时候进电影院看电影，顶棚上吊着十几台电扇，转起来呼呼作响，惹得我常常想家里如果也有这样一扇电扇那多好啊。我说的是实在话，那时，配置电扇是中国每个家庭的梦想。

1980年，我成家了，买的第一个大件就是电扇。那年我每月工资28块钱，为了脸面，花了160块钱买了一台上海产的华生牌台式电扇。炎炎夏季，一按电钮，看着扇叶飞旋，清爽狂送，的确是一件惬意之事。

没想到好景不长，空调机出现了，其凉爽不是电扇可以媲美的。自打空调进入家庭之后，电扇就像受了气的小媳妇似的，不招婆婆待见。

也就10年时间，社会上渐渐多了一种新病——空调病，腰酸背痛，浑身难受，尤其老年人更甚，于是乎空调机渐渐开得少了，而电扇又缓过劲来，功能多样，摆头摆尾的有之，忽大忽小的有之，定时遥控的有之，关键还便宜省电，室内空气一流动人特别舒服，我不知别人，天一热我先想到电扇，远远地转着，这种享受已让人心满意足了。

一年之中，人有两闲：冬闲与夏闲。冬闲是取暖，夏闲是乘凉。虽然万物生长，植物们没有闲着，可是午后天气燠热，人又不能在烈日下到处走，于是便守在屋里，开着空调，以静制动，消夏生凉。

离我所住大院不远处就是环城公园。夏日傍晚，我都会去那儿走走。那天，我在一棵树旁边的石凳上坐了下来。手里摇着折扇，四周看看。现在我才发现，我的植物学的知识竟是那么贫乏，眼前的这种树是经常见到的，非常熟悉，但我就是记不起来它的名字。我想，若是以前，也就这么着过去了，其实，人生中一些很重要的东西何尝不是这样常常在不经意间错失的呢。但是，现在，我可以静下心来，慢慢像阅读一本书一样地阅读这棵树了。于是，我起身走向稍远处的那位中年绿化工。他听我问他那棵树的名字，露出一脸的惊讶，他说：“这是榆树呀，你连榆树都不认得？”我知道自己成了一个笑话，但我老老实实地回答道：“很眼熟的，也学过，可的确忘了。”

纳凉

我又坐在了榆树边的石凳上，细细地将它从树顶看到树根。看着看着，由眼前这棵榆树，想到早年插队那会儿，村里的两棵大榉树。印象中，两棵大榉树立在村子中间，高二十多米，就像一把撑开的巨伞，形成了一大片树荫。至于树龄，据村里 86 岁高龄的严老爹说，从他来到这个世上，村里就有了这两棵大榉树。

夏天来临，树荫下成了人们的好去处。早饭过后太阳升高，赤日炎炎暑气蒸腾，男劳动力都下田干活去了，村里的老人和不下田的妇孺们，搬着椅子拿着板凳，陆续齐聚树下。老人们手摇大蒲扇，躺着或坐着在谈天说地，他们闲得无事，天天在叨咕那些陈年旧事。妇女们则三五人一伙，都在忙着准备家中午饭的菜蔬，她们在刮土豆、刨丝瓜、拣韭菜等。

到了午饭后，树荫下就成了男人的天下。他们有的拿条凉席拿块门板，往地上一放就当床睡下了；有的搬来竹床、木板、长凳，搁起了床铺，准备在树荫下美美地睡上一觉。大家各自占上安身之处，都静静地躺下，有的人不一会儿就呼呼大睡了。此时没人再大声喧哗，连鸟儿似乎也通人性，它们在枝头也无声息了，陪伴着人们一起午休。

村前有一条清水河，河水不深，除了汛期，水只到脚脖子。为了让男人休息好，妇女们就带着孩子去河里玩。男孩在水中戏水斗浪，女孩追着游动的小鱼、小螃蟹。妇女们蹲在河边洗着一家人换下的衣服，孩子们大呼小叫，在棒槌的“啪、啪”声中滚过，为小村平添了几分生气。

晚饭过后，全村人几乎全都聚在树下。孩子们在夜色的护掩下，躲猫猫，尽情地追逐与嬉闹。男人们则是三五成桌地聚在一起喝茶聊天，谈古论今，指天唠地。闲侃中，消除了白天的疲惫，忘却了生活中的拮据。妇女们则忙着各自的针线活儿，手忙嘴也忙，有的相互贴近耳根，窃窃私语地讲着秘密话，生怕被旁人听见，两眼还不时左瞟右瞄。

月上中天，星星也在疲惫地眨眼睛，凉透了肌肤的人们只感到来自宇宙的阵阵清凉。夜愈深，纳凉人少了。爱听故事的孩子强撑着，睡意蒙眬中，被妈妈轻轻抱起，迷迷糊糊，用不上一点力气，那种酥软的感觉特别受用。老人、妇女和孩子们都回家了，只有男人躺在竹床上，枕着清风月色美美睡了。偶尔也能听到几声“啪嗒”“啪嗒”蒲扇赶蚊子声。

静了，整个世界都静了。月光下，村庄美美地睡了。

时光如流水，往事渐依稀。每当夏季来临，我都会油然想起村里的那两棵大榉树。而每每想起那两棵大榉树，心头便会掠过一丝清凉，那是来自乡土的呢喃：现世安稳，岁月静好。

蛙声清越

这是另一种母语分娩的乡音 / 这是一片粘满季节鲜味 / 和月之清辉的 / 夜之花朵 / 纯净，像诗歌一样。

这是我 30 多年前写的一首诗《蛙声清越》的起始句。蛙声于我，自然并不陌生，我的少年时代就是在乡下度过的。虽然离开农村已四十余年，但每当听到蛙声，或说起蛙声，我的心里便充盈着久违的温润。

蛙声与节气有关。惊蛰前后，几声春雷，将酣睡在洞穴里的青蛙们唤醒。于是它们爬出洞穴，蹦跳着去了各自的领地，嬉戏、恋爱，延续着它们的生命。于是，在水边常常会看到，一团团密密麻麻的黑色黏团，有的附在刚刚泛青的青草上，有的落在浅水的树根上。清明一过，再去水边，那些黑色黏团不见了，冒出了一窝一窝的小蝌蚪，欢快地抖动着小尾巴上下翻动。过了立夏，蝌蚪变成了青蛙，它们的身影布满河畔田间。

盛夏就到了蛙鸣的旺季。当夜色渐浓，将天空撑得饱满时，长长短短、高高低低的蛙声，带着野花的芬芳，沾着泥土的气息，在夜的宣纸上缓缓浸染开来。由先前零零散散不成气势到最后如潮水般来势可惊，酣畅淋漓，让你想象在田间渠边，无数墨绿的乡土歌手，正摇其长舌，鼓其白腹，尽情尽兴地呱呱而歌。这时节，乡村宛如一个襁褓中的婴孩，整夜整夜都泡在生动的蛙声里，做着甜甜美美的梦。而地里的麦子垂着沉甸甸的头，在起起伏伏的蛙声中，一会儿伏下一会儿扬起，流淌着令人心动的麦野韵律。这时的你无论身在何处，都恍有"满天蛙声"之感。

青蛙的种类很多，大小不一，叫声也各异，但每一个都是无须经过培训而又各具特色的天才歌手。仔细听那鸣声，有的呱呱呱，有的咕咕咕，有的咯咯咯，还有的咕呱咕呱，或清越，或粗犷，或激昂，或悠扬，或高或低，或远或近，令原本岑寂的乡村夜晚顿时喧哗起来。

在乡下有“蛙鸣识天雨”一说。如果连日骄阳，植物干渴，庄稼干裂，天气异常闷热，那蛙们便齐鸣共振，扯开声带，以超出平常几倍的分贝，向天呐喊。在一浪盖过一浪的蛙声中，终于电闪雷震，“哗”地大雨倾盆而下，如泼如泻，酣畅淋漓，所有的农作物、泥土、沟渠，尽情吮吸着久违的甘霖。暴雨过后，空气湿润，庄稼叶上清光闪闪，此时的蛙声，充满乐感和快乐。尤其是到了晚上，圆圆的月亮挂在夜幕上，清凉皎洁。女人们在屋里院外不慌不忙地做些家务，男人们坐在小院里喝茶闲聊，孩子们沿着田埂循着蛙鸣寻找青蛙的隐身处。所谓田园牧歌的乡村生活的美也便在这样的光景里镶嵌着吧。

二十世纪七十年代，我被招工进城，从此远离了蛙声，以至于在很长一段忙碌的时光里，我淡忘了蛙声，甚至记不清“听取蛙声一片”到底是在几月。一次，记得在一本画册上看到一幅齐白石的国画，题曰《十里蛙声出山泉》：在远山的映衬下，一条小溪从山间的乱石间欢快地流出，六只小蝌蚪摇曳着小尾巴顺流而下。整幅画中却未见一蛙。画蛙却未见蛙，看了很久，我被大师独特的匠心所折服了。是啊，蛙声怎么画得出来呢？我紧盯着那幅画，想到少年时代的农村生活，想到盛夏之夜那此起彼伏、如潮如汐的蛙声，想到夏夜逮青蛙的情形，闪烁的星星，笔直的田间小道，一颗颗落在稻叶上的露珠以及那荡漾的蛙声和沁凉的风。记不得是哪位作家说过，无形的蛙声穿透心灵，这是一种沉思中的幻象，幻象中的真本，蕴含其中的是一种东方式的智慧。想想不无道理。物的启语，心的悸动，更多的是来自暗示而不明晰得一览无余，“言有尽而意无穷”，齐老先生的这幅画不正是充满一种东方式的智慧吗？再有南宋辛弃疾的“稻花香里说丰年，听取蛙声一片”。唐代韦庄的“何处最添诗客兴，黄昏烟雨乱蛙声”。宋人赵师秀的“黄梅时节家家雨，青草池塘处处蛙”。其意境，不也正体现了一种东方式的智慧吗？

还说什么呢，今夜，就让我在被钢筋水泥包围的都市，掬起一捧蛙声，潜回乡下！

去看荷花

荷花是我喜爱的一种水生植物。

这份喜爱，最初源自诗文优美的诱惑。最早背诵的关于荷花的诗，是杨万里的《晓出净慈寺送林子方》：“毕竟西湖六月中，风光不与四时同。接天莲叶无穷碧，映日荷花别样红。”这也许是中国人最熟知的关于荷花的诗。后来读到晋人的乐府诗：“青荷盖绿水，芙蓉披红鲜。下有并根藕，上有并头莲”，这些诗句通俗如民谣，把荷的形态和特征描绘得形象生动。再后来熟读周敦颐的《爱莲说》，记住了那些歌颂莲荷的名句：“出淤泥而不染，濯清涟而不妖，中通外直，不蔓不枝，香远益清，亭亭净植，可远观而不可亵玩焉。”被人格化的荷花，是清雅高洁的形象。

端午刚过，朋友打电话告知，他家乡的千亩荷花开了邀我一游。开始我不相信，千亩荷花，意味着什么？那就是古诗中“接天莲叶无穷碧”的景象了。抱着怀疑的态度，我从网上搜索到朋友家乡的信息，面对满屏幕的荷花照片，我对自己的孤陋寡闻感到惭愧。

车开进朋友家乡地界，迎接我的，便是满眼的荷花。还没有进入河塘深处，路边无数荷花欣欣翘首，给了我莫大的惊喜。和朋友刚吃过中饭，不凑巧偏偏就下起雨来。细雨纷飞，似有若无，给盛夏平添温柔潮湿的气息。雨丝落在身上，凌乱而柔情，像是抚慰，又像是私语。一想，细雨中荡舟赏荷，该是另有一番景致吧。

坐上朋友租的一条小船，船头破开水面，徐徐往前。荷叶拥着荷花，仿佛排山倒海似的互相簇拥着欢迎我们的到来，你不让我，我不让你。硕大的荷叶犹如绿伞绿扇绿斗笠，在雨丝风片中摇曳生姿，荷叶上滚动的雨珠，晶莹如珍珠。微风吹来，荷叶就像个小丫头，调皮地一歪头，身体一倾斜，雨珠变成了水银，最后落入河中。大大小小的莲蓬，藏匿在荷叶间，就像是无数精致的青绿瓷雕，被荷叶托举着，随风摆动。而那些未开的花苞，犹如俊俏的少女，亭亭玉立于荷花之间，一颗颗粉色的脑袋，从荷叶下面探出来，略含羞涩地睨视着周围铺天盖地的绿。

我是第一次这么近距离地欣赏荷花。荷叶田田，荷花皎皎，竟让我一时恍惚，不知是在仙境，还是在人间。我兴奋地摘下一片荷叶，倒扣在头上，站立船头，想到“采莲南塘秋，莲花过人头。低头弄莲子，莲子青如水”“江南可采莲，莲叶何田田，鱼戏莲叶间。鱼戏莲叶东，鱼戏莲叶西，鱼戏莲叶南，鱼戏莲叶北”“却喜归来重见，嫣然旧识娉婷”“碧荷生幽泉，朝日艳且鲜。秋花冒绿水，密叶罗青烟”。这些温润醇厚的文字，一不小心沉淀了那么多远古的岁月。让人不由感慨，原来花可以开得这么忘情，原来诗可以写得这么动人。哪怕时光流转，这些诗句与荷花一样，经历几朝几代依然鲜活如初。

荷花的美不仅属于夏天。去年深秋，去杭州西湖游玩，从岳王庙漫步至曲苑风荷。荷塘已是一派衰败。曾经亭亭的荷茎，没了挺拔的身子，有的无力地站着，有的在风中折断不知所终，有的横斜在水面，有的干瘦成枯萎的柴草模样，他们折腰断梗，完全没有了曾经的光鲜和动人。在秋日暖阳里静静欣赏那一大片残荷，一份沧桑之美，叫我想起齐白石老人的小品画。一池荷塘别秋风，悲欢离合总关情。秋天的残荷也是一种美。

都说张若虚《春江花月夜》“孤篇盖全唐”，其实更准确地说应该是“全唐盖不住孤篇”。唐诗的璀璨在于，谁也不能掩盖谁的光辉。但文章不然，最好就是最好。一种花，一处景，如果有一篇最好的文来匹配，那是天大的福分。但副作用也是显而易见的，就是后人再也不敢班门弄斧。《滕王阁序》《醉翁亭记》《岳阳楼记》之后再也没有人敢写滕王阁、醉翁亭和岳阳楼，周敦颐《爱莲说》一出，就再也没有人敢写莲花，除非足够的有才或者足够的胆大。

回到岸上，朋友再三挽留让吃了晚饭再走，我婉言谢绝了。还有两个多小时的路要赶呢。朋友从包里掏出一份有意思的文创用品——一套六张的荷叶书签。到家后挑了张最应景的书签，夹在最近在看的蒋勋先生的《舍得，舍不得》中。

蒋勋先生的《舍得，舍不得》，读后会产生一个疑问，到底什么是“舍得”，什么是“舍不得”，简单的五个字，浓缩了多少人生哲理。荷花应该也是如此吧。荷花是在绚烂之时保持自己清幽之境的花朵，娉娉婷婷地开放，安安静静地一片片花瓣渐次飘落，可是，荷花哪里舍得放下如此千娇百媚的身姿呢？因为不舍，它在渐渐打开花苞时，果实就已初具雏形，然后从嫩黄渐渐变成嫩绿，再成碧绿色，待最后一片花瓣飘零后，莲蓬也就脆生生地挺立在枝头了，生命以另一种姿态呈现在世间，这样的绽放和凝结蕴含着让人感动的生命的力量。千万种的不舍最终都将化作舍得，和光同尘，以自己的方式和自然融为一体，荷花如此，人亦如是。

雨中观荷

细雨纷飞，给夏日小城平添温柔潮湿的气息。这个时候，公园里人不多，正是赏荷的最佳时间。

这片水域不大，却极安静。荷叶硕大碧绿，高高擎出水面，在雨丝风片中摇曳生姿，似乎可以听见荷叶摩擦时窸窣作响。花儿们各有节奏，勤快的都打开得满满当当了，懒惰的才冒了个锥形的花蕾，更懒的还没动静呢。有的开得大咧咧的，好像演员登台，大大方方等人来夸。有的羞答答躲在叶子中间，半遮半掩，欲迎还拒。你得踮脚、伸脖或偏头、弯腰，才能一窥芳容，真是吊足了胃口。

在湖边那个唯一的观景平台上，有一群摄影爱好者，端着手中的“长枪短炮”，弯腰欠身，眯眼屏息，姿势凝固，宛若一幅雕塑群。咔嚓咔嚓，红花绿叶，白花绿叶，近景远景，尽收眼底。走近一位贴着镜头守候良久的老者，悄悄地凑上去看了一下镜头，里面远远地一朵粉嘟嘟的花苞上，站着一只尖嘴翘尾的小鸟儿，背景模糊处理了，好美呀。让我想到那句“小荷才露尖尖角，早有蜻蜓立上头”。

自古以来，文人雅士对莲的赞誉都是极高的。两汉时的《江南》写道，“江南可采莲，莲叶何田田，鱼戏莲叶间。鱼戏莲叶东，鱼戏莲叶西，鱼戏莲叶南，鱼戏莲叶北。”大量的耐心的铺排叙写，喜悦欢欣之情弥漫纸上，千载而下，如在眼前。孟浩然在《夏日南亭怀辛大》中则直抒胸臆，“荷风送香气，竹露滴清响。”早先只知道宋代杨万里的“接天莲叶无穷碧，映日荷花别样红”，却不知他也写过，“荷花入暮犹愁热，低面深藏碧伞中”，是《暮热游荷池上》中的句子，描摹夏日荷花情态，新鲜活泼，奇趣横生。北宋诗人周敦颐笔下的《爱莲说》写得最为贴切，流传最为广泛。“出淤泥而不染，濯清涟而不妖，中通外直，不蔓不枝，香远益清，亭亭净植，可远观而不可亵玩焉。”

周敦颐把荷的品性盛赞到了极致，想来也未有不妥。梅兰竹菊因高洁、清逸、气节和淡泊被誉为花中四君子，莲花不仅兼而有之，更添了些仙气与唯美。

荷花是夏天的植物，但它一年四季都留给人美好的念想。春天看它们的稚嫩清秀；夏天沉醉于它们的花繁叶茂，体会荷花的“出淤泥而不染”；秋天花谢叶枯，诗人也可以面对着荷花的残枝败叶，吟出“秋阴不散霜飞晚，留得枯荷听雨声”这样奇美的诗句；冬天的荷塘，自然是一片萧瑟，但是泥土下蕴藏着生机，只要春风吹来，青翠的荷叶就会钻出水面。

细雨纷飞，空气中飘荡着荷叶荷花的香气，水边草木蓊郁蓬勃潮湿的腥气，撩人心动。水波澹澹，被细细的雨丝撩拨着，惹起一湖涟漪。两只小鸭子，通身浅灰色羽毛，毛茸茸稚嫩可喜，在水里慢慢游弋。也有蜻蜓，振动着淡绿色透明的翅膀，在空中飞来飞去，映衬着满目浮云、暗淡的天色，叫人想起齐白石老人的小品画。

撑着伞立在湖边静静地看着，看雨滴落在荷叶上，看荷叶上的雨凝成水珠滚动起来，像珍珠一样落入水中。这等光景，不必多，半晌足矣。

藕香

走进菜场，一节节，如婴儿小胳膊似的莲藕跳入眼帘。站在摊位前，扑面而来的是水湄的气息，是荷香的气息，看着就有食欲。根本不用挑挑拣拣，拿起两节放进秤盘。摊主报价，我扫码付钱走人。

大自然是厚德载物的。盛夏，荷叶田田，荷花皎皎，绿肥红瘦，“接天莲叶无穷碧，映日荷花别样红。”当水面上的荷风情万千地摇曳时，水下，莲藕把根扎在淤泥中，不动声色地生长着。等到夏去秋来，白白胖胖，节短，身粗，甜脆清口的藕，成了千家万户餐桌上的一道美味菜肴。

莲藕的制作手法种类繁多，炒、拌、煎、蒸、炸、煨、煮，或嫩、或脆、或酸、或辣，无论哪种做法都能保持莲藕的清香和爽滑。以藕为原料的特色食品有很多，其中主要有酸辣藕丁、糖醋莲藕、酥炸藕合、凉拌脆藕、排骨莲藕汤、桂花糯米藕，皆是舌尖上的美味。不仅如此，《神农本草经》称，藕“补中养神，益气力，除百疾，久服，轻身耐老”。莲藕富含维生素 C，富含钾、钙、铁等矿物质，还因碳水化合物含量少，有降血糖、减肥等功效。秋季用莲藕煲汤，能清热解毒，润肺润心。

儿时，有两道菜始终没忘。一是藕粉圆子。藕粉圆子的做法是，将藕粉用凉水拌匀，再用沸水冲熟，搓成长条，分小块切段，摁平，包上用猪油、桂花、冰糖、芝麻等调成的馅，封口搓圆，投入麻油锅内炸黄，捞出撒上白糖，即成粉红透明、软糯清润的圆子。二是藕合。藕合的做法是，先将面粉和鸡蛋调成糊状，不能太薄也不能太厚。太薄，挂不住藕，入锅就容易露馅；太厚，很难炸透。然后在整段藕孔里塞进肉馅，再切片，两块合一起，裹上面粉用菜籽油炸至金黄，又香又脆。

后来插队时，我见过起藕，也叫挖藕。我所在的生产队有一口大塘，每年年底，队里都会安排人下塘起藕。起藕前先把塘里的水放掉一半。虽然寒冷，冰冷的泥巴砭人肌骨，但起藕人居然穿着短裤，下到塘里，两只脚不停地往泥里深处去踩，要是触到藕节了，双手伸进污泥里，顺着藕的生长方向，越伸越长，直到抓着藕的底部。起藕时，双手左右轻轻摆动，慢慢从污泥里拽出来。起出来的藕，大的一尺有余，小的也有拃把长。用河水洗去泥巴，放进身边的小木盆里。

我没干过起藕的活，但当地一道排骨炖藕汤让我开了眼，解了馋。排骨炖的藕，要选颜色偏深、淀粉多水分少的。先将藕切厚块，与排骨同入瓦罐，滴少许米醋，加水大火煮开后，改文火慢炖，起锅前加盐和葱花。这样熬出来的汤浓稠鲜香，排骨早已骨肉分离，撇去浮油，夹一块煲得烂透了的藕，轻轻咬一口，牵出长长的细丝，藕块吸收了排骨的肉香，软糯清甜，油而不腻，入口即化，绵长悠远。最绝的是喝上一口汤，香浓清甜，不禁要感叹藕香与肉香的搭档简直是天下绝配!

今年初夏，又吃了一道从未吃过的新鲜菜——藕带。藕带俗称藕梢子。初夏是藕带的上市时节，藕带是藕的嫩芽，是藕的童年时期，等到荷的地下茎长到青春期，就成了一段段佳藕。夏天闷热，有人会疰夏，胃口不开，泡椒藕带是开胃的利器。初夏一场雷雨后，水下“嗖嗖嗖”长出很多鲜嫩嫩水灵灵的藕带，细细长长，白白嫩嫩。把藕带放在泡菜瓶中，再放入冰糖、姜片、白醋、蒜、花椒、小米椒，密封储存。入味后，藕带的细孔中有咸有辣有鲜，颜色是象牙色，酸辣爽脆，简直无味可匹敌。后来在一本书上看到，早在古代的时候，我国就已经开始食用藕带了。李时珍的《本草纲目》中记载了一种叫藕丝菜的植物，说的就是藕带。

秋到莲藕香。嘴里嚼着香脆微甜的莲藕，想起奶奶亲手做的软糯清润藕粉圆子，想起母亲做的又香又脆的金黄藕合，想起香浓清甜的排骨炖藕汤，那些人、那些事、那些美好的记忆，如藕丝一般越拉越长。

秋天素描

盛夏已退，秋姑娘登场。

秋天大致分为三个阶段：初秋，指立秋到处暑；仲秋，指白露到秋分；晚秋，指中秋节后到立冬之前。不管哪个阶段，都有它不同的风景、色调和韵味。

初秋，雨水多。那雨瘦，枯寒纤弱，在天空飘着，既无诗情，又无画意。和城里不同，初秋的乡下，雨下起来，像水墨画似的充满韵味。雨抹在亭亭俊秀的玉米叶上、晚稻乳白色的花粉上、还没有长出果实的花生秧上，抹在番茄叶、豇豆藤、辣椒上，处处都环抱着绿色，天地装满绿的景色，庄严极了。

雨后，地里湿透，非常滋润。随着温度的升高，庄稼地里，会浮起淡淡的水汽，朦朦胧胧，如梦似幻。这时，三人一群两人一伙，有的扛着铁锨，有的拿着锄头，溜达着走向大田。来到田头后，并不会进入田地，怕踩伤了正在吸水的土地，怕惊扰了那油汪汪的绿，郁郁的绿。站立田头，先望一眼田间的景象。地里若有积水，就顺手挖一道田沟，把积水排掉。田头若有杂草，就顺手将其铲掉。剩下的时间，揣手的，吸烟的，闲聊的，情态各异，脸上都洋溢着喜悦。

仲秋，云淡天高，晴空一鹤。不知是从什么时候开始的，楼下的桂花开了。桂花的馨香，轻轻悠悠，淡淡雅雅，似有似无。记得刚搬到小区时，那桂花树不足一米高，六年过去了，那桂花树尖已与我家阳台平齐。一年四季，只一片绿，或淡或浓，总比不得新春玉兰，花先枝头，明媚灿烂；也比不得三月樱花，一季红粉，令人怜惜。然而到了农历八九月，忽然地，就从枝叶中升腾起一团团清甜的芬芳。一簇簇，一团团黄色的小花，或藏在叶下，或躲在枝丫上，花虽小，可每一朵都开得那么用心，那么精致。

在乡下，所有的颜色都酣畅到了极致。金黄的谷穗谦逊地低着头，绿色的玉米变成孕妇等待分娩，雪白的棉花灿烂地炸裂开来，铺满秋日的田野。农家小院里，一串串红辣椒挂在屋檐下，犹如一挂挂鞭炮，在秋阳下隐约闪烁；圆溜溜的柿子缀满枝头，在秋阳的照耀下，像一盏盏闪闪发亮的红灯笼，将小院映得一片通红。

如果说，春是个小心翼翼的艺术家，微妙而精心地画出一朵朵的花，那么秋就是个顶级的艺术大师，看似漫不经心地将许多整罐的颜料拿来飞涂乱抹，匠心独运地把秋的斑斓、热烈与奔放在大自然的画布上立体地描绘出来展现在世人面前。

晚秋，大自然到了草木摇落的季节。那满树的灿烂，经不起秋风吹荡，漫天纷纷扬扬、飘飘洒洒，都化作了滋养人心的广袤沃土与缕缕阳光。拾起一片落叶，叶片脉络复杂但十分清晰，布满了沧桑的斑纹和岁月碾压的痕迹，边角上已有一些枯萎，中间残存着一丝淡绿，更多是枯黄——盛衰枯荣，这就是自然的法则。

在田间，一望无际的庄稼都被收获一空，丰收的景象渐渐拉上金色的幕布，天空好像骤然间被拔高了许多。深褐的土地、枯黄的稻茬、还没有来得及收割的玉米秆、一个个大大小小的稻草垛、觅食的麻雀，诠释着田园的晚秋风情。在这样一幅单调的晚秋素描里，最具原野风情的当数向着遥远的南方悠然飞翔的大雁。在寥廓蔚蓝的天空紧贴着白云边飞翔的大雁，不断变幻队形，不时发出浑厚而悠长的“呱呱”叫声，像是告别。

古人有悲秋的传统。常常借秋色、秋景、秋雨、秋叶、秋风这些具体的意象，表达羁旅之思，老病之哀，黍离之悲。其实，在我看来，秋天并非完全是苍老、干枯、萎谢。心绪乐观者，看到的是秋的高远、清朗；多愁善感者，看到的是秋的忧伤、愁怨。

迈入老年的我，越来越觉着秋好。身体里的惊涛骇浪缓缓消退了，渐渐汇流成一泓秋水。年轻时的冲动已然没有，大喜大悲的日子亦不复存在，看他人眼色行事的时候越来越少，一切好与不好都看开了，肯低头，就永远不会撞门；肯让步，就永远不会退步；求缺的人，才有满足感；惜福的人，才有幸福感！

“几时归去，作个闲人。对一张琴，一壶茶，一溪云。”余生，把生命开成一朵秋菊吧，淡雅的花瓣，清素的绿叶，黄色如阳，白色如云。自然，随缘，安宁，愉悦，得一份大自在。

如此，世间之味方谓从容。

霜降秋色浓

霜降，秋天的最后一抹绚烂。作为秋天的最后一个节气，霜降来时，秋已很深，大自然到了草木摇落的季节。在城里，气温骤降，套上毛衣，还忍不住哆嗦。在乡下，正是作物收获的季节。

庄稼地里，联合收割机在田地来来往往地忙着收稻谷，轰鸣的机器声中，收割、脱粒、扬场，一气呵成。红薯地里，人们跟在挖红薯的机器后面忙着收红薯，大小不一的红薯，肉滚滚、红嘟嘟。玉米地里，一株株高挑的玉米秆怀抱着一个个黄澄澄的胖娃娃，洋溢着幸福的喜悦。掰玉米是女人的拿手活。三个女人一台戏，手里忙着活，嘴也没闲着，扯着张家长李家短的事，偶尔有人说个荤段子，便会引起阵阵哄笑。

紧张而又充满喜悦的秋忙以后，一望无垠的土地还原了本色。空荡荡的田野，偶尔有成群结队的麻雀飞来打扫战场。这时，拖拉机带着犁铧又开进田里，突突的拖拉机过后，大片大片的泥土浪花般地被抛到身后。播种冬小麦的时候到了。播种冬小麦是秋忙的最后一道工序，但这又是最重要的一道工序，因为播种的深浅稀稠、麦垄的宽窄曲直都和来年麦子的长势有关。深翻过的土壤细碎而松软，最适合麦种萌发和出苗。播种后的十天半月，地里的麦苗便破土而出，绿油油的一片。

在秋收大忙的这些天里，人们最常吃的就是煮玉米和蒸红薯。煮玉米棒要挑嫩的，人们首先用指甲先掐一掐玉米粒，看是否能掐出汁液来，能掐出汁液的玉米棒说明很嫩，煮出来也甜。经过水煮的玉米棒吸足了热量，如果着急拿起会烫手。所以，大人们经常用一根筷子串一个玉米棒交到孩子手中，并叮嘱他们慢慢吃，别烫嘴。煮熟的玉米吃起来香甜可口，令人齿颊生香。红薯一般搭在笼屉中蒸熟吃。蒸熟的红薯冒着热气，散发着诱人的香味，剥掉一层薄薄的皮，露出黄灿灿的瓤，轻咬一口，绵软香甜，令人口齿生津。

乡村的早晨，炊烟袅袅，村庄里到处氤氲着红薯和玉米的香甜。

地里的活干完了，这时家家户户回过头来又开始忙着剥玉米、串辣椒、切萝卜缨，又开始轰轰烈烈地“晒秋”了。

一大早，家家户户搬出早已备好的竹席、凉床，在家门口的空地上一字摆开。把洗净晾干的山芋片、红白萝卜均匀铺开，把串好的玉米和辣椒分别挂在屋檐下。白的白，红的红，黄的黄，惹得人不禁垂涎欲滴。完后，从家里找出各种绳子，就着自家的椿树、榆树、槐树，拉电线似的从这头到那头把两头拴好，再返回屋里，翻箱倒柜，将那些就要上身和铺上床的棉衣、被褥、枕头，蚊帐，一股脑儿地挂出来。它们或蓝或黑、或黄或红、或紫或绿，或新或旧、或厚或薄、或长或短，五彩缤纷，七色斑斓。随着太阳升到中天，光线炫目耀眼，棉布的馨香夹杂着汗酸味抑或腐朽味儿，开始在村庄的街巷中飘逸弥漫。可否说，这也是那诱人的秋之百味的一种呢？

城里也有花草树木，也有寒来暑往，只不过城里的深秋，没有农村来得那么明显，那么五彩缤纷。当然，城里的深秋也不是没有一抹绚烂。比如菊花。菊花是秋天的花，是霜降的花。一朵朵，一簇簇，清而不寒，秀而不媚。俗语“霜打菊花开”，百花中傲霜而开者唯菊花。比如红叶。深秋的红叶，红得自然柔润，色彩流光闪亮，绝不让人心生浮躁与扎眼之感。秋风习习，吹得红叶簌簌作响。一阵秋风吹来，红叶在空中飘舞，像仙女撒下的朵朵红花。比如枯荷，曾经亭亭的荷，没了挺拔的身子，有的横斜在水面，有的折腰断梗，像印象派大师的画作，立于公园河边一角，自成风景。

霜降秋色浓。万物因了霜的洗涤，所有的颜色都酣畅到了极致。庄稼人说霜，不说“层”，而说“茬”。一个“茬”字，巧妙地点透了时光与生命的节奏，就在“头茬霜”接着“二茬霜”的间隙里，虫儿进入冬眠蛰伏状态，初冬的第一场雪，悄无声息地已经在赶来的路上。

又到枫叶烂漫时

初冬，又到枫叶烂漫时。

二十世纪九十年代去过北京香山。虽然我此生仅去过一次，但印象至深。这里层峦叠嶂，清泉潺潺，花木满山。层层叠叠的黄色枫叶好像黄昏时分的云朵，一片一片，为香山增添了一抹亮丽的色彩；似火的红色枫叶如清晨的彩霞，一团一团，把香山晕染成一处迷人的景观。不禁使我联想起许有壬“清霜醉枫叶”的诗句。香山的万树枫叶，秋风吹过，摇曳多姿，色彩鲜艳，美不胜言，难怪金、元、明、清历代帝王都要把这里作为驻跸之所。

退休后我去过长沙的岳麓山。岳麓山的枫树高大伟岸、坚毅挺拔。阳光铺洒下来，枫叶通透得可以看到它细密的血脉，明丽得晃人眼目令人心跳。位于岳麓山清风峡小山上的爱晚亭，原名红叶亭。环顾四周，均是枫林，秋天一片红艳，正可用鱼玄机的“枫叶千枝复万枝”来形容这里枫树之多；可用鲁迅《送增田涉君归国》一诗中的“枫叶如丹照嫩寒”来描述爱晚亭周边似火的红叶。

观赏枫叶，我去得最多的是现在所居城市的大蜀山森林公园。大蜀山山峰孤突，虽然海拔只有二百八十四米，却是所居小城的最高点。初冬的大蜀山，枫叶漫山遍野，每一片枫叶都各呈姿态，或俏立枝头，或化蝶飞舞，或静卧路旁，灿烂得就像童话世界一般，让人目不暇接。

枫叶多为五角形状，也有六角和七角的。颜色有红色和黄色，还有其他渐变的颜色。阳光下的枫叶，顺光是灰红色的，平淡无艳，从另一面欣赏，逆光中的枫叶通透明亮，艳丽动人；一束枫叶，似几张向你点头的笑脸；一大片罗伞状枫叶，呈现出红透天空的美丽。

自古诗人钟爱枫叶，留下诸多脍炙人口的关于红叶的诗。杜甫一句“含风翠壁孤云细，背日丹枫万木凋”，道出了经霜红叶更显艳丽的英姿。杨万里的“梧叶新黄柿叶红，更兼乌桕与丹枫”，描绘了如火如荼，红叶似血的山村秋景图。王实甫的“西风紧，北雁南飞，晓来谁染枫林醉”，一个“醉”字形象生动地展现了枫叶的颜色。杜牧的《山行》：“远上寒山石径斜，白云生处有人家。停车坐爱枫林晚，霜叶红于二月花。”清丽动人的笔墨，描写了一幅云绕山峦，枫叶红火，夕阳和红枫相映成趣的晚秋迷人画卷。尤其是一个“坐”字，用得多好多恰当。它在这里是“因为”的意思。为什么停车？就是因为喜爱这深秋鲜艳的枫林！从而成为千古传颂的绝唱。

自古诗人也多悲秋，借用秋色、秋景、秋物、秋风、秋雨、秋声、秋叶等一些具体意象表达羁旅情思、感世伤生、黍离之悲。陆游的“秋灯如孤萤，熠熠耿窗户；秋雨如漏壶，点滴连早暮。”通过选取典型景物，写尽了秋天的阴暗悲凉，表达了作者感伤离乱的悲秋之情。

李煜的“无言独上西楼，月如钩。寂寞梧桐深院锁清秋。”借助鲜明生动的艺术形象来表现离愁，凄婉已极。柳永的“多情自古伤离别，更那堪冷落清秋节。”以秋后的蝉叫得是那样的凄凉而急促作衬托，表达和情人难以割舍的离情。欧阳修《秋声赋》更对之展开了具体的分析，从秋天的萧瑟看到人生的老去，不复少壮而即将步入晚年。叹已往之既逝，知来日之无多，悲哉！

钟爱也好，悲秋也罢，多愁善感者，看到的是秋的萧瑟、寥落、忧伤、愁怨；心绪乐观者，看到的是秋的高远、清朗、丰满、金黄。“自古逢秋悲寂寥，我言秋日胜春朝。”唱出的是一曲非同凡响的秋歌！

人世一生，草木一秋。我欣赏枫叶飘落的风采，在蓝天与大地的舞台尽显生命最后的风流。人生也是如此，有生有死。回望逝去的岁月，因心怀感恩而异常浪漫，未来的日子因充满憧憬而更加温馨。生命的每一个季节都是美好的，值得珍惜的，热爱生命的人，都会坦然地走过每一个季节，犹如秋天的一枚枫叶，让生命优雅地老去。

枫叶醉秋，醉的是景，醉的是人。

枯荷之美

老话说，春不看落花，冬不观残荷。其实，落花自有落花的风姿，残荷当有残荷的神韵。大自然的美，在于生命的轮回，是自然规律。残荷虽说没了盛夏的鲜活，但有值得观赏的别样情趣。远望近瞧，或折，或倒，或损，或碎，细枝粗枝，孤零零地立着，有一种令人凝神的幽静，有一种催人遐想的意趣。

“留得枯荷听雨声”是李商隐的诗句，曹雪芹借林黛玉之手改了一个字，变成“留得残荷听雨声”。“枯荷”着重在荷叶的枯萎之象，符合深秋的意境，渲染了诗人的孤寂之情。“残荷”落脚在“残”，直接点明了“残破”的感觉。林黛玉的一生更贴近“残荷”，既有残败可惜的部分，也有美好未及凋零的部分。正因此，才更惹人同情和悲叹。再结合整部《红楼梦》，残荷的意象和四大家族风雨飘摇的命运，和贾家最终“树倒猢狲散”的结局，非常一致。“留得残荷听雨声”和“落了片白茫茫大地真干净”有着异曲同工之妙。

残荷，给了画家们太多的灵感，而画家们则透过残荷把更美的意象展现在我们的眼前，让我们忘记秋天的萧索，留住空灵缥缈的残荷景象。明代画家吕纪的《残荷鹰鹭图轴》，画作笔墨新奇，意境绝美。几片残荷，数枝芦花，将秋景渲染得淋漓尽致。近代画家张大千，泼墨荷韵无数，除了在齐白石《残荷》中点缀了只蜻蜓，竟然未画一幅残荷图。而吴冠中的《残荷》图，借助了水里的倒影，以点、线、面组合而成抽象的美，告诉我们：残缺也是一种美。

在我所读过描写残荷的文学作品中，恐怕只有雪小禅对荷的定义有独到之处。她在《残荷》里写道：“自以为低调，却跋扈到清凉。自以为薄凉，却还是烈的艳的——那盛开的荷着实有些炫耀，当然，她也必有炫耀的资本。可是看久了，会厌、会腻，会生出反感。”然而秋去冬来：“荷，抽筋扒骨了。没有了灼灼夺人之姿，却有了硕硕风骨之态。”不得不承认，她写到荷的骨子里去了。

由残荷想到已步入人生“冬至”的我。退休这些年，只要天气好，每天下午四点左右，都会去离家不远的环城公园散步。在公园里，以缓慢的节奏，在深深浅浅的绿荫路走走，停停，看看。走累了，就在凉亭里、长廊中、树荫下、草地上静静地坐着，发发呆，晒太阳。当人生远离了那些浮华，喧嚣、热烈、名利，正如汪曾祺在《人间草木》里所说：“赏花赏到气息，氛围，情怀。隔江看花，隔窗听雨，隔着人世中一层一层占有的标签，轻启那古旧又明润的光。如同，浴一回月光，落两肩花瓣，踏一回轻雪，活着，走着，看着，欣喜着，却没有患得患失的心情。”

是啊！人一生谁能不遇见美好，谁能不遇见凋零，枯荣之间，一丝明亮，一丝暗淡，交替之际，把自己活成一朵残荷，“没有了灼灼夺人之姿，却有了硕硕风骨之态”。人活一世，荣枯有定，有喜乐，亦有悲欢，有聚合，亦有离散。“清醒自知、坚韧饱满、铮铮傲骨、自在淡然。世间多少繁华，终归于平淡，多少热闹喧嚣，终究散去。”

自然是客观的，也是残酷的，鲜荷终要凋敝，由绿转褐，是生命的过程。人生也是如此，把那些经历、磨砺、沉浮当作生命的馈赠，以坦然的心态去感受岁月的沉淀。人生莫求完美，残缺也是一种美。

露从今夜白

“白露秋风夜，一夜凉一夜。”白露，就像明代画家唐伯虎的《秋风纨扇图》中的仕女，她独立在秋庭之中，手上握着的纨扇，把夏天和秋天分开，久违的凉意沁骨，神清气爽，明显地感受到了“天凉好个秋”的舒坦。

白露是二十四节气的第十五个节气，秋季的第三节气。每年九月七日左右，太阳到达黄经一百六十五度的时候，交“白露”。水汽下降，凝结成露，露凝而白。古人以四时配五行，秋属金，金色白，所以称秋日的露水为白露。

我更喜欢“白露”这个美丽晶莹的词汇。白露，宛若一个不食尘烟的冷美人，衣袂飘飘，黑发飘飘。“蒹葭苍苍，白露为霜，所谓伊人，在水一方”，多么优美的诗句！那个宛在水中央的美丽倩影，一直在心中微生波澜。美丽且婉约的“白露”两个字，告诉我秋凉的开始。然而，它不只是天气转凉的象征，这个有着诗情画意的名字，有唐诗宋词的风韵，也有现代小说剧本的神采。

白露如约而至，秋意真的来了。纵有变化，也是不疾不徐，笃笃定定，不着急奔着萧瑟肃杀而去，也不会将夏日未褪尽的好景一笔抹去，更不会立即呈现“萧萧梧叶送寒声，江上秋风动客情”的景象。即便如白居易所描写的那样：“八月白露降，湖中水方老。旦夕秋风多，衰荷半倾倒。”那不也还有“留得枯荷听雨声”的另一番秋韵吗？

“白露过秋分，农事忙纷纷”“处暑高粱白露谷，霜降到了拔萝卜”“霜降一到草木枯，薯类收藏莫迟误”“不到白露不种蒜”“白露高粱秋分豆”“白露前后看，莜麦、荞麦收一半”在乡下，这个时节，谷子黄了，棉花白了，石榴红了，玉米粗壮，红薯丰腴，大地变得丰满香甜，一派丰收的景象。

我在前年去徽州游玩，晚上住在古村南屏的一户农家。那时正值白露时节，村里的夜幽静又明亮，月亮清清的，像一个飘浮的气球，慢慢地在云游。

星星是亮晶晶的，无法形容它的雅致，美好而耐看。沿着村里的青石小路，踩着月光下聚积的露珠，一路游走。一丝丝沁心的凉意缓缓袭来，有点秋夜凉如水的感觉。我闭上眼，贪婪地呼吸着甘若薄荷的秋意。纯净的露水，清洗着季节的思路，使我的思维和灵魂从往日的浮躁桎梏中重新复苏，一切的憧憬都步向了理性和成熟。

第二天离开时，天边已泛起鱼肚白。此时的村子，刚刚从幽静的梦中醒来，清澈的晨光，像碎花的丝绸，朦胧地，铺了一地。经过清露的洗礼和润泽，起伏的山峦云雾缭绕，溪流在空灵的山涧呜咽如诉，传出很远的声音。山之灵气，山之神韵，好似人间仙境！田间地头的庄稼、蔬菜、草叶之上，布满晶莹剔透的露珠，或平躺叶面，或悬挂叶尖，或流淌茎干，煞是好看。顺手摘下了几枝野花，稚嫩的小花，在片片盈盈绿叶的衬托下，显得玲珑可爱，娇小的花瓣正努力地开放，展示着只属于她们的那份美丽，散发着田野的芬芳和淡淡的清香。

白露时节，风凉，月明，最易触动思乡的心怀。元代画家赵孟頫的画作《鹊华秋色图》，笔意清空，色调恬淡，牧歌般悠长的韵味中又不时有灵光跳跃，呈现在观者眼前的便是千百年来朝朝暮暮的田园生活。画中远山和近水相映，秋林与村庄错落，水泽舟中劳作的渔民及岸上闲步的过客，还有画前停留注目的我们，通通被笼在早秋金风玉露的氛围之中。唯美的画面引人入胜，由不得你不往记忆更深处探寻，沿着那山林川泽，渔舟茅舍，一直找到久违的故乡。当代画家戴树良的《白露》，描绘的便是他记忆中的故乡图景。画面层次分明，场景温馨，设色怀旧，画中题字："清晨露水凝成团，孩童开始斗蟋蟀玩。"不远处的庭院和老屋，大树的金黄枝叶，树下长辈慈爱温暖的眼神，儿童或逗弄秋虫的欢欣，或把玩蛐笼的专注，这分明是我们每个人都曾拥有过的白露时节。

"露从今夜白。"露，是天地之聚、自然之凝。这几天，不妨走出家门，在那万木葱茏的山野，在那草繁叶茂的大地，静赏白露芳华，静静品味秋天的味道。

冬至已至

冬至，中国农历中一个非常重要的节气，也是中国民间的传统祭祖节日。

“岁寒见冬至，早春接清明。”一年当中，冬至和清明，都要祭祖。清明是慎终追远的日子，大家都明白的；至于冬至为什么要祭祖，《易经》给出的理由是这一天日短夜长，阴气最盛，宜祀。过去老辈人并不知道《易经》，但他们知道祖先传下的规矩需要遵守，故到这一天，丁是丁，卯是卯，严格依照流传下来的方式行事，并由此沿为习俗。

我也是按照父亲临终前的要求，每年冬至去乡下看望奶奶。随着年龄越来越大，我现在改为隔年一次。奶奶的坟在一座荒山上，很简陋，碑也没有。也不知道当年父亲为什么没给奶奶立个碑。奶奶去世那年我十三岁。坐在坟前，奶奶在里头，我在外头，像隔着一堵没有门的墙，我不得其入而奶奶不得其出。五十多年了，我不知道在另一个世界的奶奶是否还会想起我，记得我？

奶奶个子不高，微驼的背，有着一双鲁迅先生笔下杨二嫂式的圆规脚，走起路来颤颤巍巍，梳着粑粑头，耳垂下吊着一对铜耳环，有着一张慈祥的面孔。奶奶这辈子只有一个儿子一个女儿。父亲这辈有了我们兄妹三个，我排行老大。旧式妇女对长孙的宠爱是天然的。

儿时，家家生活都很贫困，平常人家要吃顿饺子，尤其是带肉馅儿的饺子，那是很困难的。然而再困难，日子再难过，到了冬至，大人们还是要狠狠心，破费破费，从平时积攒下来的一点点积蓄里，拿出块儿八毛的，去菜市场买一小刀五花肉，再配上萝卜大白菜什么的，一起做成饺子馅儿。奶奶擀的饺子皮又薄又大，装的馅就多，两手一挤，一个圆滚滚、胖乎乎的饺子就成形了。

一堆干木柴架在灶膛里旺旺地烧，火苗蹿得老高，舔着大铁锅底，锅里的水咕嘟咕嘟的。

饺子下锅后，奶奶拿着汤勺不停地轻轻推搅着，只有那样饺子才不会粘连也不会煮烂。等煮了三滚后，饺子就可以出锅了。冒着热腾腾白气儿的饺子刚摆上桌，捻起一个塞进嘴里，边嚼边哈着气儿，太烫了可又实在是香，不舍得吐出来。奶奶赶忙用筷子将饺子分开，散热快吃起来也更顺口了。现在想来，那些年，那时候，那种吃饺子的感觉，真是既实在，又满足，又美妙！

古人将冬至分为三候："一候蚯蚓结；二候麋角解；三候水泉动。"意思是土中的蚯蚓仍然蜷缩着身体，麋感阴气渐退而解角。由于冬至后太阳直射点往北回返，进入新的循环，太阳高度自此回升、白昼逐日增长，所以此时山中的泉水可以流动并且温热。官方有"三候"，民间有"数九"。从冬至这天开始，每隔九天作为一"九"，共九九八十一天，八十一天之后便进入春天。就有了朗朗上口的《九九歌》："一九二九不出手；三九四九冰上走；五九六九沿河看柳；七九河开八九雁来；九九加一九，耕牛遍地走。"《荆楚岁时记》中写道："俗用冬至日数及九九八十一日，为寒尽。"一直数到九九八十一天，"九尽桃花开"，天气就暖和了。

冬至，阳光最少，所以最需要温暖，而能抵抗个体孤独、寒冷的莫过于家庭。公元804年的冬至，时任秘书省校书郎的白居易，上岗不到两年的一个"职场新人"，出差住在邯郸驿馆里，孤苦伶仃，写下了《邯郸冬至夜思家》："邯郸驿里逢冬至，抱膝灯前影伴身。想得家中夜深坐，还应说着远行人。"怀乡之情、思亲之意，一千多年后依然感动着我们。

同样，对于已步入人生"冬至"的我来说，没有了事业上的压力，远离了人际的纠葛，淡忘了几十年来的喜怒哀乐，享受着现在安定的生活。更有幸的是，身体尚健，除上网、玩微信、写写短文外，来个说走就走的旅游。晚年得以如此幸福，唯有知足，夫复何求！

"众老忧添岁，余衰喜入春。"冬至已至，且将，数九消寒待春来。

雪天的怀念

入冬以来，几次预报中的雪都没有出现，就像一个矜持的女孩子，约会时总要故意迟到一样，考验着你的耐心，吊足你的胃口。

其实，我对雪的记忆一直停留在儿时的乡下。

那时的雪，在该来的时候，会如约而至，每年的相逢是那样理所当然。那时的雪，大得出奇，雪花一片接一片急急下落，一顿饭的工夫，路不见了，沟不见了，地上的垃圾也不见了，只有覆盖着雪层的房舍和树木，在白色的背景里衬托着干枯的轮廓。大人们都站在自家的屋檐下看雪，那份喜悦，都写在了眉目之间。瑞雪兆丰年，那旋舞的雪花亦如风筛过后的粮食，轻盈地落入大地粮仓。

我们没大人们想得那么远，我们觉得最开心的事就是在自家门前的空地上打雪仗、堆雪人。这个时候，大人们都是宽容的，有的远远地看着，有的竟也加入打雪仗的队伍。大人们说是打雪仗，其实就是从雪地里抓一团雪，看谁打得凶，就抓住谁把雪往他的脖子里塞，被抓的哇哇乱叫，引来一片笑声。有的一起帮忙堆雪人，拿煤球做眼睛，胡萝卜当鼻子，末了，再找一截剥掉皮的树枝插在雪人嘴巴上，搞成抽烟状，或找来一顶破草帽，歪歪斜斜地扣在雪人头上，打扮成小丑样。现在回想起来，那雪就是上苍给我们的最好礼物，那快乐就如那恣意飞扬的雪花，飘逸、自在。

在那个没有电视，没有电脑，没有手机的年代，最热闹最惬意的时光还是在晚上。天刚一擦黑，吃过晚饭的左邻右舍，带着一身雪花走东家串西家。男人们聚在一起，抽着廉价的香烟，在烟雾缭绕中评古论今。也有好事者，总要找个噱头，比如某个人怕老婆，就会成为戏谑的对象。这时被戏谑的对象的老婆就会站出来，拿着正纳着的鞋底追着好事者打，让看的人笑得前仰后合。女人们围着火盆，手里做着针线活，嘴也没闲着。或窃窃私语，或叽叽喳喳，家长里短，油盐酱醋，似乎总有说不完的话题，仿佛每个人都可能成为她们的谈论对象。粗话，笑声，一直延伸至深夜，直到火盆里的火苗也有了倦意。

乡村的雪夜那叫一个静。静得让人变得兴奋而又敏感。冬眠般静静地窝在床上，屏气敛声，倾听雪花落在瓦楞上窗台上的声音。那声音细小，微弱，不易察觉却又清晰可辨。在这个时刻，会觉着乡村的雪夜就是一首意味深远的诗，只有读过的人才知道什么叫宁静、旷远和空灵。清人张潮在《幽梦影》中这样写道：“春听鸟声，夏听蝉声，秋听虫声，冬听雪声……方不虚生此耳。”张潮把听雪当成生命中的不可或缺的部分，细细想来，值得玩味。

冬天晒太阳是一件很美好的事情。日上三竿，男人、女人和孩子才三三两两走出家门，踩着积雪，不约而同聚集在一个背风朝阳的地方，或坐或蹲，以最舒服的姿势，享受阳光的温暖。寒冬的太阳，离人很近，照在身上绵软温和，酥酥痒痒。时间久了，一团团热气从毛孔里钻进去，慢慢地又扩散到全身。

村里有一位朱姓的中年男子，曾在县中学教过语文，后因身体原因辞职回到生产队。此人爱讲古，一旦打开话匣子，就眉飞色舞，滔滔不绝，大家都非常爱听他讲故事。乡下人称作“古”，叫作“讲古”。所以只要他一出来晒太阳，身边总是围着一帮人。所谓“渔樵闲话”，我就是从他讲的故事中，领略到了民间说史的意韵。

冬闲时家家基本上都是吃两顿饭。当太阳已有归隐之象，女人们最先收拾好手里的活起身带着孩子回家做饭。不一会儿，家家的烟囱就会升起一缕炊烟。太阳要落山了，偶尔吹起的小风带着寒意，土路上化开的湿泥也开始重新结冻，似有若无的薄雾也从远处形成，村外的田野逐渐掩映起来时，男人们这才意犹未尽地说一声“回啦”，揣着手慢腾腾地向家走去。

痴想着那些久远的雪事，心中的雪依旧保持着记忆中的姿势落下。天气预报说就在这两天，将有中雪或大雪光临。此刻，我就站在阳台上仰望天空，期盼着此时的天空，突然降下一场我儿时才可见到的大雪。只有雪，才能让冬天变得名副其实。

行走天下

诗画西递

我是第二次到黟县西递村。

关于西递村，我在安徽省非遗保护中心工作期间就有所了解。西递是一个有着千年历史的徽州古村落，村内保存着众多的古祠堂、古牌楼和古民居，有着古徽州民居建筑艺术宝库的美誉。在二十世纪八十年代初，村民们根本就不知道什么叫旅游，日复一日，年复一年，守着那些老房子日出而作，日落而息。村旁的石灰窑是集体收入的重要来源，年复一年烧石灰，把青山炼成了“光头山”。那时，村民人均收入200多元。1986年，清华大学的一位老师来这里作古民居调查，建议村里利用独特的古村落、古建筑发展旅游。在那位老师的指导下，村里组织大家整治村容村貌，清理出几个祠堂，选择了10多户有代表性的民宅作为参观点，在村口搭建了一个小棚，挂起了“西递旅游接待站”的牌子，在香烟纸的背面写上“两角”，盖上村里的公章当作门票，到年底村里有了300多元旅游收入。尝到旅游的甜头后，村里关掉了石灰窑，恢复了植被，并在村口的公路旁打出一条吸引游客的标语：“想了解中国古代帝王生活，要到北京去；想了解中国明清平民生活，要到黟县西递来。”从那以后，西递成为我国乡村旅游的重要起源地之一，被联合国世界旅游组织授予第一批“世界最佳旅游乡村”称号。

车停在村口，老远就看到一个高大的牌坊。我知道那是“胡文光牌坊”。胡文光是西递明经胡氏十八世祖，先后历任江西万载知县、山东胶州刺史，湖北荆州王府长史。官居四品，被誉为“荆藩首相”。在任期间，胡文光做了不少利国利民的好事。为表彰他为官32年，政绩卓著，明神宗恩准胡文光的家乡竖立这座牌坊，以示光宗耀祖。

当地一位文化部门的老朋友迎了过来。握手、寒暄了几句，就带我直奔村里。

走进村里，长短不一、宽窄不一的古巷，一条连着一条，一条衔着一条，犹如这个古村落体内纵横交错、细细密密的血脉。幽深的古巷并未因几百年时光流逝而暗淡了曾经的风采，反倒是平添了些厚重。家家的门都敞开着，门上的铁环在几辈人的打磨下油光锃亮，把手指轻轻搭在门环上，就能感觉到时光的沧桑与重量。随意走进一家院落，目之所见，都是精细的砖雕门楣、墙上的镂空石雕的花窗，无一不是精湛的杰作。

村里屋屋相连，鳞次栉比、斑驳沧桑的老墙让我印象深刻。朋友说，北京一位老画家曾这样评价这里的老墙，说国画里所讲的线条、皴法、留白，西画里讲的光影、色调、透视，在这老墙上都可以找到。我不懂画，但我想应该感谢岁月之笔，为我们保存了有温度的老墙，那纵横交错的线条和大大小小的斑点，如同一位徽州老者，讲述着一代徽商远走他乡，创造百年辉煌的传奇故事。

朋友突然站住指着前面的“百匠堂”牌匾说，这是两年前新建的“百匠堂”。走进“百匠堂”，我看到了熟悉的徽州三雕、文房四宝和徽州楹联。拿起一块徽墨，正反观赏，我知道制作一块徽墨需要三十几道工序，是中国特有传统制墨技艺中的珍品。放下徽墨，再观木雕，突然有种错觉，擦肩而过的正是旧日里那些木雕、石雕、砖雕、制墨的匠人，一转身，他们就钻进某个宅院的屋里，埋首做着手中的活，间或抬头看天色暗下来，也看月光的清辉洒满院落枝头。千年的光阴，他们互相涵养，也互相成全。这一群匠人，是循光而至的人，也是散发光芒的人。我忽然间明白，时间在他们身上刻下西递的记忆，西递也从他们身上拾起焰火形状的光芒。

走进一家客栈，宽敞的小院，几把竹编的椅子，一张朴实的圆桌，简约别致的廊壁上，一边挂着一幅油画，一边挂着一幅水墨。仔细看，画的都是村里的风景。主人说那是来村里画画的学生留下的。我问每年来这里画画的学生多吗？“当然多啊。每年春季和秋季，都有几百名学生来村里画画，他们在这里长了本事，而我们也增加了收入。”

围桌而坐，品着主人家的绿茶，真的没想到，文化的软实力已悄然成了一道道别样的风景。比如，修旧如旧的徽派民居成了写生的风景；匠人圣地的“百匠堂”；农家客栈已不再是简单的吃住，而是诗意的休闲享受。品味中，我油然觉得那种历史的沧桑感让人心里发颤的同时，又融入了诸多文化创新元素。而这些创新元素不仅满足了当下人们的不同需求，又为我们保存了古村的温度，保存了前人的智慧和创造。

诗意桃花潭

桃花潭早已令人神往。

那还是在小学的课堂上，语文老师声情并茂地吟诵：“李白乘舟将欲行，忽闻岸上踏歌声。桃花潭水深千尺，不及汪伦送我情。”让我对桃花潭有了最初的向往。后来才知道，桃花潭是青弋江迤逦流来，穿越青峰秀岭，水势萦回，形成的一汪清幽的深潭。

关于桃花潭，还流传一个有关李白与汪伦之间深厚情谊的故事。唐天宝年间，李白旅居徽州叔父李阳冰家，这天接书一封，是已辞去泾县令之职的汪伦转来，信曰：“先生好游乎？此地有十里桃花。先生好饮乎？此地有万家酒店。”面对如此诱惑，“自称臣是酒中仙”的李白，禁得住“天子呼来不上船”的宣召，却禁不住“十里桃花”与“万家酒店”的诱惑，欣然前往。到了桃花潭，见山见水不见花，更不见酒旗幡立，疑惑地问汪伦，汪说，桃花是潭水之名，万家，乃店主姓万，一家之店矣。李白听后仰天大笑，如此盛邀，别具一格，领情。于是，两人把酒临风，吟诗作赋，终日相伴。

相聚的日子总是短暂。数日后，李白婉谢了汪伦的殷殷挽留，将泛舟归去，继续着他的诗吟天下。在桃花潭边，李白与汪伦长亭共酒，怅饮惜别。李白登船前，汪伦郑重其事，以退居二线的前县长身份，发动当地群众为李白踏歌送行，温暖了他那颗漂泊和桀骜的心灵。

想象那一刻，桃花潭上，碧空如洗，云水流动，汪伦不可能意识到，他生命中的高光时刻随之到来。李白感念汪伦的深厚情意，即吟七绝《赠汪伦》以赠：“李白乘舟将欲行，忽闻岸上踏歌声。桃花潭水深千尺，不及汪伦送我情。”岸上，船上，李白的诗，汪伦的情，从此留在了诗情画意的桃花潭。

一江碧水流了一千二百多年，如今慕名而来。

沿着鹅卵石铺就的巷道，我们直奔桃花渡口。在渡口，古老优雅的“踏歌岸阁”为两层砖木结构的小楼，牌楼上“踏歌古岸”四字赫然醒目。一千二百多年前，李白就是从这个渡口乘舟到对面的万村。

游船启动，剪裁满江云影，很快将我们送到了对岸的万村。沿着小径，一路游赏及拜谒的景点有彩虹岗、谪仙楼、钓隐台、汪伦墓等。拾阶过“潭影清心”拱门，最后来到怀仙阁。凭栏远望，江水深碧，清澈晶莹，翠峦倒映，景色宜人。陪同的当地朋友告知我们，青弋江一分为二，东岸是以翟姓为主的翟村，古称南阳镇；西岸是以万姓为主的万村。而桃花潭好比一颗碧绿的翡翠，镶嵌在这条丝带上。听着朋友的介绍，我在想，如李白这样浪漫的诗人，纵是没有汪伦相邀的盛情，见得此景，也当是顿发诗情的。

怀仙阁旁有垒玉墩，陪同我们的当地朋友介绍说，这里就是相传李白与汪伦喝酒吟诗的地方。摩挲着石墩，闭上眼睛，想象着诗人当年在此豪饮的场景，感受着隔着时空传来的余温。倚栏往下看，诗仙李白与汪伦的雕像进入眼帘。凝望，只见李白气宇轩昂，纵情豪放；汪伦豁达坦荡，盛情相待。诗仙李白手拿酒杯，对着蓝天，仿佛正在对酒吟诗，而名士汪伦则坐在石头上，凝神倾听着李白的杰作。

在一截幽深的巷陌中，寻到了万家酒店。不见当日那酒垆，不见当年黄色的牙边小酒旗，只见酒店门前那被人踩踏的大坑，似在向人们诉说千年前的往事。此时，我仿佛闻到了万家酒店飘出来的“桃花梦”酒香。在时空的隧道里，我仿佛看见了李白与汪伦对酒当歌、谈笑风生的画面。并由此想到，古人所谓“寻山如访友，远游如致身”，与之相伴的，则是大量山水诗的涌现。

古人有幸，是创造了文化遗产。今人有幸，是享受了文化遗产。

离开桃花潭已是傍晚时分。伫立船头远眺，不禁感慨万分。那首《赠汪伦》，我不知吟诵过多少遍，总以为桃花潭是一方池塘、一泓碧水，万万没想到桃花潭是青弋江流经此地时，在一座峭壁下，汇成的一汪深潭。看着那深潭，忽觉着风有酒的气味，江水有酒的气味，潺潺的水声里，是谁在吟咏那首古诗，平平仄仄，殷殷切切。

琅琊山下醉翁亭

一个地方的景观，因为与一位文化名人相关，就风流宛在，历经千年却依然瞻仰者众，比如到绍兴兰亭，总会邂逅王羲之和他的“天下第一行书”——《兰亭集序》；游沈园，必知陆游写《钗头凤》的故事；安徽滁州的琅琊山，因欧阳修的《醉翁亭记》“醉翁之意不在酒，在乎山水之间也”而成千古绝唱。

宋仁宗庆历五年（1045 年），欧阳修被贬到滁州后的第二年，琅琊山开化禅寺的住持智仙对欧阳修的人品早有所闻，尤钦佩他的文才，于是在山腰佳胜处修筑一亭，供欧公歇脚饮酒。这是他宦海沉浮的第二次被贬，外放十年，一路知滁州、知扬州、知颍州、知应天府、知蔡州，越“知”越偏，寻常生活也日益艰难，中间逢好友尹师鲁病逝，母亲病故、亦师亦友的范仲淹病逝，开封水灾，家里被淹，乐观的他涕然长叹“人生之穷，一至于此”。政治失意和人生挫折是欧阳修的不幸，却促成了中国文学的大幸。

面对智仙为其建造的小亭，欧阳修手捋胡须，闭目沉吟，片刻之后，念出一首诗：“四十未为志，醉翁偶题篇。醉中遗万物，岂复记吾年！”亲为作记，遂有《醉翁亭记》。欧阳修自号“醉翁”，《醉翁亭记》这篇文章在他写过的大量游记、墓志铭、诗歌、文论里，未必得他本人最高评价，却是最达观洒脱的一篇。北宋元祐六年 (1091 年)，苏轼应时任滁州知州王诏邀请书写《醉翁亭记》并刻碑。珠联璧合的“欧文苏字”，使醉翁亭名扬天下，列全国“四大名亭”之首。

四十岁并不老却自封“醉翁”，醉翁之意不在酒，在山水之间，在众宾欢、与民乐，然“人知从太守游而乐，而不知太守之乐其乐也”——看看，清醒的醉翁，革新失败没有摧垮他敢说敢言的勇气，主政滁州也“不忽小官”，为政宽厚，治事简易，宽而不纵，简而不略，滁州百姓安定。百姓安定了，他乐得宴饮、写文章、种树、游园，为重写《新五代史》、修《新唐书》做准备。后人纪念欧阳修、敬慕欧阳修，是因为他的才学，实际他还是一个讲原则的人，他性格倔强耿直，给朋友写墓志铭家属不满意要他改，他坚持不虚美；给范仲淹写神道碑文，他抛开个人纠葛，秉持公道，费力又不讨好；他爱花爱酒爱茶爱享乐，不拘小节，大节清醒。

大名鼎鼎的醉翁亭原先只是依山而建的一座孤立的山亭，简单到了极致，与明清两朝的苏州园林相差千里。到了明代，醉翁亭开始兴盛起来。相传当时房屋已建到“数百柱”，可惜后来多次遭到破坏。清代咸丰年间，整个庭院成为一片瓦砾。直到光绪七年（1881 年），全椒观察使薛时雨主持重修，才使醉翁亭恢复了原样。

站在坐落于高高的石台基上的醉翁亭前细观，亭中雕栏画栋，十六立柱，四周木榭台座。上盖为歇山式瓦顶，蹲兽复脊，飞檐翘角。檐下悬有木框雀屉，镶嵌着八组古代故事的硬木透雕。亭内立柱上悬挂的一副抱柱楹联：“昔翁醉吟时，想溪山入画，禽鸟亲人，一官谴责何妨，把酒临风，只范希文素心可证；我来凭眺处，怅琴操无声，梅魂不返，十亩蒿莱重辟，扪碑剔藓，幸苏子瞻墨迹长存。”范希文即范仲淹。范仲淹比欧阳修大 18 岁。而《岳阳楼记》和《醉翁亭记》在同一年诞生。据说此联也是全椒观察使薛时雨所拟。

想必是为了满足远道而来访古寻幽者的愿望，现在的醉翁亭景区发展为“九院七亭”，又称“醉翁九景”，都是历代根据欧文中的某些意境拓展兴建的，远非曩时“太守与客来饮于此”的山野孤亭可比。在“醉翁九景”中，宝宋斋是最值得一看的地方。宝宋斋为明建砖木结构。屋内有两块“欧文苏字”的《醉翁亭记》原碑。碑高两米五，宽约一米，正反两面刻字，每幅一百多字，每个字约十厘米见方，共402个字。原碑已用玻璃罩罩住，千古丰神永远藏在了石头里。

天色渐晚，走出醉翁亭景区，我目之所及的远处和近处，是一堆堆起伏的山峦。这让我想起《醉翁亭记》那统率全文的“环滁皆山也”的非凡笔力。想起“醉翁之意不在酒，在乎山水之间也”的佳句和让人心折的感知。“清风明月本无价，远山近水皆有情。”这是欧阳修和苏舜钦诗句的集句联，刻在苏州的沧浪亭上，那又是一个故事了，用在这里却是恰当的。

滁州成全了欧阳修，滁州也没有辜负欧阳修。蒙他恩泽，世代滁州人都感念他。

棋盘上的村庄

冬至，去了绩溪县上庄镇的棋盘村。

棋盘村建于明代，北宋开国元勋石守信的后裔到此落户建村。因全村居民皆为石守信后裔，故名石家村。当年石守信与赵匡胤交情很深，结为棋友，所以后人在建村时就以房屋、街道、溪流为元素组成纵横有序、方正整齐的棋盘式，故该村被称为“棋盘上的村庄”。

村前桃花溪是棋盘的“楚河汉界”。村内道路分为三经五纬，错落有致，道道相通。一幢幢民居墙上书有“帅、士、象、车、马、炮”等字，以示房屋在棋盘上的位置。这里的民居都是坐南朝北，寓意不忘始祖石守信来自北方。石守信籍隶河南开封，河南又在棋盘村以北方向，故全村所有房舍和宗祠、厅屋均坐南向北。正所谓“巷陌纵横卧棋盘，百户门楼皆北向”。

人在村中游，如过河兵马，了然于心。每条窄巷都很干净，且一眼就能看到村尽头。巷与巷交叉处、巷中间及巷两头都建有遮雨路楼，可让行人避雨。进出村庄的路楼装有闸门，夜晚关闭，宛若城堡。村中下水道明暗兼有。巷道一半是水圳，一半是路面，麻石板五尺见宽，横向铺设，伸出水面而悬空，若夜深人静时有人行走，便会发出“咚咚”响声，提醒村民，注意防盗。而水圳的用处是就近提供水源，以防失火。

村正中有一个帅印塘，清清的池水把四周倒影揽在怀里，池中的残荷或折，或倒，或损，或碎，细枝粗枝，孤零零立着，有一种令人凝神的幽静。池中央突出一块一尺见方的石墩。池边竖立的木牌上介绍，石墩按石氏先祖石守信的帅印扩筑而成，故名印墩。印墩上两株柏树象征印柄，而“印柄”四周翠竹摇曳，则象征石守信的高风亮节。帅印塘对面是叙伦堂遗址，即石氏宗祠遗址，被称为棋盘中的帅府。遗址没留下什么可观之处，只有高高低低的残墙还伫立着，沉默着，格外苍老。就如一位智者，只是凝视着你，意味深长，一言不发。

棋盘村的民居大多是明清时期典型的徽派民宅，外观为宽厚高大的白色山墙，灰色马头墙与白墙黑瓦层层叠叠，高低有致，长短相同，轮廓清晰，有着一种强烈的、优美的韵律感。屋内布局以中轴线对称分列，面阔三间，民间俗称三间式：中为厅堂，前辟天井，侧设两厢卧室。中间的厅堂是整个宅屋的主体部分和公共场所，主要用于迎接宾客、举行红白喜事大礼、开展祭祀祖先活动等，也是家族众人会聚议事和日常起居之处。一般厅堂之间，家具陈设古朴雅致，中堂与立柱之上及两厢外壁间大多布置颇有品位的字画或者垂悬古旧楹联和书画小屏，盈溢着浓郁的传统文化气息。天井则具有通风排水、采光纳气的功能。居家之人端坐厅堂之上，就能够晨沐朝霞、夜观星斗，深切契合着古人追求“天人合一”的哲学意蕴。有些家庭还在天井中设置假山，摆放盆景，并砌池养鱼，可谓怡然惬意。

棋盘村的水口位于村西端，与石山对峙，由桃花溪、古石桥、魁星阁构成，俗称“狮象守门”。魁星阁，在棋盘村西头。为北宋开国功臣石守信第十七代孙石承谟所建。魁星阁北向，阁基四平方丈，歇山式。石柱粉墙，四角悬铃，脊兽排列，顶置葫芦。水口石山有天灯柱，村后南山有祖墓，墓旁有古松一株，名“抱祖松”。

走出棋盘村，站在桃花溪上的小桥回望，不得不承认，在我见过的众多的徽派建筑中，棋盘村是古徽州建筑史上的一朵奇葩。

呈坎晒秋

说到晒秋，很多人想到江西婺源的篁岭村。也是，悬挂在山崖上的篁岭村，属于典型的山居村落。矮矮山丘之上，高低起伏，错落有致，层层叠叠。每到秋季，家家黛色的屋梁上挂着排排玉米，木头架上的竹筛里，有火红的辣椒、金黄的菊花、赤红的小豆、绿色的瓜果、白色的萝卜、紫色的茄子、黄色的南瓜，酷似一幅赏心悦目的乡村山水画。

还有人会说福建尤溪的桂峰村晒秋也挺有看头。桂峰村距今已有 700 余年。整个村落依山就势分布于村中的三面山坡上，高低起伏，错落有致，层层叠叠。站在观景台上极目远眺，红彤彤的辣椒、黄澄澄的玉米、白花花的地瓜条，有放在屋顶的，有放在大院里的，有悬挂在房檐上的，跳跃的颜色，与沿山而建的民居构成了一幅完美的秋收画卷。

我看过篁岭村和桂峰村的晒秋，印象深刻。但是，我觉得安徽黄山的呈坎村晒秋也值得一看。深秋时节，专程去了呈坎村。这是我第二次去看呈坎村的晒秋。

一进村口，永兴湖畔的晒秋广场中央，各种用五颜六色果实拼出的图案映入眼帘。一位慈祥老者与两侧的孩子手捧丰收成果，摆出“农民丰收节”红黄相间的字体，红的是辣椒，黄的是玉米。与篁岭村和桂峰村晒秋不同，呈坎晒秋以丰富多彩的图案，生动的晒秋场景，赋予了原生态的晒秋新的含义，构成了秋天里一道别致的风景线。

呈坎晒秋是当地由来已久的传统习俗，也是皖南地区普遍存在的生产生活现象。稍懂农事的人都知道，皖南气候潮湿，为了更好地保存农作物，每年秋季，村民们都会利用晴好的天气，将刚收获的农作物晾晒在村中的晒场上，或者房前屋后的晒架上。当然，晾晒并非秋季“专属”，一年四季都可以晾晒，只不过秋季是一年之中的丰收季节，表现得更为丰富、更有“神韵”，再加上秋天大自然景色的完美搭配，景色更美，更具吸引力。

第一次去呈坎来去匆匆，这次决定不走了，找了家民宿住下来。傍晚，徜徉村里，依旧是满眼的繁盛。茶馆饭店，商铺作坊，飘着浓浓的烟火气。一砖一石，一巷一墙，斑驳着文化的脉络。经过格子红木窗台，卧着一只三花猫和一只黑白猫。一看就是天生一对，只是不知道是一对恋人，一对朋友，还是一对姐妹。夕阳的余晖，像碎花的丝绸，朦胧地，洒落在窗台上，也洒落在土墙攀爬的藤蔓上，非常写意。老宅门前，老人们喝茶闲聊，孩童上下梭跑，女人们忙着剥豆洗菜，一副徽州民居的原生态。

据记载，安徽皖南徽州著名古村呈坎，村名出自八卦，距今已有 1800 多年。拥有东汉及唐宋元明清历代建筑 180 多处，现有国家级重点保护文物 21 处，被誉为“国宝之乡”。早在宋代就被朱熹赞誉为“呈坎双贤里，江南第一村”。

民宿的主人姓李，今年 63 岁。我和老李围桌而坐。我边吃饭，边品尝正宗的徽州土菜，老李喝酒抽烟，很少动筷。女主人坐在一边忙着串红辣椒。我问是不是串好了明天拿出去晒。老李说：“这是一位明天要走的游客买的。”我又说：“这几年游客多，村里人的日子都好过多了吧。”老李接过话茬：“那是那是，每年‘九月九’，是我们这里晒秋节最热闹的时候，游客一拨一拨的，不光是看，走的时候都不带空手的，带不走拿不动也没关系，村里有快递点，把东西往那一放给个地址就行。”

清晨，在公鸡打鸣和鸟儿的歌唱中起床，走出大门，此时的村子，刚刚从幽静的梦中醒来，在清澈的晨光中，彻头彻尾的古朴、安详、清秀。经过清露的洗礼和润泽，就如一位素衣风尘的女子，更显一种陌上开花的恬淡。吃过早饭，跟着老李一起来到广场，在他的指导下，忙着晒五颜六色的农产品，亲身体验了一回晒秋的农俗乐趣。

一缕秋阳穿过对面的山峰，大大方方照进了村里。干净的阳光，将深秋的呈坎，打扮得如同过新年。站在广场中央，看着特有的徽派民俗“春祈秋报”的晒秋场景，我想，无论外面世界的容颜随着岁月的更迭如何变换，他们在安静的阳光下重复着自己的劳作，以自己的方式认真乐观地生活着，波澜不惊的脸上，看不出劳累或者担忧，呈现的是一种质朴的生命之美。

鲁迅故里行

初秋的阳光依然猛烈，天气热如酷夏。当我从繁华的大街拐进鲁迅路时，“鲁迅故居”四个字一下跳入眼帘，一种神圣的感觉一下子攫住了我的心。于是，放慢脚步，跟随参观的人踏进那扇黑漆的石库门。

新台门周家是一座具有江南特点的深宅大院，鲁迅就出生在这个殷实的周家。跨过台门斗，隔一个小天井，便是一间普通的泥地平屋。往东走过侧门，拐弯处有一口石栏水井，沿井边长廊进内，就是当年鲁迅一家的住处。西首第一间就是鲁迅的卧室。隔着栏杆伸头朝里望去，室内陈设简单，一张铁梨大床占了屋子的一半。紧靠西屋又是一个院子，院内有两株金桂树，此处被称为“桂花明堂”。

鲁迅是在绍兴开始文学创作的。风华正茂的青年鲁迅在绍兴府中学堂任教员时，写出了反映辛亥革命在乡村引起反响的短篇文言小说《怀旧》，那是 1911 年的冬天。虽然不久他便离开了绍兴，但故乡的凋敝、人民的疾苦时刻触动着鲁迅的心，他陆续写出了《孔乙己》《故乡》《阿 Q 正传》《祝福》等小说名篇，字里行间有着浓郁的地方特色，也表现出他强烈的忧患意识。故乡是鲁迅最湍急的文学河床，在他的二十五篇小说中，有十四篇取材于绍兴或以绍兴为背景。对故乡的人与事的描写，也是鲁迅作品中最为精彩的地方。

先生故居的后面就是著名的“百草园”。踏进百草园，园里弥漫着宁静氛围，一抹阳光投入这绿色的世界，更渲染出寂静、安宁的气氛。看了介绍方知道这里原先是周姓十来户人家共有的一个菜园，平时种一些瓜菜，秋后用来晒谷，就是这样一个普通的菜园却成了先生儿时的乐园。“不必说碧绿的菜畦，光滑的石井栏，高大的皂荚树，紫红的桑葚；也不必说鸣蝉在树叶里长吟，肥胖的黄蜂伏在菜花上，轻捷的叫天子（云雀）忽然从草间直窜向云霄里去了……”透过这些充满“无限趣味”的文字，可以看到一个活泼可爱、无忧无虑的童年面孔，感受到他在百草园获得的无限快乐，让人怎么也不会把这些文字和后来似乎永远板着面孔的鲁迅联系起来。

由“百草园”想到“三味书屋”，走出先生的故居，东行数百步，走过一座石板桥，就到了先生少年时代读书的三味书屋。三味书屋是清朝末年绍兴城里很有名的私塾。先生12岁至17岁就在这里求学。书屋正中悬挂着“三味书屋”匾额和松鹿图。两旁屋柱上有一副抱对：“至乐无声唯孝弟，太羹有味是诗书。”匾额和抱对都是清末书法家梁同书的手笔。书房中间有方桌、木椅。窗前壁下摆着八九张参差不齐的桌椅。

目睹着这些，我眼前浮现先生的形象，一个穿着青布长衫的青年，傲立在船头，双手扶住栏杆，一动不动地望着东方的天空。也许，就在这时候，他决定放弃医科专业，把自己化作一把剑、一团火、一块磐石，置身于历史与现实的十字路口，这其中包括名誉与地位、安逸与享受，连同健康与生命——先生只活了55岁！

深刻得“说不尽”的鲁迅，离不开绍兴，因为一方水土养一方人。古称越州的水乡绍兴，也离不开鲁迅，因为鲁迅，绍兴的百草园、三味书屋、咸亨酒店世界闻名；因为鲁迅，我们在绍兴就自然而然地谈起《朝花夕拾》《野草》和《呐喊》；因为鲁迅，绍兴更有风韵，更有风骨。

在绍兴，我在寻访鲁迅的旧迹中，感受先生故里的深沉与丰富。

访杜甫草堂

到成都安顿好住所后，就直奔名扬天下的杜甫草堂，祭拜诗圣。

学过历史的都知道，杜甫在安史之乱后，流寓成都。在浣花溪畔筑草屋栖身，历时四载。其间创作了二百四十余首诗篇，不少是反映那个变乱时代的。他的“安得广厦千万间，大庇天下寒士俱欢颜，风雨不动安如山，呜呼！何时眼前突兀见此屋，吾庐独破受冻死亦足”的爱国爱民情怀，至死不渝，为后人所深深感动。当然，我们更熟知“好雨知时节，当春乃发生”“清江一曲抱村流，长夏江村事事幽”，都是广为流传的田园风味的佳作。

草堂建筑从正门始，依次递进是大廨、诗史堂、柴门、工部祠。其中大廨、柴门是杜诗中提到的草堂原有建筑，诗史堂、工部祠则是后世为纪念杜甫而建的。草堂建成后，杜甫曾作《堂成》。其中有这样几句：“背郭堂成荫白茅，缘江路熟俯青郊。桤林碍日吟风叶，笼竹和烟滴露梢。”用白茅盖的草堂，背向城郭，邻近锦江，俯瞰郊野，一片青葱。他定居后，得识锦里先生，曾作《南邻》一首，诗中有“惯看宾客儿童喜，得食阶除鸟雀驯。”邻居的孩子笑语相迎，阶前鸟雀啄食，见客不惊。这是多么宁静和谐的环境。再读他的《客至》：“舍南舍北皆春水，但见群鸥日日来。”草堂虽然简陋，景致却极优美。绿水缭绕，来客虽少，群鸥却常来做伴。诗人更在《江村》中生动地描写了天伦之乐：“老妻画纸为棋局，稚子敲针作钓钩。”

工部祠大门上有一副对联：“自许诗成风雨惊，将平生硬语愁吟，开得宋贤两派；莫言地僻经过少，看今日寒泉配食，远同吴郡三高。”这是清代王闿运所题。上联对杜甫沉郁顿挫的诗风，杜甫和黄庭坚开创的江西诗派以及和陆游开创的剑南诗派的影响作了高度概括；下联进而指出，虽然草堂地处偏僻，但这儿并不孤寂，工部祠的两旁就有黄庭坚、陆游配祠，且远同苏州祀奉范蠡、张翰、陆龟蒙的三高祠。这副对联内涵丰富，精辟简练，值得反复吟诵体会。

走过一座石桥，穿过栽种着桃树和松树的庭院，来到了杜甫当年曾经居住过的茅屋。这是几间具有唐代建筑风格和川西民居特点的草房子，门槛和窗户都是没有上漆的陈旧的木头。书房中仅仅有一张书桌、一把椅子和一个很不像样的书架，桌案上竹筒做成的笔筒里插放着一支毛笔，旁边的书卷静静地翻开着，上面落满了灰尘——在如此孤寂的环境中，我能体味诗人当年的清苦和幸福。在那些蛙声四起、桃花盛开的春夜，略带寒意的河风从浣花溪的水面上轻轻吹来，诗人一边磨墨，一边构思。就是在这么清苦和简陋的环境中，杜甫写下了240多首脍炙人口的诗篇。杨廷芝在《二十四诗品小序》中曾说："诗不可以无品，无品不可以为诗。"杜甫伟大的人格，决定了他在诗歌创作上的辉煌成就。

在杜甫草堂中的漫游是庄重的、沉思的。我们会全神贯注地去想象诗人的身世、经历、愁苦以及那些无法比拟的美好诗篇。虽然"一行白鹭上青天"的景象已成遥远的绝响，但我们依然会想起"两个黄鹂鸣翠柳，一行白鹭上青天。窗含西岭千秋雪，门泊东吴万里船"的优美诗句。

参观了杜甫草堂，又饱览了秀丽的园林景色。这里小桥流水，清澈见底；修竹千竿，梅树满目；群芳争艳，兰花幽香；鸟飞林间，鸣声清脆。尤其可贵的是园林中有古今诸多名家墨宝，有不少栩栩如生的雕塑。人们驻足观赏，一饱眼福。园中有一石，刻有清代成亲王书写的诗人于上元元年所作的《江畔独步寻花七绝句（其六）》："黄四娘家花满蹊，千朵万朵压枝低。留连戏蝶时时舞，自在娇莺恰恰啼。"此诗正是这恬静优雅美景的生动写照。

离开成都已有多日，但还是念念不忘草堂，正如诗人冯至在为杜甫所写的传记中深情地写道："人们提到杜甫时，尽可以忽略了杜甫的生地和死地，却总忘不了成都的草堂。"是的，透过杜甫的诗，我们可以望见那个盛唐帝国的背影，而诗圣记载那段历史的情形，或许只有通过拜谒草堂里的一砖一瓦，一草一木，才能有所感悟。诗人那种"安得广厦千万间，大庇天下寒士俱欢颜"的广博胸襟与悲悯情怀至今仍在感动着我们。

虎跳峡

虎跳峡闻名遐迩，早在小学课本中就知道了虎跳峡。虎跳峡两岸分别矗立着两座雪山，一侧玉龙雪山，一侧哈巴雪山，两座雪山海拔都在5000米以上，虎跳峡的海拔只有1700多米，垂直落差达3000多米，地理环境十分独特。天晴时，站在虎跳峡旁，仰望雪山可以看到冬、春、夏三个季节的景色！可谓云南一绝！这次云南之行，我特意把虎跳峡放在第二站，昆明游一结束，赶到丽江，住了一晚，第二天直奔虎跳峡。

出丽江北行，左边是雪山，右边也是雪山，雪山的上面，披云戴雪，银峰插天，雪山的下面，怪石嵯峨，古藤盘结。60多千米的路程，三个多小时的时间，我不知道汽车是在云贵高原、青藏高原之间迂回，还是在横断山的溪水山涧回环，行走其间，只觉得汽车一会儿在蓝天白云上穿行，一会儿在高壑深渊中游走。我生活在江淮地区，多见平原，初涉这山高云低、水湍路险的路，我心惊胆战，如同走在了鬼门关。既如此，我还是忐忑地、固执地望着车窗框出的风景，一是感叹虽不现代但自有一种从容，二是收获既不古典又不乏神奇的风情。

终于抵达虎跳峡停车场了，黑压压的车辆和黑压压的人群塞满平台。我无暇顾及，因为，四面八方传来震耳欲聋的声响，每一瞬间都充满冲击力，那是大自然的声音。循声望去，金沙江如出关蛟龙，在山脚狭窄弯曲的水面上左冲右突奔涌而下。

虎跳峡上下有700级台阶，导游说体弱或年纪大的同志可以不下去，就在观景台上观看，但面对如此赤裸裸不加掩饰的生命原始图像，游客的脚步都加速起来，沿木阶梯奔跑而下，抢着争着想和虎跳峡亲密接触。临江修建的几个观景平台人头簇拥，无数只手高举着无数只手机，拍照录音，摄制视频。

随着人流，迎着直接撞击过来震耳欲聋的水流声，我几乎就是小跑着下了台阶。巨大的水流犹如排山倒海一般，一级一级砸下来！密集的水滴被抛向空中，散开，形成水雾，打湿了脸和头发，也顾不上擦去脸上的汗水和雨水，只急切地欣赏这大自然的鬼斧神工。

此时临近中午，高原上的太阳钻出云层，阳光洒在土黄色的江面上。金沙江水从宽阔平坦处一路涌来，遇此关隘阻挠，发出阵阵吼声，激昂雄厚，雷声隆隆；水浪裹挟水浪，洪流撞击洪流，在参差错落的岩石上跌落复跃起，前衔后接，终成连绵起伏的黄褐色冲击波。一阵阵冲击波反弹时，浪涛的纹理如雄狮之肌肉，张牙舞爪，气势逼人，“卷起千堆雪”，惊落万粒沙，惊涛骇浪瞬间成形复变形，意趣无穷尽。

面对此情此景，我想起李白、杜甫，想起了“造化钟神秀”，想起了“两岸猿声啼不住”。但是，如若没有大自然的钟爱，把雪山分割在金沙江两岸，岂能有玉龙山的雄健，哈巴山的浑厚，岂能有“阴阳割昏晓”？如若没有江水滔滔，急流突奔，岂能有“轻舟已过万重山”？如若不是身临其境，感受上负白雪、下插碧江的峻高奇丽，焉能凸显峡谷的空灵飞动?

沿着台阶返回，站在临江平台上凭栏远眺，若说你能保持一种淡定，那叫我说这种淡定是一种矫情。你想啊，头上的蓝天近在咫尺，身旁的白云就在眼前，不用多思，也不用多想，凭空就能生出许多希望，涂抹出许多幻想，想淡定也淡定不了。而我没有多想，也没有多思，伸出双手想抓一把天，抓一片云，却什么也没有抓到，只感觉到了大自然的博大和自己的渺小与微不足道。

扶栏仰望，逼仄的一线天空，双峰若门，欲合欲开；双峰若剑，直插江底；双峰又若瓶颈，窄得让人胆战心惊，深得让人怦然心动。两岸的万仞悬崖，陡峭得如东海龙王的定海神针插在江岸，似要定住山上风化的岩石，擒住山下桀骜不驯的蛟龙。而桀骜不驯的蛟龙，狂驰怒号地从两山中间，硬生生地挤到酷似猛虎下山的黑色礁石前，只见它越过断崖，凌空飞下，又腾空飞起，碎成万粒玉屑，卷起千层雪浪。而碎成的玉屑，卷起的雪浪，旋即化作银雨乳雾，沸沸扬扬，打湿了两座雪山的山脊，打湿了两座山脊夹住的那条天缝，也打湿了我的视线，震撼了我的心灵。

也不知道过了多长时间，这才想起导游在车上反复强调只有一小时的参观时间。最后再看一眼虎跳峡，直奔停车场。

滕王阁印象

今年夏天，太阳从未如此疯狂地发威过。将地面烤得滚烫，车轧上去，黏黏的，隐隐发出像膏药从背脊上撕开一般的声响。路两边的树木像得了病似的，叶子挂着一层灰土在枝上打着卷，无精打采地低垂着。只有知了疯了似的在那叫着，急切切地发泄着激情，令人生出一阵说不清的躁动。

我就是在这样的天气里去南昌的。一天半的会议。本打算会议一结束就赶回，但一想，到南昌不去看看江南三大名楼之一的滕王阁，真对不起自己这么大热天如此的折腾。

午餐后，同行的朋友催着去滕王阁。站在宾馆的大门前，看着火球似的太阳高悬空中，我说还是等到傍晚的时候再去吧，忘了王勃是怎么说的？“落霞与孤鹜齐飞，秋水共长天一色”，描绘的就是滕王阁傍晚的景象。

一进院门，迎面就是雕梁画栋、飞阁流丹的高阁。翻看手中的介绍，滕王阁主体建筑净高 57.5 米，建筑面积 13000 平方米。其下部为象征古城墙的 12 米高台座，分为两级。台座以上的主阁取“明三暗七”格式，即从外面看是三层带回廊建筑，内部却有七层，就是三个明层，三个暗层，加屋顶中的设备层。新阁的瓦全部采用宜兴产碧色琉璃瓦，因唐宋多用此色。正脊鸱吻为仿宋特制，高达 3.5 米。勾头、滴水均特制瓦当，勾头为“滕阁秋风”四字，而滴水为“孤鹜”图案。台座之下，有南北相通的两个瓢形人工湖，北湖之上建有九曲风雨桥。楼阁云影，倒映池中，盎然成趣。

步入阁中，正厅迎面是一幅《时来风送滕王阁》。这是根据明朝冯梦龙所著《醒世恒言》中的名篇《马当神风送滕王阁》的故事而创作的，浮雕主体部分，王勃昂首立于船头，周围波翻浪涌，表现王勃再借神力日趋七百里赶赴洪都的英姿。画面右边为王勃被风浪所阻，幸得中源水君相助的情景，左边为王勃赴滕阁胜会，挥毫作序的场景。

沿着阶梯爬上楼梯，最终立定在最高层。城是新旧相杂，天是一片蔚蓝，没有孤鹜，没有落霞。但这无关紧要。对于中国文人笔下的风景，其实是不必当真的，就像范仲淹没有到过岳阳楼，却能在文中极力描摹洞庭风景，所谓“春和景明，波澜不惊，上下天光，一碧万顷”云云，中国文人有的是写意山水的本领。

历史上的滕王阁有三座，都与滕王李元婴有关。作为唐高祖李渊之子，李元婴初封山东滕州，在当地始建滕王阁，后徙南昌，又建滕王阁，再徙四川阆中，再建滕王阁。李元婴在历史上并无好评。《旧唐书》《新唐书》里有李元婴骄纵失度、所过为害的记载，更不堪的是，在南昌时，“官属妻美者，绐为妃召，逼私之”，可谓道德品行败坏至极。然而，历史上似乎没有记载，命名滕王阁遭到了怎样的质疑。反正，当王勃写作《滕王阁序》时，李元婴尚在世，也没有人觉得有什么不妥。

人都有多面性。李元婴也是如此。李元婴既有品行恶劣的一面，也有才华横溢的一面。在明代陈文烛撰写的《重修滕王阁记》中，言李元婴“工书画，妙音律，喜蝴蝶，选芳渚游，乘青雀舸，极亭榭歌舞之盛”，宛然神仙般的人物。当然也不能否认，李元婴能被几百年之后的明代人推崇，是托了千古名篇《滕王阁序》之福。某种意义上，《滕王阁序》是滕王阁的广告词，也是李元婴的正名书。

由此，我想到了我们安徽滁州的醉翁亭。醉翁亭原本只是滁州琅琊山下的一个普普通通的亭子。庆历六年（1046 年），开化禅寺的智仙和尚专门请欧阳修作记。此时的欧阳修被贬到滁州做了两年知州。这期间，他对山间的情况多有了解，对山间景色之美感受更为深刻。于是他伏案提笔，运用其特有的古文笔法，浓墨重彩而又轻松流畅地写出了后来千古称颂的著名散文《醉翁亭记》。

中国人喜欢的美，是一种精神性的存在。即便是自然之物，我们总要赋予其精神性的意义，如把山封为五岳，在山山水水中排列出三十六洞天、七十二福地，以松竹梅兰喻君子，以香花香草喻美人，在万象之中找到自己的精神对应。而这种精神性意义一旦成立并获得认同，便具有了永恒的存在价值。就如这滕王阁，矗立的是一种文化，是一种智慧与精神。

离开时，我们像是刚从水里捞出来一样。从小贩手上接过冰镇的矿泉水，迫不及待地拧开盖子，几乎一口气喝完。当然，喝下去的还有随身携带的历史和记忆。

夜宿乌镇

入夜，所有的活动都已结束，我带着未尽的兴致走出客栈，沿着青石板铺就的长街漫步。刚过中秋，天空明净，皎洁的月亮高挂夜空。街的两边，屋檐下一盏盏红灯笼，柔和地照在普通住家和一些光线暗淡的铺子。我曾多次来乌镇，如此夜访却是第一次。

一路走来，月影中的粉墙灰瓦、古木垂萝、小桥流水，这是怎样的一幅画面啊，梦里江南，无非如此。走了一圈，我仍然不想就此回到客栈休息，于是选了一处又低又宽的石栏，坐下来细细观景。眼前的河道是狭窄的，波光在月色灯影下微微闪动，一切都显得安详。

我来乌镇的主要目的之一就是拜访茅盾故居。茅盾故居坐落于观前街中段，是一幢四开间砖木结构的旧式楼房。它是清光绪十一年（1885 年）前后，茅盾的曾祖父沈焕在汉口经商顺利时，嘱子购进作为全家住宅所用。楼房坐北朝南，前临观前街。东面两开间两进自成单元，先期购进，称为老屋；西面同样结构的两开间两进后期买入，称作新屋。新老楼屋一墙相连。东西两楼的前后两进之间各有一个天井，中间有楼梯相隔。前后左右上下来去相通，浑然一体。老屋第一进楼下东边的一间为序厅，现作为进入故居的大门。大门上方高悬着陈云同志题写的“茅盾故居”匾额。门厅中放置着茅公握笔沉思的半身铜像。看着大师那凝视远望的表情，我十分虔诚地向大师鞠了一躬，同时脑海里蹦出后人对大师的一句评价:“胸藏万汇凭吞吐,笔有千多任歙张。”

新老屋第二进楼房后面，原为一个约半亩地的园子，跟老屋后进楼下的客堂间相通。1897 年茅盾的曾祖父在园中盖起三间平房，作为晚年休闲之处。1934 年，茅盾亲手设计草图，用自己写稿所得稿费，将三间平房翻建成书斋，作为从上海回乡探亲时的住所。

走进书斋，我很仔细地打量了一下，书斋约 100 平方米，上衬天棚，下铺地板，南北两面全是玻璃排窗，颇具日本民居风格。北壁窗下有一张写字台，导游介绍，1935 年秋，先生《子夜》的续篇《多角关系》就是在这张写字台上完成的。书斋与老宅之间有一小天井，内栽一棵棕榈树和一丛天竹。站在天井内，望着那挺拔的棕榈和葱郁的天竹，我遐想着，大师当年写作之余，一定是手拿一个木制的水瓢，给它们浇水松土，在这个过程之中，大师的心情一定是愉悦的，而且在这一过程中，一篇篇名著在这里完成了构思。

立志书院坐落于茅盾故居东侧。它前起观前街，后到观后街，俗称一直落三进深。书院大门面临观前街，门楣上嵌着“立志”二字，两旁的抱柱联为“先立乎其大，有志者竟成”。茅盾 8 岁就在这里读书。在这里，茅盾得到良好的教育，也给他留下了深刻的印象。他在回忆录《我走过的道路》中，还多次提到这所书院。在书院的陈列馆，陈列了茅盾在各个时期的 400 多张照片，包括他的一些作品手稿、信件与遗物，以及各种版本的著作，其中比较珍贵的是茅盾《子夜》的手稿。

初秋的阳光依然猛烈，天气热如酷夏。我挤在人流中，戴着旅游景区常见的自动感应讲解耳机，在解说员的带领下有秩序地前行。我想，有那么多游客来此地寻访茅盾旧迹，跟随队伍耐心静听茅盾和茅盾故乡的故事，这反映了人们对茅盾先生的崇敬之情，说明了在历史长河中留存下来的是伟大的生命。

夜色似水，明月如霜，湿润而微凉的夜风把我从思绪中拉回现实，这一坐，已到夜半时分，周边寂静无声，我也要回客栈休息了，明天还得奔赴远方。

泉州西街游

一个城市，对外来人的影响，除了环境，更多的是人文。在泉州的大街小巷里行走，会让人想到宋词，想到宋人的绘画，想到宋代城市经济的繁荣场面，虽然时隔千年，许多细节均已消散，但那种气韵保留着，就这么缓缓地在你眼前铺展。

泉州保存最完整的古街区分布于西街一带，有一千多年的历史。在漫长的时光中，西街是泉州最繁华的一条老街，仿佛一个人身上的动脉血管，在它的两侧，是多条窄而深的小巷，如同一条条毛细血管。

在福建省文化馆老范的陪同下，我们进入小巷深处，脚下青石板的小路，两旁斑驳的墙砖，树荫遮掩了整个小院子的老榕树，都打上了光阴的烙印。走着走着，我发现此地民居的外墙很特别，红砖白石或青石结构，红白相间，点缀以青石构件或饰件，色彩灵动而绚丽。老范说，这就是泉州“出砖入石”的外墙样式，没等我追问，老范说，此地民居，通常以不甚规整的白石块和红砖片混砌而成，因所成墙面石块稍凹，砖片稍凸，当地人形象地俗称“出砖入石”。说白了，就是灰白石头和朱红砖瓦的排列组合，厚度在50厘米左右，用残砖碎石砌成，内以灰土充实，具有一定的抗震能力。在建筑材料局限的古代，这类墙体的出现，是泉州人就地取材在建筑上别具一格的创造。老范手拍外墙笑问：“怎么样，和你们安徽的徽州古民居比起来，在色彩上我们略胜一筹噢。”

我说这个没法相比，因为在徽州不管普通民宅，还是富豪大院，一律以材质的自然美，营造出平易感、亲切感，以及玄妙感。墙基上堆砌的青石或者麻石，质地鲜明，雕琢方整；门楼、门罩、花窗上的砖雕不以五色勾画；扇、梁架的木雕也保留木质纹理的天然色泽，清水墙面不添加任何涂料。特别是徽州古民居最具独特的建筑之一的马头墙，既是出于美观装饰的需要，又具有防火功效。西街的建筑都以五色勾画，墙面着色，也是一种美，具有浓郁的地方特色。如果非要相比的话，徽州的马头墙可谓独此一家。

西街最大的魅力在开元寺。走进开元寺，最先看到的是两座屹然挺立的石塔，仿佛一对双胞胎兄弟，一东一西，相距两百米左右，矗立在连绵一片的屋脊之上。这就是建于公元七世纪的唐代开元寺里的东西塔。老范介绍说，开元寺原为州民黄守恭家的一个桑园，后献园与僧匡护建寺，朝廷赐额“莲花寺”。唐玄宗开元二十六年(738 年)诏天下诸州各建一寺，以纪年为名，遂改称“开元寺”。在宋末元初的全盛时期，仅在此居住的阿拉伯人就达三十万之众。泉州被联合国教科文组织列为全球第一个“世界多元文化展示中心”。

和老范来到大雄宝殿。老范说在福建所有的寺院中，唯大雄宝殿独领风骚，因间架植立石柱 94 根，又称百柱殿，面积 1400 平方米。再有就是藏经阁。阁内藏经相当丰富，计有 4 万多卷，其中最著名的要数宋版元刊《崇宁万寿藏》与《毗卢藏》的残卷。

如果用颜色来形容一座城市，泉州无疑是刺桐的红。这座城市，五代时曾经遍植刺桐树，以此得名“刺桐城”。在开元寺看到一排刺桐树。刺桐花期是 12 月到次年 3 月。我很幸运。此时正是年初，正是花期最盛的时间。目光沿着它粗壮而光滑的树干，攀爬到半空中华盖般铺展的树冠上，一树的灼灼花朵，极像鸡冠的形状，恣肆地开放，仿佛悬浮在空中的火焰。老范说，刺桐花为泉州市花。它的寓意是：红红火火，吉祥富贵。

走出开元寺，又一次站在热闹的西街上。此时，游客摩肩接踵，穿梭于各种特色的小吃摊前。老范带我走进一家泉州老字号的老记面线糊店铺，没几分钟，一碗热气腾腾的面线糊便摆在了我的面前，细细的面线上撒上几片葱花点缀，隐约还可见那金黄的腊肉、红红的香肠、红中带白的虾仁，白中夹着红绿黄，真是让人赏心悦目。轻轻地舀起一勺面线糊，放入口中，香甜在口中弥漫开来，热乎乎的汤化作一股暖流。老范说泉州面线糊有八百多年的历史，2013 年入选泉州第四批非遗项目。

街灯亮了。夜晚的西街，无处不渗透着现代时尚的气息。置身其间，人似乎混沌于当下和旧时。眼前那些被现代手法重新修葺一新的古老建筑展现出特有的风韵，不同时代的生活，不同时代的文化气，在这里融为一体。

这样的夜晚，让人流连……

印象个园

在扬州，最心仪的去处是“个园”。

个园是清朝嘉庆年间两淮盐商商总黄至筠的私家园林。从住宅进入园林，首先映入眼帘的是月洞形园门。门上石额书写“个园”二字，“个”者，竹叶之形，主人名“至筠”，“筠”亦借指竹，取了半个竹子的形，涵了清代诗人袁枚“月映竹成千个字，霜高梅孕一身花”的境，又合了北宋大家苏东坡“宁可食无肉，不可居无竹”的意。如此“个园”，自然引人入胜。

园门两侧各种竹子枝叶扶疏，与门额相辉映；白果峰穿插其间，如一根根茁壮的春笋。主人以春景作为游园的开篇，想是有“一年之计在于春”的含意吧！透过春景后的园门和两旁典雅的一排漏窗，又可瞥见园内景色，楼台、花树映现其间，引人入胜。走到竹径的尽头，月亮门上有一“竹西佳处”匾额。

“竹西”初现于隋朝，隋炀帝在修建了大运河后，曾浩浩荡荡地三下扬州，并在城北五里蜀冈上建了个江都行宫。某月某日的某个夜晚，那炀帝在行宫中梦游，梦见自己在听阿弥陀佛讲经说法，梦醒时分便将行宫改做了佛寺，题名“禅智寺”，又名“竹西寺”。自此以后，竹西寺旁竹西亭，竹西亭下竹西路。在烟雨蒙蒙的三月，文人墨客们从瓜洲的古渡头蜿蜒而来，在柔柔媚媚的运河岸边，吟诗作赋，留映出一幅幅迷离的画像。

这边，落魄的杜牧在低吟着“暮霭生深树，夕阳下小楼。谁知竹西路，歌吹是扬州”；那边，平山堂上那位位重权高的欧阳修也写下了“涧水无声绕竹流，竹西花草弄春柔”这般婷婷袅袅的女子心情。

熙熙攘攘间，走到了个园内极负盛名的四季假山。所谓四季假山，实际是以分峰叠石之法，利用木石之间的不同四季景色。同搭配，幻化出春、夏、秋、冬四季景色。以青竹配笋石，道是“春山笋石参差，修篁弄影”，意寓雨后春笋的模样，是为春景；以湖石叠山，山中有洞，中空外奇，配之小潭清碧，取意夏云多奇峰，是为夏景；以黄山石堆山，配之丹枫，又于山巅处建亭，临亭俯视，黄石丹枫，倍添秋意，是为秋景；而最富想象力的大概要算冬景了。以雪石堆造的假山，被高明的造园者置于主人休憩的大厅背后阴凉之处。重重叠叠的假山之上便像复盖着一层永不消融的冰雪，不管何时观赏都会觉得寒气袭人。而后墙上再凿二十四个风洞，以应“北风呼啸雪光寒”之意。

以四景喻说四季，四季的更迭，标志着时光的流逝。“春山宜游，夏山宜看，秋山宜登，冬山宜居。”在这儿，四季浓缩于一隅。轮回的四季精心地打扮好自己，向人们述说着自己的美丽：春笋正萌动着生命的活力；夏云正悠闲于池水的清澈；秋山正挺拔起蓝天的高远；冬雪正装扮好调皮的雪狮。人与四季为伴，四季将不同的美景呈现给人们。难怪是富甲天下的一代巨商，能将四季的财富揽于一院之内，积攒在层层叠叠、垒垒巨石之间。石头化为流动的时间，成了变幻的空间。站在四季假山面前，你会感到时光荏苒，“逝者如斯”。良辰美景，属于每个人的能有几许？隐喻着时光永恒的四季假山，也早已经历了无数个四季更迭的时光的淘洗，在斑驳的世事沧桑中，成为其自身的讽喻。

个园虽小，但布局奇特。咫尺之间，再造乾坤。有关个园叠石的描述，文人墨客已经穷尽所思，达到了极致。尤其是那四季假山的构思，最为人称道。我想，个园的个性不在其竹，而在于其四季假山大布局之巧，构思之绝，布局之奇，用石之精，在中国园林艺术中可谓是独树一帜。徜徉于个园之中，如读一首意蕴高远的诗，如赏一幅浓墨重彩的画；如与智者晤谈，如与佳人幽会；如饮陈酿，如沐甘霖，使人陶醉其中，不能自拔，流连再三，不肯离去。个园以其独特的个性和别致的风韵在众多的园林中独树一帜，凡是游过的人都会被它的美和奇所打动，都会永远地记住它。

进园门时，读到了一副对联：“春夏秋冬，山光异趣；风晴雨露，竹影多姿”。这实在是写尽了个园的景观特色，但何尝又不是扬州那“竹西佳处”的美好印象呢！

走进泽雅

到温州只有半天时间，又不想就这么在街上闲逛，问温州的朋友老张周边有没有什么值得一看的地方。一句话提醒了老张，他提议去看看手工古法纸作坊。我说："纸作坊有什么看头，能比我们安徽的宣纸历史还久？"老张一脸灿烂地说："你别这么瞧不起此地的纸，你上网查查，此地生产纸的一些流程甚至比《天工开物》所记载的更原始，有中国古代造纸术的活化石之称。"

于是就有了一趟楠溪江之旅。

沿着楠溪江一路向南，两岸散布着一座座古村落，远处的山层林尽染，蓝色天空没一丝杂质。一路上，老张的嘴一直就没停："早在北宋宣和年间，闽人为躲避战乱迁居泽雅。我们这里水多竹茂，水力资源和造纸原料极其充足。为了生存，泽雅先民因地制宜，创造出'溪—水碓—纸槽—民居—山'这样独特的山地村落空间布局；他们就地取材，将闽地造纸术在泽雅落地生根，从"南屏纸"到"泽雅屏纸"，就这样沿袭了下来。"

车在一个叫唐宅村的村口停下了。刚进村口，一股股酸涩的气味就在空中弥漫，那是石灰水浸泡竹子散发出的特有气味。村子里很安静。行走在村道上，随处可见纸槽、腌塘、烟囱、水碓等留存了数十年甚至数百年的传统造纸设施。绕过一个个搭成小石屋模样的纸槽，能看到几位老人正在纸槽前安静地忙碌着。从他们的动作上看，我问老张他们是不是在捞纸？老张答："是的。你们的宣纸也是这样捞纸吗？"我点点头说："我们那边叫抄纸，叫法不同而已。"

"中国传统造纸生态博物馆"就建在唐宅村。

史料记载，温州历史上就是重要的纸张生产基地，曾制造出古代质地最好的纸之一，著名的皮纸（蠲纸）、屏纸等纸种均产自温州。程棨《三柳轩杂识》记载：“温州作蠲纸，洁白坚华，大略类高丽纸。东南出纸处最多，此当为第一焉，由拳皆出其下。”宋人周辉《清波别志》载：“在唐凡造此纸，户免本身力役，故以蠲名。今出于永嘉，士大夫喜其有发越翰墨之功，争捐善价取之。一幅纸能为古今好尚，殆与澄心堂纸等。”晚唐五代时，温州制造的蠲纸已非常有名。宋元时期的书画家多用此纸，如苏轼的《三马图赞》、黄公望的《溪山雨意图》等等。1962 年，潘天寿用该纸作《双清图》时称赞：“笔能走，墨能化，尚有韵味，并不减于宣纸也。”

泽雅传统造纸技术传承了古代造纸技术的精华，保留了历史的痕迹，整个流程近乎古代手工造纸。其竹纸生产需要经过竹、料、刷、浆、纸五个环节，主要生产流程包括“斫竹”“做料”“腌刷”“爊刷”“洗刷”“捣刷”“踏刷”“淋刷”“烹槽”“捞纸”“压纸”“分纸”“晒纸”等步骤。经明、清和近代的拓展，泽雅纸农有近 10 万人，约占当地人口的 80%，纸业成为当地的经济支柱。一到艳阳天，家家户户都把做好的纸拿出来晒，黄澄澄的纸使整座山看起来都金灿灿的。人们把这样的山称作金山。

比起这些文字、图片、实物的展示，我更相信自己的眼睛。走出博物馆，看到沿溪而建的捣刷舂米的水碓、错落有致的腌竹池塘、高耸的煮料烟囱、只挡雨不挡风的捞纸作坊，全都在深秋暖阳下敞开怀抱。走近一个石砌的纸槽，里面装满了纸浆，那是竹子经过蒸煮、碾磨、撞穰、拧穰、拌浆等环节后，竹纤维彻底分离并浸透水分成为纸纤维的悬浮液，用一张细竹帘滤取，最终让纸纤维留在竹帘上形成一层纸膜，也就是压干、晾晒之前的纸。

走向正在纸槽前捞纸的老人，看着他不停地躬身起伏，用竹帘从纸槽里捞起一张湿漉漉的纸。我曾在宣纸厂看过类似这样的抄纸。抄纸全凭经验和技巧，所以又被称为“指尖上的艺术”。不仅如此，这道工序在造纸过程中也是最费体力的，每次承受的重量竟有 20 千克。

借着老人休息的功夫，我走上前问：“一天能捞多少张纸？一刀纸能卖多少钱？”老人不紧不慢地告诉我：“2000 张纸，4000 张纸卖 130 元。”也就是说老人一天能挣 60 多元。看着老人那张略显疲惫的脸，我对老张说：“我们买几刀纸吧。”老张点点头。

我和老张各抱着两刀纸走向村口。老张说，现在留在村里守着千年老手艺的，差不多都是老人了，年轻人都跑到城里去了。不过也能理解，现在这种古法造纸的生存空间越来越小。我附和说：“话说的没错，不过，这些老人留在村里日复一日地劳作，显然不是为了那60多元一天的收入。他们留在村里，家就在，千年的老手艺就在。”

敬仰文化，须先敬纸。

贺兰山岩画

最初知道贺兰山还是学生时代，岳飞的一首《满江红》，“靖康耻，犹未雪；臣子恨，何时灭！驾长车，踏破贺兰山缺。壮志饥餐胡虏肉，笑谈渴饮匈奴血。待从头，收拾旧山河，朝天阙。”2015年，偶然读到作家张承志的散文《视野的盛宴》，那种站在贺兰山缺，视野里“左手是游牧的沙漠草原，右手是农耕的黄河灌区”的景象，那种“让眸子享受盛宴，让身体处于分界”的丰富体验，让我心生向往。

在银川包一辆出租车去贺兰山。汽车行驶在平坦开阔的柏油路上，一路向北。除了这一辆车，长时间看不到别的车辆。两边是一望无际的戈壁荒漠，除了零星散落着的早已干枯的矮墩墩的骆驼草，这里只有沙砾。这样似乎弃绝了生机的戈壁荒漠，不知为何，并没有给人以寂灭之感，却让人总觉得在它无动于衷的背后和不动声色的内部，正潜藏着无限的可能性和某种灿烂的绽放，它只是一直在准备着，在等待着，在孕育着。

站在贺兰山下，望着山峦连绵于天地之间，蓝天白云，层峦叠嶂。昔日的烽火狼烟早已飘散荡尽，唯剩这黛色永恒的贺兰山，裸露粗犷，一丝不挂，像一位饱经风霜的老人，俯视这天苍苍野茫茫的百世苍凉。

先去了岩画博物馆，了解一点有关岩画的历史和知识。贺兰山岩画大部分分布在沟谷两侧绵延600多米的山岩石壁上，数以万计的岩画是古代先民们在3000至10000年前，运用写实或抽象的手法，在岩石上凿刻、绘制的图画和符号，也被称作“人类童年的语言”。

出了博物馆，沿着山下的木栈道前行，不一会儿就来到了贺兰山口，目光所到之处，俱为裸露在地表上光秃秃的石头，地壳运动形成的岩石断层面清晰可见。由山口往里走，没一会儿，一块刻有岩画的石头呈现眼前。看上去是女性人面像，戴有头饰，风姿秀逸，有趣的是人面像中似有一个人站立的轮廓，双臂弯曲，两脚叉开，腰佩长刀，也许这是一种独特的崇拜和敬仰的图腾造型吧。人面画旁刻有五个西夏文字，有专家破译是：能、昌、盛、正、法，这体现了西夏先民的观念及文化内涵。西夏文字是记录西夏党项族语言的文字，形体方正，笔画烦冗，结构仿汉字创制。公元13世纪西夏亡于蒙古帝国，西夏文字也逐渐随之湮灭了。据此分析，这几个西夏文字与岩画不是同一时代凿刻上去的，人面像岩画要远远早于西夏文字。

贺兰山岩画非常简单，仿佛小孩子的涂鸦，有些一眼就能看出画的是什么，有些图案则相对抽象。岩画图案包罗万象，有动物、植物、符号，每个类别之下，又可以细分出各种小类。比方说，动物岩画就包含牛、鹿、羊、马等不同类别。我属羊，素来喜欢羊的形象，每到一个地方旅行，只要看到以羊为题材制作的手工艺品，我都会买一个。于是特别留意岩画上的羊，数了一下，有五六只不同的岩画羊造型。特别是在一处石壁上，我看到了“双羊出圈图”，只见两只山羊从羊圈里缓缓走出，好像在等待主人的放牧，其羊圈也是唯一有人工建筑的岩画，该岩画构图独特，形象生动地展现了远古先民游牧时的场景。

边看边拍边想，遥想当年，游牧民族的先人们，顶风冒雪，辗转深山荒滩，日夜与牛羊为伴，满目苍凉、孤单，他们仰起头，微眯着双眼，捉摸着、构思着，人物、动物、事件、场景，祖祖辈辈，年年月月。没有文字的洪荒时代，他们只能在高耸的石崖上，或刻、或凿、或磨，把自己的内心情感，把自己的信仰和祝福，一一向这座大山倾诉。于是，这座大山成了艺术宝库和远古诗篇。

岁月失语，唯石能言。

壮哉！兵马俑

秦始皇陵兵马俑以它亘古不变的表情和姿态迎接我，让我无限感动。

无数次地在影片里看到兵马俑坑，但当我真的站在他们面前时，我震撼到无法用语言形容。目视着那一张张神秘的历史面孔——成千上万个姿态不一、表情各异的兵马俑，他们风尘仆仆，脸庞被霜雪浸渍得沟壑纵横，眼睛里却蓄满了愤怒和仇恨，铠甲上残留的血迹滴滴在目。他们手握兵器，仿佛只要一声令下，就可以奔赴前线。站在他们面前，似乎有声音破坑而来：铿锵有力的脚步声，兵器相撞的清脆声，铠甲摩擦的咔咔声，战马嘶鸣的长啸声。我被这场景所震撼，就像置身在两千多年前的古战场，战马嘶鸣，刀枪血影，旌旗猎猎。“风萧萧兮易水寒，壮士一去兮不复还”，恰与我在陕西历史博物馆中所看到的、用百位秦俑面部特写做成的一面“秦俑墙”遥相呼应：或目光坚毅，或信心满满，或神情肃穆，或稚气未脱，全然一幅森然列队、挥师前进的群像图。

被列为第一批世界遗产名录的秦兵马俑，在总体布局上是真实的军阵编列的再现。三号坑是秦军的指挥系统，是秦军的中枢所在。三号坑也是三个坑中唯一一个没有被大火焚烧过的，所以陶俑身上的彩绘残存较多，颜色比较鲜艳。一号坑以步兵为主，战车兵相间，组成一个长方形序列；二号坑则是由战车、步兵、骑兵、弓弩手组合的混成旅。尤其是这里所有的零部件全部是铸造成型。5000 多个零部件无论是大至 2 平方米以上的篷盖、伞盖及车舆、铜马、铜俑等，还是不足 0.2 平方米的小攸勒管都是一次铸造成型。

一、二、三号坑共同组建成一支跨越海内、制服诸侯、战无不胜的秦军。其美体现在整齐一律，它有高山之岿然、庄重、整肃，是力的凝聚；也有长河之激荡、威猛、奔放，是力的释放。看着两千多年前那些已褪色的兵马俑，条纹依旧清晰可铭的地下城墙，锈迹斑斑却天衣无缝的青铜器，可以说是情不能自已。我已是奔70岁的人了，可以说经历了一些沧桑，也有了一定人生的阅历，还能让我激动的事情其实已经不是很多了，但目睹这由8000余件形体高大的俑群构成的一组规模庞大的军阵体系，那种奋击百万、气吞山河的磅礴气势，还是深深地震撼了我！

一叶知秋，一坑窥秦。静静地驻足于秦兵马俑前，我等于站在了历史的面前，可以想象到，当年出征的秦兵一边默默整理兵器，一边用目光不经意的开始抚摸子女的脸庞；矫健的战马正被他们的妻子含泪牵来，马背的兽皮囊里，鼓鼓地塞满了老人精心准备的干粮。而他们带着家乡父老的期望，开始一往无前，走到了最终合并七国的历史。一如李白《古风·秦王扫六合》中所言："秦皇扫六合，虎视何雄哉！挥剑决浮云，诸侯尽西来。"

历史让人总是在一种思想的状态中去感受，没有想到我能如此近距离地直面两千多年前的历史，感受到那个久远王朝的历史气息。8000多件陶俑，4万多件青铜兵器，还有近万个或手执弓、箭、弩，或手持青铜戈、矛、戟，或负弩前驱，或御车策马的陶制卫士，它们和秦朝的历史一起压在秦砖汉瓦里，压在尘封的秦陕高原的黄土里。这一压，就是两千年！除了史书的一鳞半爪的记载，陪同它们的，只是上面厚厚的一层黄土以及黄土地上年复一年的西北风。

走出秦始皇兵马俑博物馆，当我再次回头望那高大拱形的馆顶，秦朝离我是那么的远，如今就伫立在我面前，又是那么的近，令我仿佛与那些活生生的千年文物一同呼吸，扑面而来满是岁月的味道。我想，一个王朝，必定有兴衰；一部历史，由一个个过程衔接，大秦帝国只是历史岁月的一瞬。但是，我不得不感叹古代劳动人民的聪明智慧，是他们凝固了历史，鲜活了生命，把深厚的文化底蕴和精湛的艺术功力，宏伟壮丽地再现于千年之后。我亦相信，在这里，任何一个人，都没有理由不向它们顶礼膜拜！

兵马俑，两千多年的沧桑，泥塑的世界！